»Noch heute lese ich lieber den Roman Noir als Wittgenstein.«
Jean-Paul Sartre

# Tito Topin
# Im letzten Akt fließt immer Blut

Aus dem Französischen von
Holger Fock

Roman Noir
Edition Tiamat

Tito Topin lebt als freier Schriftsteller und Drehbuchautor in Frankreich. Für »Im letzten Akt fließt immer Blut« erhielt er 1989 den Grand Prix de Littérature Policière.

Titel der Originalausgabe: »Un gros besoin d'amour«


Edition Tiamat
Deutsche Erstausgabe
Herausgeber: Klaus Bittermann
1. Auflage: Berlin 1990

Grimmstr. 26 – 1000 Berlin 61
Satz: MK Druck Berlin
Druck: Schwarzdruck Berlin
Umschlagentwurf und graphische Gestaltung:
Bartholl & Otteny
ISBN: 3-923118-37-6

Für Nicole G.

»Wie schön die Komödie im übrigen auch sein mag, im letzten Akt fließt immer Blut.«

Blaise Pascal

# 1

Es war September, falls Ihnen etwas an dieser Jahreszeit liegt, und die Luft war mild, doch der Wind wehte in Paketen. Er formte die Körper unter Hemden und Blusen, fuhr die Schenkel der Mädchen hoch und hüllte ihre Hinterteile ins zerknitterte Nylon ihrer Miniröcke. Robert hatte nur die Jacke an, die Sie auf dem Foto sehen können, eine Leinenjacke über einem gekonnt zerrissenen T-Shirt ohne Aufdruck, und eine Bluejeans in Fetzen, so alt, daß sie aussah, als wäre er in ihr groß geworden.

Es war September, und die Luft war mild. Seine Jacke war einmal weiß gewesen, und die Rolltreppe, die ihr Vorstadtfleisch ausspuckte, vibrierte so stark, daß sie eine vorzeitige Verschrottung verdient hätte.

Als er auf den mit Blättern und gelben Fahrkarten verschmutzten Steinplatten angekommen war, ohrfeigte ihn ein heftiger Windstoß. Er drehte schnell den Kopf, um die Kippe wegzuspucken, die seine Lippen verbrannte. »Tschuldigung«, sagte er zu einer dicken Frau, über deren Brust ein Glutregen niederging, und verschwand schnellstens in der Menge, als sie, zwei Fingerbreit vor dem Nervenzusammenbruch, die Asche von sich schüttelte und zu kreischen begann.

Nachdem er hundert Meter wie ein Verrückter gerannt war, ging er, außer Atem, langsamer. Er rauchte zuviel, zwei Päckchen waren es am Tag zuvor. Im Vorübergehen sah er seine Silhouette im beschlagenen Fenster einer Reinigung und brachte seine prächtige Mähne in Ordnung. Was für ein verdammtes Glück Lucie hatte, dachte er dabei. Sie strich ihm leidenschaftlich gern mit den Händen durch den Perser seiner schwarzen Haare. Hast die Haare eines Arabers, sagte sie, wirklich der Gipfel für einen Polen. Die Fahrgäste eines Busses, dessen Fahrgestell fast auf dem Boden schleifte, schienen sich zu fragen, was so ein schöner Junge wie er mit diesem Trampel von

Lucie machte. Fast hätte er ihnen zugeschrien: »Sie ist anders als ihr, sie ist ANSTÄNDIG, deshalb!«

Zu anständig, seiner Meinung nach. Kniestrümpfe, Faltenröcke, Hemdbluse, hochgeschlossene Weste, eine Art, sich anzuziehen, wie eine alte Schachtel. Und genauso betonte sie die Satzenden, wobei sie die Augen weit aufriß. Dazu dieser komische blonde Palmwedel über der Scheitelspitze, der sich beim geringsten Lächeln bewegte. Um mich größer zu machen, hatte sie erklärt.

Er zählte an seinen Fingern ab, ohne die Hände aus den Taschen zu nehmen. Acht Tage schon. Er hatte sie in einer Disco für alte Skins kennengelernt, und seither gingen sie tanzen, hatten über die Zukunft geredet, dreimal beim Chinesen gegessen und diesen Film gesehen, in dem ein riesiger Saxspieler, zwei Meter ohne Hut, den Be-Bop zwischen Mülltonnen bläst, während Francois Cluzet ihn überall sucht, um ihm einen Schuß Alka-Seltzer zu verpassen. Ein schöner Film, ich erzähle Ihnen keinen Stuß. Völlig daneben, hatte sie gefunden, vor allem die Musik war ihr nicht kiddy genug. Sie hatten sich fast fünf Minuten lang gehaßt. Du bist echt fatal, meinte sie, um sich wieder zu versöhnen. Acht Tage, in denen sie quasi unzertrennlich waren, außer während der Arbeit und im Schlaf. Das zählt, acht Tage, das ist praktisch eine Woche. Korrekt, die Frist, die er ihr ließ. Sie ist reif, du kannst sie nehmen, hatte William bestätigt, dem er erzählte, was er im Kino gewagt hatte, die Finger unter dem Gummizug ihres Slips und tiefer, in ihrem Busch. Reinste Seide, ihre Haare. Und William weiß verdammt gut, wie man es anstellen muß, um ein Mädchen zu entjungfern, selbst wenn er bei seiner Schwester zu spät kam, sozusagen als letzter an dieser Stelle.

Von einer dieser Anwandlungen ergriffen, die ihn bisweilen überkamen, vollführte Robert einen Sprung in die Luft, die Faust zum Schmettern emporgereckt wie beim Volleyball. Beim Auftritt hätte er sich fast die Knöchel verstaucht, und um erst gar keinen Schmerz aufkommen zu lassen, lief er sofort über die Straße, mitten durch den fließenden Verkehr. Eine Hupe schleuderte ihn, mit einem stummen Fluch auf den Lippen, auf den gegenüberliegenden Gehweg.

Er hüpfte auf einem Bein und hielt vor einem Popcorn-Automaten an. Die Maiskörner wirbelten durcheinander und schlugen gegen die Scheiben wie eingesperrte Fliegen. Das erinnerte ihn an diesen blöden Nippes, den seine Mutter von einer Wallfahrt nach Lourdes mitgebracht hatte. Wenn man die Kugel umdrehte, flogen dem Heiligen Vater Schneeflocken um die Ohren. Im Vatikan schneit es nicht, ließ er als Bemerkung dazu fallen. Schweig, Bub! Bilderrstirrmer, Du! Und was ist mit dem Wunderr?

Er sah jetzt die Caféteria, in der Lucie arbeitete, ihre häßlichen und verschmierten Farben unter der Blendmauer eines Betonklotzes.

Den Mund offen, warf er ein Popcorn in die Luft, eine Übung, in der er Champion war, aber ein plötzlicher Windstoß trug es nach Patagonien oder noch weiter fort, wer weiß. Unter knatternden und quietschenden Hubschraubern, Fliegern, Panzern, Jeeps, Raketenwerfern und dem freudigen Gejohle der Gören entwich ein Sommerhit in Schwaden aus den kaputten Lautsprechern eines Karussells. Es gelang ihm, die Uhr am Handgelenk eines Typen zu entziffern, der sich über seine Zeitung beugte. 16 Uhr 19. Vorwärts, wie gewöhnlich. Er ging in die Hocke und nahm die Stellung des Sprinters an der Startlinie ein, massierte ein wenig seinen Knöchel, zählte bis drei und schnellte hoch.

Lucie ist, zur Hälfte entkleidet, auf der hinteren Plattform des letzten Waggons eines Zugs festgebunden. Zwei Männer halten sie fest, sie heult seinen Namen in den Lärm des Räderwerks. Er rennt mit aller Kraft, ohne auf sein Fußgelenk zu achten, in dessen Knöchel eine Kugel gebissen hat. Die Hand streckt sich nach der Stange des Zugs aus. Noch gut zwei Zentimeter. Einer der Banditen zielt auf seine Stirn, der Hahn schnappt zu. Zum Glück hat der Revolver Ladehemmung. Der Bandit wirft damit nach ihm. Er weicht aus, ergreift das Geländer und wird von den Entführern mit einem Nierenhaken empfangen. He, paß auf, du Ratte, schleudert ihm einer dieser stinkenden "Mods", die durch die Straßen spuken, entgegen, wobei er eine Fahrradkette kreisen läßt. Du hastse wohl nicht mehr alle, hä? Er verpaßt Robert einen Stoß und baut sich auf wie ein Jahrmarktsringkämpfer. Komm, Kenny, steck's, schaltet sich eine "Modfrau" mit verächtlichen Zügen um den Mund ein. Siehste doch, der Typ tickt nicht richtig.

Mit einem Lächeln, das sich würdevoll gab, murmelte Robert etwas wie Tschuldigung und stocherte in seinem Beutel herum. Dreckszeugs, reines Styropor! brummte er, Popcorn kauend, vor sich hin. Kann man ja gleich Schwamm fressen.

Die Caféteria lag vor ihm, mit ihren in allen Farben triefenden Glühbirnen. Die Terrasse lag verlassen da, und der Wind hatte die zu leichten Stühle gegen die Zementtröge gedrückt, in denen kein Pflänzchen mehr für etwas Freundlichkeit sorgte. Taubenmist, Kippen, Coladosen, Verpackungen jeder Art und die Pisse der Gammler hatten die Ligustersträuche seit langem abgeschreckt.

Auf der steinigen Kante hockend, verteilte eine kümmerliche, zerbrechliche Alte von jener erstaunlichen Magerkeit, die gewisse Greise anzieht, Körner an eine Schar gefräßiger Tauben. Bei jedem Wurf hieben ihre Schnäbel mit der Geschwindigkeit einer Nähmaschine auf den Schotter ein, dann erhoben sie sich wie ein Knabenchor und stimmten mit vollem Bauch ihr Gezeter an. Die Alte schüttelte zum obszönen Gegurre ihre Tasche aus, und die Drecksviecher stürzten sich tollpatschig und gierig auf die Körner.

Robert machte es sich auf dem gegenüberliegenden Trog bequem, schmiß seine Popcorns vor die Tauben und schlug den Schmöker auf, den er am Vortag im Buch-Supermarkt Fnac geklaut hatte. Sophokles, Werke in einem Band. Er hatte keine Ahnung vom Theater und kaum mehr gelesen als Enyd Blyton und Klassiker dieser Art, aber er glaubte, Lucie mit Sophokles schwer beeindrucken zu können, einem Griechen, der schon solange tot war, daß sie ihn unmöglich kennen konnte.

Heiße Geschichte, dieses Mädchen. Muß Hamburger servieren, um sich ihre Psychologie-Seminare zu finanzieren, aber derart intellekto, daß eine Kleinigkeit genügt, damit sie zu den wichtigen Dingen des Lebens übergeht, wie zum Beispiel zu seinem Finger unter dem Gummiband ihres Valisère-Slips.

»Mach, daß du wegkommst!« schrie die Alte plötzlich mit unerwarteter Heftigkeit.

Er richtete sich auf und schaute vedutzt nach rechts, nach links, um zu sehen, wen sie meinte. Es gab niemanden im Umkreis von zwanzig Metern außer einem jungen Cartier-Bresson-Nachahmer, der die Tauben fotografierte.

Die Tauben stritten sich um das Popcorn, rissen es sich aus den Schnäbeln und schluckten es gierig runter, mit zwei oder drei Spasmen im Hals. Die ist nicht ganz bei Trost, dachte er kopfschüttelnd, ziemlich übel, eine Frau in ihrem Alter, sie könnte meine Großmutter sein, wenn sie bloß nicht soviel

Rouge auf den Lippen hätte. Er steckte seine Nase wieder zwischen die Seiten seines Kumpanen Sophokles und bemühte sich, eine Tirade auswendig zu lernen.

»Mach, daß du wegkommst, hab ich gesagt!«

Sie hatte eine Stricknadel aus ihrem Einkaufskorb geholt und drohte damit, während sie auf ihn zutrottete. Eine Verrückte! Mit einem Sprung war er auf den Füßen, verursachte Panik unter dem Geflügel, rannte den Fotografen fast über den Haufen und stürzte sich in die Caféteria.

Der Ort kam ihm wie ein Hort der Zivilisation vor. Weder Wind, noch Alte, noch Tauben, sondern das beruhigende Rattern eines Flippers, das Fiepen der Computerspiele, das starke Zischen menschlicher Gespräche, das Klingen der Bestecke und das Geschrei der Bestellungen. Den Kopf nach oben gereckt, suchte er nach der Wanduhr. Und es empörte ihn wieder einmal, daß die Bistros ihre Uhren stets dort anbrachten, wo man sie nicht sehen konnte, und erst etwas bestellen mußte, bevor man sie entdeckte.

17 Uhr 02. In weniger als einer Minute müßte Lucie erscheinen. Mit einem Bein abgestützt, lehnte er sich mit den Ellbogen auf den Tresen und kniff ein Auge zu.

Sogleich näherte sich ein großer Barmann. Er verzog kurz das Kinn und schaute ihn mit jenem fragenden Blick an, den Kellner zeigen, um sich die Worte und was sich daraus ergibt zu sparen.

Robert schüttelte den Kopf zu einem Nein danke, ich will nichts, und sagte: »Ich warte auf Lucie«.

Von außen drang der dumpfe Lärm der verstopften Straße zu ihm.

»Lucie wer?« fragte der Kellner.

»Ne, Lucie wie.«

»Lucie Wie? Ich kenn niemanden, der so heißt. Ein Gast?«

Noch einer dieser Schwachsinnsknaben, welche die Natur mit Neuronen nicht gerade verwöhnt hat.

»Ne, ne, ich hab nur gesagt, wie es richtig heißen muß: Lucie wie, nicht Lucie wer.«

Um ihm klarzumachen, mit wem er es zu tun hat, legte er Sophokles auf die Theke. Der Barmann beugte sich mit zurückhaltender Miene über das Buch. Sein Ohr war dunkelrot, roch nach Wein und sah reichlich verschwollen aus, als hätten es tausend Bienen mit einer Hibiskusblüte verwechselt. Das andere war recht gewöhnlich, fast normal, nicht häßlicher als ein Steak.

»Was suchen Sie?«

Einfach nervig, seine Art, darauf zu beharren.

»Wen«, korrigierte er ihn und beglückwünschte sich zu seiner Geduld. »Ich suche jemanden... Quatsch, ich suche niemanden, ich warte auf ein Mädchen, das hier arbeitet. Sie heißt Lucie Dumaine und schiebt um fünf Uhr den letzten Burger rein.«

Eine Gruppe junger, unwiderstehlicher Angestellter, sanitäres Lächeln und Samsonitekoffer am Ende der Arme, bestellte vier kleine Bier, eine Schorle und eine Runde Perrier, was immerhin den Vorteil hatte, daß Robert seinen Quälgeist loswurde. Mit der Behäbigkeit eines schafehütenden Buschnegers wandte er sich einem Flipper zu und lehnte sich mit dem Rücken gegen die Bar. Das in Skai verpackte Hinterteil eines Mädchens folgte den Bewegungen der Kugeln. Ein schönes Schauspiel, fand er. Sechzehn oder siebzehn vielleicht, auf keinen Fall älter. Die Fransen toupiert und der unvermeidliche Palmwedel auf dem Kopf, typischer Fall von Psycho. Dockers mit Stahlkappen, diese orthopädischen Latschen mit der Marke irgendeines Doktors, als hätten die nichts besseres zu tun, als den Schuhmachern die Jobs wegzunehmen. Zahlen Sie mal Ihrem Bengel ein Medizinstudium, opfern Sie zehn Jahre lang auch noch den letzten Pfennig, und wenn er dann sein Diplom in der Tasche hat, und Sie das Recht, sich darüber zu freuen, kündigt er Ihnen an, daß er sich von nun an der Fabrikation häßlicher Latschen mit harten Metallkappen über der Schuhspitze widmet. Echt, zum Verzweifeln. Er verzog den Mund zu einem Vorwurf.

»Gehören Sie zur Familie?« Der Barmann klopfte ihm auf die Schulter.

Verdutzt drehte er sich um.

»Warum sollte ich zur Familie gehören?«

Und stillschweigend: Was soll der Quatsch?

»Sie ist nicht da.«

»Wie das? Nicht da?«

»Sie sind wer? Ich will wissen, mit wem ich es zu tun hab, wenn ich quatsche.«

Um Himmelswillen, was für ein Tonfall! Klar und deutlich sah er den Herd vor Lucie explodieren und die schmelzenden

Toasts auf ihrer Haut brodeln. Halt ganz still, meine Kleine, ich studiere Medizin, und dann bring ich dir wieder alles in Ordnung. Er ließ seine Finger unter den Verband gleiten, damit sie erkennen konnte, wer zu ihr sprach, ihr Büschel war feucht.

»Wie ist das passiert? Sagen Sie...«

»Sind wer?«

»Ich bin ihr Macker, verdammt nochmal! Und Sie werden jetzt endlich ihr Maul aufmachen, ein Scheißladen ist das hier!«

Er hatte geschrien.

»Sie sollten sich vielleicht besser etwas diskreter ausdrükken.«

Gegen Ende des Satzes war der Barmann so leise geworden, daß er mit gebrochener Stimme hüstelte. Robert ging etwas weiter vor.

»Ist es ernst?«

»Sie ist rausgeworfen worden.«

»Hätten Sie das nicht gleich sagen können?« bäffte er, unschlüssig, ob er erleichtert sein sollte oder nicht, weil er nicht wußte, wo er sie jetzt finden konnte.

»War erst heute nachmittag.«

Eine kleine Pummelige schob sich an den Rand des Tresens, eine Männermütze über die Stirn gezogen, und hielt einen Schein hin.

»Hast du Kleingeld, Roger?«

»Wieso rausgeworfen?« fragte Robert.

Die Münzen schepperten in eine Untertasse, und der Barmann machte ihm mit Verschwörermiene ein Zeichen, noch näherzukommen.

»Ich hab sie immer da hinten gepackt, in der Kombüse, jedesmal, wenn der Küchenjunge abräumte, aber, weil diesmal Tassen fehlten, hat uns der Boß erwischt.«

Robert spürte ein sonderbares Gefühl in sich hochsteigen. Nichts von dem, was er um sich herum sah oder hörte, hatte noch einen Sinn, als ob die Bilder und Wörter jede Wirklichkeit verloren hätten. Sein Blick blieb starr auf den Barmann gerichtet, ohne ihn zu sehen.

»Was soll das heißen?« brachte er gerade noch raus. »Sie haben sie gepackt und...«

Ein Sausen in seinen Ohren, das Echo seiner eigenen Stimme.

»Ich hab sie gevögelt, wenn du's genau wissen willst. Also

gut, du bist ihr Macker: Je früher du auf dem Laufenden bist...«

Er hatte sich wieder in die Mitte der Bar begeben, was ihn zwang, lauter zu sprechen, während er geschickt wie ein Artist mit den Hebeln hantierte, die das Bier aus dem Faß laufen ließen. »Drei kleine Bier, drei!«

»Gut, du bist noch jung, doch umso besser, wenn du gleich mitkriegst, was mit den Weibern los ist«, fuhr der Barmann fort und wischte dabei mit einem Lappen über die Theke. »Ne Alte ist gut zum Bumsen, aber die übrige Zeit denkt man besser an Sport oder an andere Dinge, die der Mühe wert sind...«

»Ich fühl mich nicht gut«, sagte Robert.

Er nahm den Lappen aus der Hand des Barmanns und wischte sich das Gesicht ab.

»Es passiert soviel Unglück auf dieser Welt, da muß man sich wirklich keine Gedanken über seine Alte machen«, hörte er, während er seinen Kopf in seinen Händen vergraben hielt. »Laß dir von den Weibern nicht die Laune verderben, mein Lieber...«

»Ich glaube, ich muß kotzen«, stammelte Robert.

»Trink'n Calva. Ich geb dir einen aus.«

Er entschuldigte sich mit einer vagen Geste, stürzte die Treppe zu den Toiletten hinunter und tauchte seinen Kopf ins Waschbecken. Vergebens, das Popcorn sorgte für Verstopfung.

»Hoppla, geht es Ihnen nicht gut?« beunruhigte sich eine weibliche Stimme, nachdem sie ihr Telefongespräch unterbrochen hatte.

»Doch, geht schon«, deutete er mit dem Kopf an, ohne ihn hochzuheben.

»Nun gut, ich höre auf, mein Liebling«, nahm die Stimme ihr Gespräch wieder auf. »Im Klo nebenan ist ein Rauschgiftsüchtiger, der sich nicht wohl fühlt... Nein, keine Gefahr, er ist hilflos.«

Robert wartete, bis sich die Tür zur Telefonkabine wieder geschlossen hatte, und rührte sich geraume Zeit nicht vom Fleck. Er hätte gern geheult, soviel, bis es gereicht hätte, um sich zu ertränken, sogar an diesem Ort.

»Also, einen Calva?« schlug der Barmann vor, als er wieder hochkam, nachdem er sich das Gesicht mit etwas Wasser bespritzt hatte.

»Mir egal.«

»Hast eine Schweinerei schlecht verdaut, Kleiner, das vergeht wieder.«

»Ist mir scheißegal«, wiederholte Robert, während ihm ein Glas in die Hand gedrückt wurde.

»Ein Hundeleben.«

»Is' ja gut, Mann.«

Der Flaschenhals schlug klingend gegen das Glas, während es sich erneut füllte. Robert versuchte, dem Blick des Barmanns auszuweichen, obwohl es nicht so aussah, als ob er die Träne vor ihm verbergen könnte, die in seinem Auge schwamm.

Am Nachbartisch brach eine Punkerin im Bürstenhaarschnitt in Gelächter aus über die Scherze eines Schwachsinnsknaben voller Muskeln und Tätowierungen. Robert lachte seinerseits, ein unsicheres Lachen über die Bilder, die ihm in den Sinn kamen, Bilder von einem Massaker.

»Ihr werdet alle krepieren!« heulte er.

Einige Gäste drehten sich um mit einer Mischung aus Neugierde und Furcht. Eine Hand legte sich auf seine Schulter.

»Der Boß«, sagte der Barmann ohne eine Regung. »Ich habe dem Herrn gerade erklärt, daß Lucie nicht mehr bei uns arbeitet...«

»Spuck hier bloß keine großen Töne«, sagte der Boß.

»Wieso haben Sie nicht ihn rausgeworfen?« schrie Robert. »Schließlich waren sie beim Vögeln zu zweit, oder?«

»Zieh Leine!«

Er spürte, wie er vom Boden abhob und im Leeren strampelte, als er zur Tür gebracht wurde. Es waren mehrere, die ihn zum Gehen aufforderten. Er dachte noch kurz an den auf dem Tresen zurückgelassenen Sophokles, versuchte aber nicht, ihn wiederzubekommen. Es gab niemanden mehr, um Eindruck zu schinden.

Er wurde so geschickt hinausbefördert, daß er draußen durch den Schwung strauchelte. Es gefiel ihm, die Tauben zu erschrecken, und es gelang ihm, immer längere Schritte zu machen, ohne sie während der gesamten Überquerung des Steinbodens auch nur einmal zu verkürzen. Erst als er am Karussell vorüberging, wurde er wieder langsamer, um die Straße zu überqueren.

Der Lärm der Explosion ließ die Trommelfelle platzen. Er drehte sich um.

Die Fassade der Cafeteria stürzte vor seinen Augen zusammen, ein Lichtschein blitzte über die Esplanade.

Eine Mutter stürzte sich schreiend auf ihr Kind und riß es aus dem Karussell.

Eine rauschende Schar von Tauben zog über seinen Kopf. Ihre Federn schimmerten rötlich im Widerschein des Brands.

## 2

Die Sonne schien bereits, als Kommissar Sépulchre das Haus verließ und den in zweiter Reihe geparkten Volvo ansteuerte.

»Wie geht's dem Alten«, fragte Bench beim Starten.

»Teils beschissen, teils nicht.«

Bench nickte traurig mit dem Kopf. Der Zynismus seines Chefs frappierte ihn noch immer.

»Keine Besserung?«

»Der letzte Kumpel, den er noch hatte, ist nachts aus dem achten Stock gesprungen... Der einzige, der ihn von Zeit zu Zeit besuchte.«

»Hast du es ihm gesagt?«

»Nicht den Mut gehabt, aber ich muß es wohl.«

Sépulchre kurbelte das Fenster tief herunter, bevor er sich die erste Zigarette des Tages ansteckte.

»Schöner Tag heute«, verkündete Bench, um das Thema zu wechseln.

Sein Chef stimmte mit einem höflichen Grummeln zu.

»Das ist doch schon was«, fuhr Bench fort und stellte dabei das Radio leiser. »Nach den letzten Meldungen drei Tote, siebzehn Verletzte, davon zwei in hoffnungslosem Zustand.«

Der Sommer nahte seinem Ende, und die Sonne tat sich schwer, über den vor ihnen liegenden Quais der Seine aufzugehen. Sie blendete, indem sie den Staub auf der Windschutzscheibe in kleine Chromteilchen verwandelte.

»Um wieviel Uhr hat sie angerufen?« hüstelte Sépulchre, während er auf seine Uhr schaute. Sieben Uhr zehn. Wie lange hatte er geschlafen? Nicht mal zwei Stunden.

»Bei Sonnenaufgang im Kommissariat ihres Bezirks; die haben es an uns weitergeleitet. Du solltest aufhören zu rauchen... Nehmen wir die Stadtautobahn?«

»Wo wohnt sie?«

»In Argenteuil.«

Die unansehnliche Fassade des Gebäudes Avenue Jean-Jaurès Nr. 122 stützte sich auf ein Bettengeschäft. Im Schaufenster zeigte eine quergeschnittene Matratze ihre Federkerneingeweide vor verblaßten Schautafeln, die einen guten Schlaf versprachen. Wie lange schon schlief er nicht mehr? Die Antwort war einfach. Seitdem die Untersuchungen diese Zyste zutage gebracht hatten, die sich in seine Stimmbänder eingenistet hat. Er kniff sich mit dieser schon gewohnten Geste in den Adamsapfel und folgte seinem Inspektor in den schmalen Hausflur.

»Im Fünften«, verkündete Bench und entschuldigte sich mit einer Miene des Bedauerns.

Sépulchre ließ ihn voran die Holztreppe hochgehen.

Ein verrosteter Reißnagel hielt eine Visitenkarte an der Tür fest. Bench klopfte.

»Wer ist da?«

»Polizei.«

»Sie kommen gerade noch rechtzeitig.«

Sie hörten mindestens vier Schlösser klicken, bevor sich die Tür in ein dunkles Zimmer öffnen ließ.

Fenster und Vorhänge waren geschlossen, und der Raum muffelte nach saurer Milch und altem Fleisch. Unter der Decke spendete eine nackte Glühbirne am Ende eines verdrehten Stromkabels vierzig Watt.

»Ich bin Kommissar Sépulchre, Sépulchre mit einem H«, sagte der Kommissar.

»Kommen Sie schnell herein«, befahl die Frau. Sie war klein und schwächlich; sie schien von der Magerkeit und der Zeit ausgehöhlt. Adern und Augen quollen aus ihrem Gesicht im tiefen Blau Delfter Porzellans. »Wie ist das Wetter draußen?« Sie reichte Sépulchre kaum bis zur Brust.

»Schön«, sagte er und stellte Inspektor Benchichian vor.

»Es verspricht ein schöner Tag zu werden«, ging Bench mit einem Seitenblick auf die geschlossenen Vorhänge noch einen Schritt weiter.

»Ich muß mich beeilen«, preschte sie vor und durchbohrte die beiden mit ihren Blicken. »Sie sind Schuld, daß ich zu spät komme, meine kleinen Miezekätzchen werden mir eine Szene machen... Es ist schrecklich, wieviel Katzen in diesem Viertel ausgesetzt werden.«

»Es ist jedes Jahr dasselbe zur Ferienzeit«, sagte Bench mit teilnahmsvoller Stimme.

Durch die Zwischenwände hindurch drangen Radiogeräusche, schrille Stimmen und Getrampel. Der Ehemann, dachte Sépulchre vor dem ovalen Porträt eines starren Mannes mit Hängebacken.

»Die Portugiesen bringen ihnen was zu Essen, aber nur um sie zu fangen und sie zu...«

Ein Reflex der Glühbirne zog über die Fensterscheibe.

»Und sie was?« grummelte Sépulchre, während er sich eine Zigarette anzündete.

Der Rauch kämpfte vergeblich gegen den Fäulnisgeruch in der Wohnung an.

»Es wäre mir lieber, sie würden nicht rauchen.«

»Mir auch«, erwiderte er und drehte sich zu der Alten um. »Und sie was?«

»Und sie zu essen, natürlich!« schrie sie mit einer Miene voller Abscheu wegen des Rauchs. »Aus diesem Grund füttere ich sie schon morgens, denn dann haben meine kleinen Miezekätzchen den Bauch voll und verlassen ihre Schlupfwinkel nicht, wenn die Portos auftauchen.«

»Sie waren gestern in der Caféteria Kasino?« fragte Sépulchre, wobei er, ohne auf sie zu achten, an ihr vorbeimarschierte, auf der Suche nach irgendeinem Ding, das er als Aschenbecher benutzen könnte.

»Ja, das heißt, ich saß davor, um meine Tauben zu füttern. Und dann kam der Araber. Ich sah ihn mehrere Tage lang, wie er die Sache einfädelte. Jeden Tag, Punkt fünf Uhr, schlich er um die Caféteria herum.«

Bench hüpfte von einem Bein aufs andere, als ob er ein dringendes Bedürfnis unterdrücken müßte.

»Seit wieviel Tagen ungefähr?«

»Oh! Seit gut einer Woche, meine ich... Gestern kam er mit den Taschen voll Futter an. Ich hatte damit gerechnet, daß...«

»Ja...«

»Er hat es an meine Tauben verteilt...«

»*Ihre* Tauben?«

Bench konnte sich die Ironie nicht verkneifen.

»Das machen die Araber, um sie zu ködern, Sie verstehen... Sie sind anscheinend ganz verrückt nach Tauben.«

»Was hat er sonst noch gemacht?«

»Ich habe ihn davongejagt, wie Sie sich vorstellen können...

Er ist in die Caféteria hineingegangen... Er blieb vielleicht fünfzehn Minuten drin... dann sah ich, wie er hinausrannte, als wäre der Teufel hinter ihm her... Als es explodierte, sah ich den Zusammenhang nicht gleich. Erst heute nacht ist es mir eingefallen, und man muß dazusagen, daß ich schlecht einschlafe... also habe ich mir gesagt: Marinette, die Tauben waren nicht der Grund, weshalb er gekommen ist... Er hatte sein übles Verbrechen seit Tagen vorbereitet...«

»Könnten Sie ihn beschreiben?«

Sie wandte sich Inspektor Benchichian zu und taxierte ihn mit ihrem Blick.

»Ungefähr Ihre Größe«, bedeutete sie, »schwarzes, gelocktes Haar, ungekämmt, schwarze Augen, einen breiten Mund mit schwulstigen Lippen... wie die Neger, was noch... Eine total verdreckte Hose, ein völlig zerrissenes Hemd, eine weiße Jakke... ja, weiß...«

»Hat ihn noch jemand gesehen? Außer Ihnen?«

Sie hatte ihren dunkelblauen Regenmantel zugeknöpft und knotete ein gepunktetes Kopftuch um den Rundkragen.

»Da war noch ein Junge, nicht weit davon entfernt, der die Tauben fotografierte.«

»Ein Amateur oder ein Berufsfotograf, Ihrer Ansicht nach?« fragte Sépulchre mit einer Stimme, die durch einen Hustenanfall mehrmals unterbrochen wurde. »Was für ein Apparat, zum Beispiel? Hatte er mehrere davon?«

»Zwei, jetzt wo Sie es sagen. Einen hatte er um den Hals hängen, den anderen vor dem Gesicht, vorn aufs Auge gedrückt...«

»Und sonst? Nichts weiter bemerkt?... Jede Kleinigkeit ist wichtig. Hatte er ein Paket?«

»Der Fotograf?«

»Der Terrorist.«

Nachdem sie sich ein letztes Mal davon überzeugt hatte, für die Katzen auch nichts vergessen zu haben, schloß sie erneut ihre Plastiktasche.

»Er hatte ein Buch.«

»Welche Art von Buch?«

»Ich weiß nicht. Ziemlich dick.«

»Französisch?«

»Wie was, französisch?«

»Ich meine, die Schrift... Waren es keine arabischen Schrifttypen?«

»Das hätte gerade noch gefehlt!«

Sépulchre nahm seine Streichholzschachtel und öffnete sie, um unter dem vorwurfsvollen Blick der Alten die Asche darin abzustreifen.

»Immer wenn ich Leute wie Sie sehe, Herr Kommissar, bin ich froh, daß ich mich mit Katzen beschäftige.«

Er räusperte sich energisch.

»Madame, ich bin äußerst betrübt, Sie in Ihren Gewohnheiten stören zu müssen, aber Sie müssen uns leider begleiten, damit wir vom Terroristen ein Computerbild anfertigen lassen können.«

»Und meine Katzen?« sorgte sie sich, die blauen Augen hinter der Brille weit aufgerissen.

»Drei Tote, meine Verehrteste, und zwei, die ihnen bald folgen werden, und die Verbrannten, die Blinden, die Krüppel und der, dem man gerade ein Bein abnimmt... Einmal werden Ihre Katzen warten können...«

»Sie werden es mir nicht verzeihen.«

Luft! Nichts als frische Luft! Ohne weiter zu zögern, öffnete er die Tür und atmete auf dem Treppenabsatz tief durch.

Auf dem Rückweg hatte sich der Verkehr beträchtlich verdichtet, und die Sonne hatte sich über die Dächer der Fabriken geschwungen, was Sépulchre allerdings nicht den geringsten Anlaß gab, sich zu wundern. Bald war Herbst, die Tage wurden kürzer und immer kälter. An einer roten Ampel empfahl ihm das Schaufenster einer Apotheke, sich gegen Grippe impfen zu lassen.

»Weißt du was? Franco hat einen Laden für Personenschutz, Ordnungsdienste, Nachtwächter, Aufdeckung von Diebstählen in Supermärkten undsoweiter aufgemacht«, erzählte Bench.

Das gewann dem Kommissar ein Lächeln ab.

»Der Dicke? Der Gorilla?... Das paßt zu ihm... Aber da kann man gleich den Gorilla aus dem Zoo von Vincennes einstellen, da besteht weniger Gefahr...«

»Wie man hört, wart ihr ein gutes Team.«

»Nein«, unterbrach ihn Sépulchre.

Irgendwo verhallte eine Fabriksirene mit dem Heulen eines wilden Hundes.

Zwei Stunden später wischte Sépulchre die Krümel eines Croissants von seinem Schreibtisch und nahm das Computerporträt, das ihm sein Inspektor reichte. Ein nicht unsympathischer Jugendlicher mit einem dichten, schwarzen Haarschopf. Vom Typ her auf den ersten Blick eher Italiener als Araber. Vielleicht auch Grieche.

»Wir haben eine neue Zeugin«, verkündete Bench. Mit den Händen formte er zwei Kugeln vor seiner Brust und fügte hinzu: »Es ist eine Frau.«

Anfang Dreißig, zum Anbeißen, mit altmodischem Make-up und Dackel unter dem Arm. Das Tier hörte auf den Namen Téquila. Ihr Name war dagegen weniger exotisch: Simone Baril.

Beim Sprechen verschluckte sie die Hälfte der Wörter, auf Fragen antwortete sie, bevor man sie zu Ende formulieren konnte, und nur am Ende jedes Satzes atmete sie, was den schmerzlichen Eindruck hinterließ, daß sie gleich ersticken oder zu schreien beginnen würde. Jasicherr hatte sie den Mann gesehen, den das Computerporträt zeigte, und zwar als er in die Toilette hineinstürzte; sie hatte geglaubt, er sei krank oder drogensüchtig, sie hatte es sogar ihrem Freund am anderen Ende des Telephons mitgeteilt, aber in Wirklichkeit tat dieser Typ nur so, als müßte er sich übergeben, nachdem er ihre Anwesenheit bemerkt hatte, um einen Grund vorzutäuschen, warum er da sei. Ja ja, sie war sich absolut sicherr, daß er sich weder übergeben noch die Toiletten benutzt hatte, es sah eher so aus, als würde er am Waschbecken herumfummeln... Ob er etwas angeschlossen hatte? Einen Zünder? Wie groß ist sowas? Aber sicherr, wenn es die Größe einer Schachtel Zigaretten hat, ja ja, könnte gut möglich sein, ja, war ganz sicherr so.

Anschließend hatte er an der Bartheke etwas getrunken, und genau in dem Augenblick schrie er: Ihr werdet alle krepieren! Nee, er hatte keinen Akzent, nur den Kopf. »Was für einen Kopf?« fragte Sépulchre. »Den eines Arabers natürlich«, sagte sie mit einer gewissen Ungeduld.

Durch die Scheiben hatte sie ihn davonlaufen sehen, und sie hatte ihn gerade vergessen, als alles in die Luft flog. Großer Gott, sie hatte Todesangst. Sie zitterte noch immer. »Unterschreiben Sie da«, sagte Bench. Er streichelte den Hund als sie aufstand, um sich zu verabschieden. Dabei berührte er sie. »Tschuldigung!« sagte er.

Sépulchre zündete sich ein Zigarette an. Bench verschlang die junge Frau mit seinen Augen. Auf der Türschwelle beugte sie sich hinunter, um den Dackel auf den Boden zu setzen.

»Würdest wohl gern den Platz des Köters einnehmen, was?«

Bench zuckte mit den Schultern und lächelte verlegen wie ein Schüler, der beim Abgucken erwischt wird. Sépulchre zog sein Jackett über, faltete das Porträt zweimal und steckte es in die Tasche.

»Gehen wir in die Caféteria, deine Libido versorgen«, sagte er hüstelnd.

Die Luft war mild, fast warm, und Platanenblätter hatten den Steinboden überquert, um sich alle zusammen hier wiedereinzufinden und über den Glasscherben Kreise zu drehen. Eine Gruppe Arbeiter war damit beschäftigt, die Spuren der Explosion zu beseitigen.

Der Wirt war ein Massiv von einem Fünfzigjährigen, gut gebaut, mit groben Gesichtszügen, die handfeste Ansichten ausdrückten.

Sépulchre zupfte sich am Hals und entfaltete mit der anderen Hand das Porträt.

»Keinen Zweifel«, stimmte der Mann zu. »Bis auf irgendwas am Kinn ist das der Dreckskerl, hundertprozentig... Ihr werdet alle krepieren! hat er durch den ganzen Saal geschrien. Mein Gott! Wenn ich gewußt hätte, daß er ein Terrorist ist... Am meisten hätte Ihnen Roger, mein Barmann, darüber sagen können... Ein prima Kerl, mit zwei Bengeln nicht größer als so... Er hat gut zehn Minuten mit dem Dreckschwein geredet.«

Bench kramte seinen Dienstausweis hervor, um ihn zwei Bereitschaftspolizisten zu zeigen, die hinter einer eingestürzten Wand auftauchten und sich ziemlich nervös an ihren Maschinenpistolen festhielten.

»Kam er oft zu Ihnen?«

»Noch nicht sehr lange. Seit acht Tagen etwa... Dazu muß man sagen, daß er etwas mit der Bedienung hatte, mit der, die für Burger und Sandwiches sorgte, das war das letzte, was Roger mir sagte.«

»Der Name des Mädchens?«

»Lucie Dumaine. Aber sie arbeitet nicht mehr für mich.«

»Wann ist sie gegangen?«

»Gestern nachmittag.«

»Kurz bevor die Bombe hochging?«

»Das hat sich so ergeben... Ich hab sie weggeschickt. Sie hat, sagen wir, sie hat sich nicht anständig benommen, gegenüber den Gästen und dem Personal. Ich... mich legt keiner aufs Kreuz.«

Ein halbes Dutzend Maghrebiner voller Staub schoben ihre Schubkarren einen Weg aus Holzbrettern entlang, der von einem Haufen Bauschutt zu einer Kippe führte, aus welcher der weggeschüttete Gips qualmte.

Sépulchre ging plötzlich auf einen von ihnen zu und hielt ihn an. Mit unendlicher Vorsicht zog er ein Buch hervor, das aus dem Trümmerschutt herausragte, hielt es an den Innenseiten fest und blies ein paarmal drüber, um den gröbsten Dreck wegzukriegen. »Sophokles. Werke in einem Band«, las er mit lauter Stimme.

Bench lieh sich eine Plastiktüte von einem Bereitschaftspolizisten der *Compagnie Républicaine de la Sécurité*, kurz CRS genannt, und Sépulchre legte das Buch mit vor Zufriedenheit glänzenden Augen hinein.

»Haben Sie was gefunden?« erkundigte sich ein unterer Dienstgrad der CRS, während er mit dem Lauf seiner Waffe auf die Tüte deutete.

Sépulchre räusperte sich, bis die Stimme wieder klar wurde, und nahm ihn so bei der Schulter, daß er sich vor den maghrebinischen Arbeitern umdrehen mußte.

»Ja!« sagte er. »Ich habe entdeckt, daß die Gastarbeiter bei sich zuhause geblieben wären, wenn Pascal den Schubkarren nicht erfunden hätte.«

Der Beamte nickte in feierlichem Ernst mit dem Kopf, und sein Blick folgte einen Moment lang perplex der gebeugten Gestalt des Kommissars, der von seinem Assistenten flankiert wurde.

Sépulchre setzte die schmale Brille auf, die für gewöhnlich an einer Kette um seinen Hals hing, und las die Adresse von Lucie Dumaine, bevor er den Zettel an Bench weiterreichte.

»Sie wird vielleicht gar nicht da sein«, wandte der Inspektor nach einem kurzen Blick auf seine Uhr ein. 11 Uhr 47. Bald Zeit für die Heringe mit Pommes von Mama Ginou...

Sépulchre unterbrach ihn mit ungehaltener Stimme.

»Ebenso riskieren wir, unser Vögelchen nicht mehr im Nest zu fangen«, erwiderte er und schlug mit der Hand gegen das Porträt in seiner Jackentasche.

»Vielleicht sollten wir noch andere Einheiten hin...«

»Nein, Bench, nicht wenn du mit siebenundzwanzig Jahren

Kommissar werden willst, mit mir als Abteilungsleiter.«

Alle Polizeikräfte Frankreichs waren im Einsatz, von seiner eigenen Kriminalabteilung, die man in Sachen Terrorismusbekämpfung für die wirkungsvollste hielt, bis zu Interpol, über die zentrale Kripoleitung DCPJ, die Untersuchungsabteilung der zentralen Leitung des Nachrichtendienstes DCRG, die Stabsabteilung bei den RGPP's, den nachrichtendienstlichen Stellen bei der Pariser Polizei, die für den Geheimdienst DST arbeiten, und die UCLAT, die Koordinations- und Verbindungseinheit im Kampf gegen den Terrorismus. Und unter all denen erhielt er, Sépulchre, Kommissar der SAT, der berühmten Antiterror-Sektion, an eben diesem Morgen ein Computerporträt des Bombenlegers, seine Fingerabdrücke, vorausgesetzt bei dem Buch handelt es sich um jenes, von dem die Alte geredet hatte, und die Adresse seiner kleinen Freundin, wo er sich bestimmt versteckt hielt. Eine solche Gelegenheit kommt höchstens einmal in einer Karriere, und es galt, sie zu ergreifen oder unter dem Staub der Tage zu versinken.

Sie ließen den Fahrstuhl links liegen und stiegen die zwei Treppen zu Fuß hoch, ohne Eile. Auf dem Treppenabsatz gingen sie an beiden Seiten der Tür in Position. Sie entsicherten ihre Waffen und legten die Automatik an ihre Wange. Sépulchre drückte auf den Klingelknopf.

Getuschel gefolgt von hastigen Schritten, dann wieder Stille.

Durch einen Blick verständigte er sich mit Bench und gab mit einer leichten Kopfbewegung sein Einverständnis. Sein Oberkörper drehte sich auf den Hüften. Er schoß zweimal hintereinander auf das Schloß.

Mit angewinkeltem Oberarm nahm Bench von der gegenüberliegenden Wand aus Anlauf. Das Schloß flog auseinander, die Tür schlug gegen die seitliche Wand. Seine Pistole, mit beiden Händen festgehalten, beschrieb einen Halbkreis durch das Zimmer und stoppte vor dem entsetzten Gebrüll eines jungen Mädchens in chinesischem Morgenmantel.

»Polizei!« rief Sépulchre, während er sich gegen die Wand eines halboffenen Einbauschranks warf. »Raus da!«

Bench bewegte sich keinen Fingerbreit, die Beine gespreizt und die Pistole auf den Kopf des Mädchens gerichtet.

»Raus!« wiederholte Sépulchre.

Durch das Schreien entzündete sich sein Hals.

»I-i-ich komme«, stammelte eine Männerstimme.

Sépulchre gab Bench einen Wink.

Der Schrank wurde langsam geöffnet. Bench machte eine Kehrtwendung, die Automatik glitt in die linke Faust, die rechte lockerte sich und packte den Mann am Kinn, bevor er auch nur einen Schritt hätte tun können. Die Heftigkeit des Griffs verdrehte seinen Kopf wie eine Schraube. Bench hämmerte ihm die Faust mit der Waffe in die Magengrube. Der Mann brach auf dem Teppichboden zusammen, mit einem dumpfen Schlag, den man trotz des Geschreis des jungen Mädchens und diversen Geräuschen draußen auf dem Gang hörte.

Sépulchre drehte den Körper mit seiner Schuhspitze um und begann das Mädchen auszufragen, mit einem Blick, dem die ganze Enttäuschung abzulesen war. Der hatte gut vierzig Jahre auf dem Buckel und trug eine modische Unterhose.

»Das ist Jacques, mein Nachbar vom Stockwerk unter mir«, brachte sie mühsam heraus, nachdem der größte Schreck vorüber war. »Wir glaubten es sei seine Frau...«

Sie wirkte wie ein kleines Kind in ihrer Art, die Nase hochzuziehen, mit ihrer Ungeniertheit in diesem weiten Morgenmantel als einzigem Kleidungsstück und mit ihrem über der Schädelmitte zusammengebundenen und wie eine Feder nach oben stehenden Haar.

Die Nachbarn klebten am Türrahmen und warfen fassungslose Blicke auf den Mieter aus dem ersten Stock. Bench stieß sie ohne Rücksicht zurück und warf die Überreste der Tür auf sie.

»Lucie Dumaine?« spuckte Sépulchre aus.

Sie bejahte schweigend.

»Wir sind von der Polizei«, glaubte er, wiederholen zu müssen, während er das Computerporträt aus der Tasche holte. »Kennen Sie diesen Typen?«

»Ja, Robert, bis auf die Stirn, die zu hoch ist«, meinte sie. »Ist ihm was passiert?«

»Hatten Sie eine... Beziehung zu ihm?«

»Stop mal! Was wollen Sie eigentlich von mir wissen?«

Der Mann in der Unterhose gab ein Grunzen von sich. Es gelang ihm auf alle Viere zu kommen. Er rang nach Luft.

»War er ihr Freund?«

»Ach, Sie meinen sexuelle Beziehungen? Nein, das scheint ihm nicht mal in den Kopf gekommen zu sein. Das ist eher der

Typ, der viel quatscht und der's nicht merkt, wenn's drauf ankäme zu schweigen... Wissen Sie, ich war nicht dagegen, er ist ein ziemlich schöner Junge... Meiner Meinung nach ist er schwul, ein verklemmter Schwuler, aber ein Schwuler. Und echt fatal der Arme.«

»Fatal?« fragte Bench nach, ohne den Mann aus den Augen zu lassen, der versuchte, sich mit Hilfe der offenen Schranktür wieder aufzurichten.

»Na, so die Art von Typ, die stundenlang am Fenster hockt, um eine Landschaft anzuschauen oder die Leute zu zählen, die vorbeikommen... So sind sie eben, alle die fatal sind... Was hat er angestellt?«

»Er wird verdächtigt... einen Flirt mit Ihnen angeleiert zu haben, um in aller Ruhe die Örtlichkeiten auszukundschaften, bevor er dort die Bombe gelegt hat.«

»Die Bombe in der Caféteria? Robert? Jetzt bin ich aber baff, das muß ich schon sagen.«

Sépulchre klopfte leicht auf die Unterseite seiner Zigarettenschachtel und klemmte sich die zwischen die Lippen, die am weitesten rausguckte.

»Was machen Sie denn so im Leben?«

»Ich studier Psycho, ich jobbe, wenn ich kann, und ich rauche dieselben Kippen wie Sie.«

»Oh, Entschuldigung!« murmelte er und hielt ihr die Schachtel hin.

Sobald der Mann wieder stand, ließ er die Schranktür los, schwang eine riesige Faust in Richtung Bench, der auswich, ihn an den Schultern packte, gegen die Wand drückte und ihm mit aller Kraft seinen Kopf in den Bauch rammte. Der Mann gab wieder ein Grunzen von sich und kehrte auf den Teppichboden zurück.

»Sei nicht so starrköpfig, Jacques«, sagte sie, während sie sich dem brennenden Streichholz näherte, das ihr der Inspektor hinhielt.

»Dieser Robert, was hat er so gemacht? Sagte er Ihnen wenigstens das?«

»Oh, er erzählte mir einen Haufen Storys über die Mechanik und so«, sagte sie, nahm einen tiefen Zug und atmete den Rauch wieder aus, »aber meiner Ansicht nach ist er ein kleiner Angler... Taschendieb, wenn Sie wollen. Aber jetzt, wo Sie mir sagen, daß er ein Terrorist... ich weiß nicht recht... So gesehen, gar nicht so dumm. Kein Prolo im Leerlauf.«

Sépulchre kapierte nicht.

»Polo? Er fuhr einen VW Polo?«

Ihr Schulterzucken war von einer charmanten Verächtlichkeit.

»Prolo, nicht Polo... Prolet, wenn Sie das eher verstehen. Er war nicht von dieser Sorte. Mehr von der Sorte, die sich jede Minute zehnmal vor Ihnen verbeugen. Schade, daß er schwul ist, denn er ist witzig. Das ist selten, insbesondere bei den Fatalen.«

»Wissen Sie, daß es sich um einen Araber handelt?«

»Ich hab ihn immer damit aufgezogen, weil er behauptet hat, er sei aus Polen. War eben ein Schwätzer... Hab ich Ihnen noch nicht gesagt, daß er schwarzes Haar hat?«

»Alles in allem, Eindrücke, aber nichts Sicheres...«

»Ich kann doch einen Polen noch von einem Araber unterscheiden.«

Der Mann stemmte sich aus den Schenkeln heraus wieder hoch, die Schultern an der Wand; die Arme baumelten herab.

»Hatte er einen Akzent?«

»Na-ein...«

»Irgendeine Kleinigkeit, die uns weiterhelfen könnte. Wie zum Beispiel, ob er beschnitten war?«

Auf dem Gang draußen wurde geschrien. Eine kreischende Frauenstimme übertönte das Stimmengewirr.

Das junge Mädchen wandte sich dem Mann in der Unterhose zu, der immer noch an der Wand lehnte.

»Deine Frau. Laß Dir was einfallen, jetzt kommt's drauf an.«

Sie schnappte sich Slip und Büstenhalter von einem Wäschepuff, und begann, hinter ihrem Morgenmantel verschanzt, sich anzuziehen.

»Beschnitten«, wiederholte sie mit einem leichten Lachen. »Ich sagte doch schon, daß ich nicht zu Potte kam... Wieso meinen Sie, daß ich das weiß?«

»Ist ein christlicher Araber beschnitten oder nicht?« fragte Bench.

»Hatte er die Möglichkeit, Sie hier zu besuchen?«

»Robert? Er hatte nicht mal meine Adresse.«

Der Mann machte einen Schritt vorwärts, konnte sich aufrecht halten und versuchte zu tänzeln, wie ein Boxer der k.o. ist.

»Laß ihn«, sagte Sépulchre zu Bench, der zu einem Haken ansetzte.

»Gut. Ich danke Ihnen sehr für Ihre Hilfe.« Er notierte seine Telefonnummer auf ein Kärtchen und gab es ihr. »Wenn Sie was Neues erfahren...«

»Und meine Tür? Wie krieg ich die wieder zu?«

»Fragen Sie Ihre Versicherung. Gehen wir, Bench.«

Mit einer Pirouette wich Bench einem ungeschickt angesetzten Faustschlag aus und folgte dem Kommissar auf den Treppenabsatz hinaus.

»Gehen Sie in Ihre Wohnungen zurück«, herrschten sie die Mieter an, während sie sich den Weg durch die Ansammlung bahnten. »Hier gibt es nichts zu sehen...«

Sie kämpften sich zur Treppe durch; die Deckenleuchte fehlte. Eine Frau löste sich aus dem Pulk, stieß Sépulchre an und zwang ihn stehenzubleiben.

»Er ist da, ich weiß genau, daß er da drin ist!« flehte sie. »Sagen Sie mir, daß er da ist! Ja-acques!«

Sépulchre tauchte seinen Blick in ihre Augen. Augen von einer unbestimmbaren Farbe, mit zuviel Make-up auf den Lidern und tiefen Furchen, die sich bis zu den Ohren zogen. Dennoch sah sie nicht schlecht aus. Seit wie langer Zeit war sie eine Gewohnheit geworden?

»Madame, wir hatten eine lange Unterredung mit Ihrem Gatten.« Er nahm sie beim Arm und führte sie zum Kabuff unter der Treppe. »Sehen Sie, der große Pascal hat einmal gesagt: Der Mensch ist ein Schilfrohr, und zwar das schwächste der Natur, aber er ist ein denkendes Schilfrohr...« Sie sah ihn mit wachsender Unruhe an, aber er fuhr mit einem Lächeln, in das er einiges an Sanftmut und Liebenswürdigkeit legte, fort: »Im Falle Ihres Mannes, Madame, geht das Problem über das Denken des Philosophen hinaus. Um genau zu sein, was ihn betrifft, so handelt es sich eher um einen Bambus, und unglücklicherweise nicht immer um einen denkenden.«

Mit dem letzten Satz erstarb seine Stimme. Er ließ ihren Arm los, ließ sie kraftlos zurück und raste die Treppe hinunter.

Benchs Wagen brachte sie direkt vor einen Teller mit Heringen in Öl. Er machte es sich in der Rückenlehne des Rohrstuhls bequem, streckte die Beine aus und fixierte Bench.

»Du solltest unter dem Tisch nicht die Schuhe ausziehen«, sagte er zu ihm.

»Lassen Sie meinen armen Benchy in Ruhe«, warf Mama Ginou ein, als sie die Gedecke und eine Flasche Juliénas auftrug, ein gutes Tröpfchen aus dem Beaujolais.

»Aha! Sie! Sie sind eine Subversive!«

»Eins ist sicher: Wenn ihm die Füße anschwellen, dann bläht sich bei Ihnen der Kopf auf!« gab sie zurück.

Als sie ging, schickte ihr der Inspektor einen unendlich dankbaren Blick hinterher.

»Was machen wir heute mittag?« fragte er nach einem Tête-à-tête mit dem Wein.

»Ich, ich mach mich auf die Suche nach dem Fotografen«, grummelte Sépulchre. »Du, du nimmst drei Männer mit. Ihr werdet den Ausstellungssalon von Renault auf den Champs Elysées überwachen. Dort gibt's einen Cocktail-Empfang... Aber nicht der beunruhigt den Geschäftsführer... Eine dieser Kasperlesfiguren, die uns regieren, muß zu RTL gehen, um den x-ten Antiterrorplan vorzustellen, und das ist genau zwei Schritte neben dem Salon...«

Er unterbrach sich, um einen Bissen hinunterzuschlucken.

»Sie gehen einem auf den Wecker damit«, meinte Bench sauer.

Er trank sehr lange und bediente sich gleich nochmal.

»Was willst du machen?... Heutzutage wird aus dem banalsten Wort ein großes Ereignis, wenn es ein Politiker in den Mund nimmt.« Er beugte sich über seinen Teller, ohne Bench aus den Augen zu verlieren: »...und das Ereignis zieht den Terroristen an, auch das ist banal.«

Der Hering in Öl linderte seine Halsschmerzen.

## 3

William steckte mit viel Anstrengung sein blaues Hemd in die Hose, knöpfte die Manschetten zu und näherte sich dem Spiegel, während er sich seinen Schlips um den Hals schlang.

»Du stellst dich an, wie der letzte Mensch«, sagte Sonja.

Mit ernster Miene drehte sie ihn um und lehnte ihn gegen die Badezimmerwand. Sie brachte ihn dazu, stillzuhalten, drückte ihren Bauch kräftig gegen seinen und machte sich an seinem Krawattenknoten zu schaffen. Sie war barfuß genauso groß wie er.

»Wer hat dir diese Dinge wohl beigebracht?« fragte er lachend, das Kinn hochgereckt. Die Finger der jungen Frau nestelten an seinem Hals rum.

Sie schien dreißig Jahre alt zu sein, nicht mehr. Unter ihren großen Augen voller Wißbegier zogen sich blaue Ringe und andere Spuren der Müdigkeit zum Mund hinunter, aber das beeinträchtigte ihre Schönheit nicht im geringsten. Ihre Haut war auffallend schön, eine Haut, die keine Sonne brauchte, um Farbe zu zeigen. Ihre Lippen waren sanft und glatt, noch schwach gezeichnet von der Kontur eines alten Make-up.

»Ich hab's dir schon mal gesagt.« Ihr Tonfall verriet Ungeduld. »Mein Mann...« Wie von der Erinnerung überwältigt, zog sie am Acetat, als wollte sie ihn erdrosseln. »Er soff dermaßen, daß ich ihn jeden Morgen anziehen mußte, bevor er zur Arbeit ging.«

Er wandte sich wieder dem Spiegel zu, lockerte den Krawattenknoten und lächelte Sonjas Spiegelbild an.

»Regelmäßige Arbeit bringt den Mensch zum Trinken, was ich schon immer gesagt hab.«

Mit ihren Handflächen strich sie das Hemd über den Schultern glatt und schnallte die Koppel um seine Hüften fest.

»Fertig. Jetzt siehst du wie ein echter Wachmann aus...« Sie umarmte ihn ungeschickt, vom Umfang ihres Bauches behindert. »William? Versprich mir aufzupassen, ja...?«

Als sie die Umarmung wieder löste, bewahrte er sich den warmen Atem ihrer Stimme auf seinem Nacken.

»Du weißt doch, daß ich kein Risiko eingehe... Vorsichtiger als ich selbst, ich halt mein Versprechen.«

»Es ist nur, weil wir jetzt zwei sind, die Angst haben«, sagte sie, schnappte sich seine Hand und preßte sie mit aller Kraft gegen ihren Bauch. »Sag deinem Papa, daß er keine Dummheiten machen soll, Baby.«

Er lachte, beugte sich zu Sonjas Bauch herab, legte die Hände trichterförmig um seinen Mund und schrie, wie man durch eine Wand schreit: »Saug an deiner Schnur, Baby, und mach deinem Vater keine Scherereien.«

Sie lachten zusammen und Sonja fuhr durch sein Haar. Er schüttelte den Kopf, um sich zu befreien, und beförderte sein Hinterteil auf den angeschlagenen Rand der Badewanne, mit dem Rücken zur Wäsche, die dort zum Trocknen hing.

»William«, sagte die Frau wieder mit ernstem Gesicht, »denk daran, daß wir zu Mama gehen müssen... Falls es früher kommt oder ich mich in meinen Berechnungen getäuscht haben sollte... Es ist bald soweit. Ich fühle, daß Baby große Lust hat zu sehen, was für ein Gesicht sein Vater hat.«

»Es wird nicht enttäuscht werden«, scherzte er. Er stellte seinen Fuß auf die Badewanne und tat nichts, um Sonja davon abzuhalten, seinen Schuh zuzuschnüren. »Hör zu, Sonnie, mit dieser Bombe und den ganzen Bullen überall haben wir 'ne gute Gelegenheit, locker schnelles Geld zu machen. Gut, wir kassieren schnell ab, dein Bruder klaut 'ne Karre, und dann bringen wir uns bei Mama Polack in Sicherheit. Abgemacht?«

Ohne ihn anzusehen, forderte sie mit einem Fingerschnalzer den anderen Schuh und stellte ihn auf ihren Schenkel.

»Ich trau deinen schönen Versprechungen nicht«, sagte sie. »Du hast mir schon genug von der Sorte gegeben...«

»Aus reiner Liebe zu dir«, meinte er neckisch... »Weil ich dir keinen Wunsch abschlagen kann...«

»Alles nur Reden!«

»Vor allem: Du liebst mich zu sehr.«

»Oh, nein! Glaub bloß das nicht.«

Er runzelte die Stirn und riß ihren Arm an sich.

»Du liebst mich nicht mehr?«

»Du willst nicht, daß wir aufs Land gehen.«

Er ließ sie los.

»Auf dem Land kann man sich nicht sein Leben verdienen«, sagte er mit einem Schulterzucken.

»Das nennst du sich sein Leben verdienen?« Sie ließ den Blick durch ihr Badezimmer schweifen und forderte ihn dazu auf, dasselbe zu tun. »Nicht mal Warmwasser und einen Eimer anstelle einer Wasserspülung...«

»Sonnie, hast du gehört?... Wir schnappen uns eine Karre und hauen ab, einverstanden?«

Ohne aufzustehen, umschlang er sie, drückte sie an sich und rieb seine Nase an ihrem Busen.

»Du liebst mich nicht mehr«, grummelte er, wobei die Stimme im Fleisch unterging.

»Nicht daß ich dich nicht mehr lieben würde.«

»Du liebst mich weniger?«

»Aber nein, auch nicht, weil ich dich weniger liebe... Aber ich teile dich mit Baby, und wenn ich an dich denke, dann auch an Baby.« Sie preßte ihre Hände gegen seine Backen, zog seinen Kopf hoch und zwang ihn, sie anzusehen. »Es ist wahr, jetzt, wo wir darüber sprechen, ist mir klar geworden, daß ich dich nicht mehr auf dieselbe Weise liebe... Ich habe dich geliebt, wie man ein Kind liebt, doch jetzt kommt ein anderes Kind, diesmal ein echtes, und es verlangt, daß du erwachsen wirst, und ich brauche heute einen Mann zum Lieben... Ein Mann«, wiederholte sie nach einem Augenblick des Schweigens, und ihre Lippen bewegten sich noch einmal, blieben aber stumm.

Er erhob sich, die Schultern mit feuchter Wäsche beladen, und versuchte, dem unordentlichen Haar der jungen Frau ein wenig Form zu geben.

»Liebe mich einfach weiter so mit deiner wunderbaren slawischen Liebe, und quäl dich nicht mit dem ganzen anderen Zeugs... Was heißt das, erwachsen werden?« Heftig schob er ein nasses Tuch beiseite. »Das heißt, die Welt kleiner machen und überall anstoßen... Erwachsen werden heißt, den Raum verringern. Ist es das, was du willst? Daß man erstickt?«

Er hatte nicht geschrien, aber die Kacheln ließen seine Stimme lauter klingen als sie war.

»Ich will nichts«, erwiderte sie, »als einen Laden für Strickwaren, in dem ich meine Modelle verkaufe. Größe und Weite der Welt sind mir scheißegal, schließlich habe ich nicht sie einzukleiden...« Ganz unerwartet lächelte sie und ebenso unerwartet nahm sie wieder einen ernsten Gesichtsausdruck an, um ihm zu gestehen: »Du hast mich betört, weißt du?« Sie sah ihn nicht mehr, sie hatte die Augen aufgerissen wie Leute, die versuchen, sich an einen Traum zu erinnern.

Er strahlte.

»Und wie!«

Mit einem Schnipser ließ sie den Deckel auf die Kloschüssel fallen und nahm darauf Platz, indem sie ihren Bauch mit beiden Händen stützte. Der ganze Körper kauerte sich zusammen, wie um jenes Leben zu schützen, dem er den letzten Schliff gab.

»Heute bist du eben so, aber ich sehe mehrere kleine Lichter...«

Er beugte sich nieder und küßte sie auf die Schläfe, am Haaransatz. In den tiefen Geruch nach Erschöpfung, nach Hingabe und nach Kopfkissen mischte sich der noch hängengebliebene Duft des Shampoos vom Vortag.

»Wohin sind deine Lichter verschwunden?« murmelte sie, diesmal mit trauriger Stimme.

»Sonnie«, sagte er in sanftem Tonfall, »ich geh eine neue Glühbirne kaufen, ich komme zurück und werde in deinen Augen wieder leuchten, einverstanden?«

Sie lachte laut auf unter ihren Tränen, faßte ihn am Nacken und beugte ihn wieder zu ihrem Bauch herab.

»Sag Baby Auf Wiedersehen... Streichle es, William, fühle, wie zart es ist.« Sie zog ihr Kleid bis unter die Brüste hoch. »Spürst du, wie es sich bewegt? Denk nicht daran, was ich gesagt habe, es sind nur die Belanglosigkeiten einer braven Polin.«

Er strich ein, zweimal mit der Hand über ihren harten Bauch und versuchte, das Leben unter der Haut wahrzunehmen. Er glaubte, es zu spüren, hielt inne, und dann, nein, nichts, das Pulsieren einer Ader.

»Scheint als bekämen schwangere Frauen ihren großen Depri im letzten Monat«, erklärte er, während er sich wieder aufrichtete. »Das ist kein Blödsinn, ich hab's gelesen.«

Sie lächelte mit feuchten Augen und schüttelte den Kopf mit einem Schauder.

»Es gilt, Platz zu schaffen, man darf es so einem kleinen Ding an absolut nichts fehlen lassen, und das ohne zu wissen, ob es überhaupt der Mühe wert ist... Schon eine komische Sache, so ein Mensch, und eine lange... Sehr lang...«

»Und deshalb auch eine gute!«

Sie schien ihn nicht zu verstehen.

»Stell deiner Mutter das nächste Mal die Frage, wenn du die Gelegenheit dazu hast«, fuhr sie fort. »Frag sie, wieviel Zeit vergangen ist, um das aus dir zu machen, was aus dir geworden ist, frag sie, welche Schmerzen sie sich zugefügt hat... Ihre Übelkeit, ihr Brechen, ihre Schwangerschaftsstreifen und die Zähne, die ihr fehlen, weil du ihr Calcium gestohlen hast... Sie hat an dich geglaubt, für dich hat sie das alles ertragen, alles geopfert... Und dafür hast du sie verlassen, wegen eines Mädchens, unter dem Vorwand, sie hätte einen schönen Arsch und einen Polackenakzent... Verstehst du jetzt, warum ich deprimiert bin?«

»Bevor du verlassen wirst, hast du noch soviel Zeit, daß du die Schnauze gestrichen voll davon hast, würde dir meine Mutter sagen...!« Er stieß einen schweren Seufzer aus und warf einen letzten, kurzen Blick in den Spiegel. »Gute Reise, Baby!«

»Du bist mir wirklich eine große Hilfe«, sagte sie mit tonloser Stimme. »Oder du willst einfach nicht verstehen.«

»Ich versteh so gut, daß es keine Glühbirne sein wird, die ich dir mitbringe, sondern eine Halogenleuchte.«

»Dummkopf.«

»Deshalb hast du dir ja mich ausgesucht.«

»Ja, ja, hör mir nicht zu«, flehte sie kopfschüttelnd, »bleib wie du bist.«

Er stieß einen kurzen Lacher aus.

»Mach dir keine Sorgen«, hüstelte er, als er das Badezimmer verließ. »Ich ändere mich keinen Deut.«

Sie erhob sich mit Hilfe ihrer Arme und folgte ihm keuchend im Watschelgang.

»Paß auf Robert auf«, rief sie ihm einen letzten Ratschlag hinterher.

Er stolperte durch das Chaos des Zimmers und blieb auf der Türschwelle kurz stehen.

»Hör auf, dir Sorgen um ihn zu machen... Dein Bruder ist ein Künstler.«

Mit einem von den Fingerspitzen gehauchten Kuß zog er die Tür zu.

## 4

Gerade als er auf den Fußgängerüberweg stürmen wollte, der die Champs-Elysées überquerte, stoppte Robert Slowacki plötzlich seinen Lauf und bewahrte trotz des gebremsten Schwungs sein Gleichgewicht auf dem Randstein des Bürgersteigs. Vier Polizisten kamen zu seiner Verabredung, die Hände auf den Maschinenpistolen ruhend, mit martialisch aussehenden Helmen und der nichts Gutes verheißenden Gemessenheit, die den neuen Uniformen der Ordnungshüter anhaftet. Unmöglich umzukehren, ohne ihre Aufmerksamkeit auf sich zu lenken. Vor allem nicht rennen, ein Wachmann hat keinen Grund zu rennen. Robert steckte sich gelassen eine Kippe an, das Gesicht hinter seinen Händen und dem Rauch verborgen. Sie gingen ohne einen Blick an ihm vorüber.

Sein äußeres Erscheinungsbild war also glaubwürdig. Erleichtert überquerte er bei der nächsten Grünphase die Straße. Das Café lag fünfzig Meter weiter unten. Er konnte William kaum erkennen: blaues Hemd, Krawatte, schwarzer Blouson und graue Hose, insgesamt tadellos. Er saß am Tresen vor einem Glas, das Armagnac enthalten haben mußte, und steckte sein Nase in eine vollständig aufgeschlagene Zeitung, die er mit beiden Händen hielt.

»Du bist spät dran«, sagte er, während er die Zeitung methodisch zusammenfaltete.

»Ich hab den falschen Bus erwischt. Ich bin erst am Bahnhof Saint-Lazare rausgekommen, ein Riesenumweg, wie du siehst.«

William musterte ihn von oben bis unten, mit zufriedenem Gesicht. Robert konnte als irgendeiner dieser Wachmänner gelten, den die Wach- und Schließgesellschaften seit der Bombe vom Vortag reihenweise einstellten, mit der Aufgabe, die Leute an den Eingängen zu Bahnhöfen, großen Kaufhäusern und Kinos zu filzen, an allen öffentlichen Plätzen, wo eine Bombe größere Schäden anrichten könnte, also überall.

Robert bestellte einen Espresso. »Willst du auch einen?« – »Zwei!« stellte er in Richtung Kellner richtig.

»Geht's gut?« erkundigte sich William.

»Ganz groß in Form«, log Robert. Seine Hand beschrieb die Rundung eines Bauches: »Und bei Sonja, nichts Neues?«

»Wir fahren zu deiner Mutter, sobald wir können.«

»Mit welchem Wagen?«

»Um ehrlich zu sein, ich baue da ganz auf deine Zauberfinger.«

»Ah...« Robert bewegte, ohne zu lächeln, den Kopf zum Zeichen der Billigung.

»Wann soll es kommen, das Baby?«

»Nach dem, was sie sagt, hat es schon seine Nase rausgesteckt.« Er zuckte mit den Schultern, um zu zeigen, wie wenig er an die Dringlichkeit des Ereignisses glaubte. »Was hältst du von David?«

»David wer?«

»Als Vorname für Baby, meine ich.«

Robert verharrte einen Moment schweigend, bevor er antwortete.

»Hört sich jüdisch an«, gab er von sich.

»Findest du?«

»Sogar sehr.«

»Bei Abraham oder Moses, gut, einverstanden«, räumte William ein, »aber David, das ist doch international. Amerikanisch, brasilianisch, dänisch, was du willst. Mehr noch, es ist biblisch...«

»Vielleicht ist es biblisch, aber es macht jüdisch. Selbst wenn es einen amerikanischen Juden gibt, es bleibt jüdisch.«

Auf der Straße draußen verschlimmerten zwei Polizeiautos das Verkehrschaos.

»Sie haben alles im Einsatz«, bemerkte William, und drehte sich nach dem Sirenengeheul um. »Sagt dir das zu, aufs Land zu gehen?«

»Arschloch«, grummelte Robert, der in seiner Deprimiertheit versank. »Das Land: das Loch mit Petersilie bestreut, der Arsch der Welt mit etwas Grün drum herum...«

William beobachtete ihn mit Verwunderung, in die sich Unruhe mischte. Der Bammel, dachte er sich, und der Gedanke trug nicht zu seiner Beruhigung bei. Fehlte gerade noch, daß er Bammel kriegte.

»Wo machen wir's?« fragte Robert.

»Hier, auf den Champs.«

Sie setzten sich in Bewegung. Es gibt nichts außer der Aktion, um die zweiflerischen Gedanken zu verscheuchen, die einem während der Warterei überfallen. Die Künstler nennen es Lampenfieber, andere den Kloß im Magen; die Gesichtsmuskeln sind angespannt, der Hals zugeschnürt, die Beine versagen den Dienst. William strich dienstbeflissen das Wechselgeld ein, ohne ein Trinkgeld zu lassen. Ein Wachmann gibt kein Trinkgeld.

Die breiten Bürgersteige waren mit Leuten übersät.

»Schönes Wetter«, sagte Robert.

»Da ist es angenehmer, wenn man auf der Straße arbeitet.« William musterte die Menge. »Robert?... Beschränk dich darauf zu tun, was ich mache, und alles wird klappen. Hörst du?«

Robert nickte abwesend.

»Es ist ein schöner Monat September«, sagte er noch und fügte hinzu: »Wir müssen es im Kopf behalten und Baby später sagen, daß es in einem schönen Septembermonat geboren worden ist.«

»Wir sagen ihm, daß es Schwein gehabt hat.«

Er blockt ab, stellte William traurig fest.

Eine Gruppe von vier Personen mittleren Alters lief die Straße hoch, Spanier, den breiten Hüften, den schweren Brüsten und der Art nach, wie sie bei den drei Frauen in die Klamotten eingezwängt waren. Außer einer Plastiktüte, auf der das Markenzeichen eines großen Modemachers zu sehen war, trugen sie alle dicke Umhängetaschen. Der Mann, vermutlich der Ehemann einer der Frauen, hatte eine Kollegmappe unter den Arm gepreßt und fummelte an seinem Fotoapparat herum.

William versperrte ihnen den Weg, flankiert von Robert.

»Kontrolle, bitte!« verkündete er und zeigte dabei auf die Taschen.

»*Una vez màs!*« beklagte sich eine Frau.

»*Vaya Raquel!*« meinte der Mann, während er seine Mappe vorzeigte, um ein Beispiel zu geben. »*Hay que obedecer. Verdad?*«

»Wegen der Bomben«, gab William an.

Robert ließ seine Hand unter einen Schreibblock und einen gefalteten Pyjama gleiten, spürte ein Scheckheft, bugsierte es unter seine Hemdmanschette und bedankte sich mit einem kurzen Kopfnicken.

Eine Polizeisirene verausgabte sich in einer Nebenstraße.

William überprüfte den Inhalt der Handtasche von der Wasserstoffblonden. Er richtete zwei freundliche Worte in ihrer Sprache an sie, sie hob den Kopf, um zu antworten. Er stibitzte den Geldbeutel und ging höflich grüßend zur nächsten über.

»*No fotos*«, wies er den Mann an, der sich anschickte, die ganze Szenerie aufzunehmen. »*Interdito. Servizio.*«

Robert warf der dritten, einer gereiften Brünetten mit gierigem Mund, ein jugendlich frisches Lächeln zu und stibitzte mit derselben Geste ihre Kreditkarten, ein Paar goldene Ohrringe und ein frisch aus dem Automaten rausgelassenes Bündel Geldscheine.

»*Mucho merci*«, radebrechte William noch, während er sich einer anderen Gruppe zuwandte, diesmal Japaner. Robert machte es ihm nach, einen Augenblick vom Blick der Brünetten verfolgt.

»*Sayonara*«, sagte er, eines der wenigen Dinge, die er auf japanisch zu sagen wußte, neben Samurai und Kamikaze.

»Kontrolle«, unterstützte ihn William.

Die Japaner glucksten wie junge Gymnasiastinnen, die ein Paar Jungs anmachten, und ergaben sich dankbar dem Schicksal der Durchsuchung. Ohne Böses zu ahnen und ohne mit ihrem Lächeln aufzuhören, wurden sie um ihre ganzen Wertsachen erleichtert, im wesentlichen Dollars und Traveller Schecks.

»Wechseln wir das Viertel«, murmelte William, während sie sich im Eilschritt entfernten.

Beim Laufen verteilten sie ihre Beute in die Innentaschen der Blousons.

Der Nachmittag war wunderschön, die Sonne schien, und der Verkehr lärmte gewaltig um diese Zeit, zu der die Geschäftsessen sowie die ersten Vorstellungen in den Kinosälen zu Ende gehen, und die nächsten Besucher noch undiszipliniert Schlange stehen.

Die Ausländer liefen in Scharen zum Triumphbogen hoch, wie Lachse die Flüsse hochspringen.

Hupen wetterten gegen ein auf der Kreuzung eingeklemmtes Auto, als das Konzert ganz plötzlich abebbte, und dann gab der Bürgersteig nach. Der Boden verlor seine Stabilität. Die beiden falschen Wachmänner wurden gegen Unbekannte geschleudert, die ganz benommen waren. Ein grauenhafter Krach folgte. William stolperte über einen am Boden liegenden Körper, ergriff, um nicht zu fallen, Roberts Ärmel, der nun seinerseits ins Stolpern kam, und dann nur noch Schreie und Rauch. Eine Menschenwoge erfaßte sie in ihrem Sturz, und Robert fand sich wieder aufrecht, ohne zu wissen wie. Er griff William unter die Arme, richtete ihn wieder auf und lief mit ihm davon. Er konnte zwar nicht verstehen, was passiert war, aber er wußte, daß es so schnell wie möglich von hier abzuhauen galt. Glassplitter fielen vom Himmel, und überall verbreitete sich Rauch. William ragte über Robert hinaus und riß ihn mit, er wußte weder wohin noch warum. Ein Stoß brachte Robert ins Taumeln und ließ ihn mit einer derartigen Wucht gegen einen Baum prallen, daß William auf der Stelle umkehren mußte. Er faßte ihn am Handgelenk und auf die Gefahr hin, ihm den Arm auszureißen, brachte er ihn wieder zum Laufen.

Er schloß die Augen. Erst als ihm dämmerte, daß eine Bombe explodiert war, öffnete er sie wieder.

Ein Höllenspektakel, unglaublich, alle Sirenen ausgelöst. Die elektronischen Alarmanlagen der parkenden Autos heulten im Kanon. Feuerwehren, Krankenwagen, Polizeiautos, alle strebten zur Ausstellungshalle von Renault, deren gesamte Fassade am Boden lag. Zerbrochenes und zersplittertes Glas, das sich in Mauern, Bäume und Kioske gebohrt hatte. Schreie, Angstschreie, von Männern, von Frauen, und die Sirene der benachbarten Bank, ausgelöst von der Explosion, ein unbeschreibliches Gebrüll, ein Heidenlärm.

Unbeeindruckt von der Panik, schnappte sich William eine Sporttasche, die einen Jogging-Anzug und ein Paar Tennisschläger zu enthalten schien, hob außerdem ein schwarzes Stück Alteisen auf, das auf den ersten Blick wie der Vergaser eines Wagens aussah, und warf es seltsamerweise in die Tasche. Bemüht, seine fünf Sinne wieder zusammenzubekommen, folgte Robert mit schwankenden Schritten, und als William ihm ein Zeichen machte, sich zu beeilen, und in die Bank eintrat, hastete er hinter ihm her. Er wollte mit dem, was sie gerade verdient hatten, doch nicht etwa ein Konto eröffnen?

Angestellte und Kunden im Innenraum der Bankfiliale standen noch unter Schock, zu jeder Bewegung unfähig. Wer gesessen hatte, stand, wenn auch am selben Platz, plötzlich wieder auf seinen Beinen. Alle Gesichter hatten sich den

Schreien auf der Straße zugewandt und drückten halb Neugierde, halb Furcht vor einer zweiten Explosion aus. Niemand rührte sich.

In wenigen Sekunden erreichte William den Bankschalter und schwenkte die Sporttasche vor sich her.

»Wenn ich diese Tasche abstelle, gehen wir alle damit hoch!« brüllte er und zeigte mit dem Finger auf den Tumult draußen. »Da ist eine Bombe drin. Ich stell sie hin, ich schmeiß sie weg, oder ich stürze mit ihr... und Wommm! gibt es ein neues Blutbad.« Der Finger kreiste vor den erstarrten Gesichtern und hielt vor dem des Kassierers an, der kreidebleich wurde. »Los schnell, rück den Schotter raus!« befahl William.

»Den Schotter?« stammelte der Kassierer mit einem flehenden Blick zu seinem Direktor.

»Den Zaster, wenn du kein arabisch verstehst!« wiederholte William.

»Sie werden mit uns hochgehen«, warf der Direktor ein, während er auf den Alarmknopf drückte.

»Töten und sterben ist der schönste Auftrag, den Allah mir gegeben hat!« erwiderte William großspurig und machte Anstalten, die Tasche auf den Tisch des Schalters zu legen. »Nur die Bombe ist revolutionär!« Durch diesen monströsen Wortschwall, den er hervorstieß, erschrak er vor sich selbst. In seinem Hals bildete sich ein Kloß und erstickte ihn. Um sich von ihm zu befreien, schrie er völlig überstürzt: »Wir sind Blutsbrüder! Im Leben wie im Tod! Es lebe der Libanon!«

Robert riß die Augen weit auf.

Der Direktor gab dem Kassierer ein Zeichen mit dem Kopf. Der griff nach einer Tasche der Brink's Bank und beeilte sich, alle Geldscheine in Reichweite in sie reinzustopfen. Sein Blick wanderte von William zur Tasche, in der sich die Bombe befinden sollte.

»Bis zum Rand voll!« schnauzte William. »Es dient der Sache.«

Die Beine aus Kaugummi, machte Robert einen Schritt auf ihn zu und flehte mit Blicken um eine Erklärung. William gab dem Kassierer ein Zeichen mit dem Kinn. Einzig seine Lippen zitterten. Robert glaubte darin etwas wie: Mach nur, was ich dir sage, lesen zu können. Er gehorchte. Mit flatternden Beinen erreichte er den Schalter und riß dem Mann die Tasche aus der Hand.

Eine Frau heulte:

»So rufen Sie doch die Polizei!«

»Sie, meine Gnädigste, halten besser den Mund«, sagte William und zeigte auf die Straße. »Sie ist bereits da, Ihre Polizei...« Und als der Direktor erneut auf den Alarmknopf drückte: »Das bringt nichts, glauben Sie mir. Die Alarmanlage ist schon von selbst losgegangen, wie alle anderen im Viertel...«

Eine junge Frau hielt sich etwas abseits und lehnte am anderen Ende gegen den Schalter "Wertpapiere und Effekten". Gierig beobachtete sie die Szene, ihre Augen an die zwei Männer gehaftet. Etwas über dreißig Jahre, höllisch gut aussehend und mit einem hyperschicken Zeichenblock zwischen den Beinen.

Ihr Blick blieb an Robert hängen, und er fixierte sie seinerseits, während die Tasche schwer an seinem Arm hing. Er konnte seinen Blick nicht von ihr lösen, und sie hielt ihm stand, ohne mit der Wimper zu zucken. Sie hatte keinerlei Ähnlichkeit mit Lucie, und dennoch war es sie, die er sah. Mit einem Stoß in die Rippen riß ihn William aus seiner Träumerei. »Sie kommen mit uns!« befahl er dem Bankdirektor. Robert steuerte auf den Ausgang zu. Jetzt zog ihm die Angst den Magen zusammen. Ohne lange zu fragen, legte William die Sporttasche dem Direktor in die Arme, der auf der Stelle seine Haltung und seine Farbe verlor.

»Vor allen Dingen nicht fallen lassen«, kommandierte William weiter, holte einen feinen Filzschreiber aus der Tasche und fuchtelte ihm damit vor der Nase rum. »Täuschen Sie sich ja nicht, das ist ein Fernbedienungsauslöser. Aktionsradius: tausend Meter. Versuchen Sie abzuhauen und ich schick Sie auf eine höhere Umlaufbahn... Wo ist Ihr Wagen?«

»Im Parkhaus«, wisperte der Direktor. Sein Hals war so ausgetrocknet wie die Sahelzone.

Eine letzte Kehrtwendung vor dem versteinerten Publikum und William marschierte rückwärts, die Hände in den Taschen, zum Ausgang.

»Wenn jemand auf den Gedanken kommen sollte, die Bullen zu früh zu benachrichtigen, ziehe ich an der Kappe, und Wommm! Ist das klar?«

Draußen erfaßte sie der Wind mit unerwarteter Heftigkeit. Rücksichtslos trieb eine Kompanie der CRS die Neugierigen auseinander und leitete den Verkehr um, damit ein Hubschrauber so schnell wie möglich landen konnte, der über den Champs-Elysées wartete. Weiter oben kurvte eine zweite Maschine über die Dächer. Der Krach der Motoren überdeckte allen anderen Lärm. Ein Wagen der Feuerwehr fuhr mit heulender Sirene den Bürgersteig entlang, wobei Fußgänger scharenweise zur Seite spritzten.

»Laufen Sie vor uns her! Und nichts anmerken lassen!« murmelte William dem Bankier ins Ohr.

Ein halbes Dutzend Uniformierter stürzte aus einem Mannschaftswagen, hatte aber anderes zu tun, als sich um zwei Wachmänner zu kümmern, die einer Geldtasche der Brink's Bank Geleitschutz gaben. Sie rannten zum Ort des Anschlags gegenüber dem Parkhaus-Eingang.

Im engen Treppenhaus brüllte eine Frau, um sich trotz des Heidenlärms bemerkbar zu machen.

»Wieder so ein hinterhältiger Schlag der Araber!«

Und sie ließ eine drohende Geste folgen. Der Bankier schützte sein Paket mit Ellbogen und Unterarmen.

»Sie wollten uns nicht bei sich, also wollen wir sie auch nicht bei uns«, übertraf sie noch ein Mann.

»Scheint so, als wäre es wegen dieses Georges Abdessalam, der im Knast sitzt, und den seine Familie zurückhaben will«, sagte ein anderer.

»Na gut«, griff William ein, »muß man ihn eben zuerst umbringen und ihnen hinterher seine Leiche zuschicken.«

Die anderen stimmten lautstark zu, während sie zu ihren jeweiligen Autos auseinanderliefen.

Der Wagen des Bankiers war ein Mercedes, aber kein neues Modell, was Robert ihm vorzuwerfen schien, als er sich hinters Lenkrad klemmte. Auf der Rückbank bemühte sich der Bankdirektor die Stöße des Wagens aufzufangen. Sein Blick war auf die Sporttasche geheftet, die er so hoch wie möglich in die Luft hielt. Der Verkehr floß zäh, und Robert bog in die erste Seitenstraße ein, auf der es, wie ihm schien, schneller vorwärts gehen mußte. Fünf Minuten später luden sie den Bankier am Bürgersteig einer langen, breiten Straße ab, die immer geradeaus ging.

»Und vergessen Sie nicht: tausend Meter«, rief ihm William in Erinnerung und drohte mit dem Filzstift durch die Tür hindurch. »Ich laß Sie solange nicht aus den Augen, wie ich Sie noch sehen kann. Wenn Sie sich rühren, wenn Sie mit jemandem sprechen, egal mit wem, wenn Sie die geringste verdächtige Geste machen, dann Bumm! Ist das klar?«

»Und dann«, stammelte der Bankier auf die Tasche deutend, »was mache ich mit ihr?«

»Was soll ich dazu sagen? Klettern Sie auf den Eiffelturm und werfen Sie sie von der dritten Plattform!«

Der Mercedes fuhr an, ohne sich zu beeilen. William bewahrte sein ernstes Gesicht einige hundert Meter und brach dann in lautes Lachen aus, während er die Tasche voll großer Scheine öffnete. Sicherlich ein Vermögen. Genug um Sonnie eine ganze Kette von Strickwarenläden zu kaufen.

»Zaster, Kohle, das einzig Wahre!...« Er drehte sich zu der verschwindend kleinen Silhouette des Bankiers um und brach von neuem in Lachen aus. »Und das wird aufs Konto des Terrorismus gehen. Einfach genial!«

»Du bist völlig bekloppt!« warf Robert ein, ohne zu wagen, ihn anzusehen. »Du bist verrückt, und ich, ich bin bescheuert, daß ich dir gefolgt bin! Mein Gott, ich hab dermaßen Schiß gehabt... Du hättest mich wenigstens warnen können, du Hurensohn...«

»Warnen vor was? Ich hab improvisiert... Künstler, wir sind eben Künstler. Ich sag's ja immer wieder...«

»Du bist absolut bescheuert«, wiederholte Robert, während er das Radio anstellte.

»Was haben wir schon Schlimmes gemacht?« entrüstete sich William im ernsthaften Tonfall. »Wir haben eine Bank um Geld gefragt, und man hat es uns gegeben... Hatten wir eine Waffe? Nein. Hatten wir eine Bombe? Nein, nichts außer einer Sporttasche. Sie waren nicht gezwungen, uns den Zaster rüberzuschieben. Sie haben's gemacht, weil sie's so gewollt haben...«

Eine Sondermeldung berichtete über den Anschlag, unterbrochen von der Erklärung des Ministerpräsidenten zum neuen Antiterrorplan. Nicht ein Wort über den Bankraub.

»An diesen Tag wird man sich erinnern«, sagte Robert, den nun seinerseits die Euphorie ergriff. »Es ist ein schöner Septembertag.«

»Der schönste seit Erschaffung der Welt.«

Robert setzte William mit der Tasche vor dem Haus ab, in dem er mit Sonnie wohnte, fuhr den Wagen in irgendeine Tiefgarage und nahm die U-Bahn, um zu ihrer Wohnung zurückzukommen.

# 5

Er griff nach der Krawatte, die ihm ins Gesicht flatterte, und preßte sie mit der Hand an seine Brust. Von einer Tragbahre zu seiner Rechten tropfte Blut; zwei Krankenträger hoben sie an. Er sprang aus der Maschine, einem Hubschrauber für Krankentransporte, der ihn im letzten Augenblick mitgenommen hatte. Beim Weglaufen mußte er sich unter den Luftwirbeln des Propellers beugen, den der Pilot aus Zeitgründen nicht abstellte. Er erkundigte sich bei einem Wachtmeister nach Inspektor Benchichian, doch er mußte seine Frage mehrmals wiederholen, so höllisch war der Lärm. Um keine Zeit zu verlieren, schrieb er den Namen seines Assistenten auf eine Visitenkarte. Der Beamte hob den Arm in Richtung der Filiale der Crédit Lyonnais.

Nachdem er eine Absperrung der CRS überwunden und die inzwischen noch schärferen Kontrollen eines Drückebergers von Interdrück, wie er Interpol nannte, über sich hatte ergehen lassen, empfand er eine geradezu physische Erleichterung, als er in der Bank eintrat. Wenigstens da konnte er sich verständlich machen, ohne seinen Hals übermäßig zu strapazieren.

In allen Ecken wurden Zeugen befragt. Er entdeckte Boniface von der Abteilung 14 der Staatsanwaltschaft, der Untersuchungsrichter, der mit der Koordination aller die Anschläge betreffenden Vorgänge betraut war, und dessen Anwesenheit verstimmte ihn. Er richtete es so ein, daß er ihm nicht in die Arme lief, während er Bench suchte, der sich bald dienstbeflissen einstellte, um seinen Rapport zu erstatten.

Wie ausgemacht, hatte er seine Männer in unmittelbarer Nähe der Renault Niederlassung postiert, und als man sie auf den verdächtigen Gegenstand hingewiesen hatte, waren zwei von ihnen zu Hilfe geeilt, um ihn so weit wie möglich von der sich vor dem Buffet drängenden Menschenmenge fortzubringen. Der Sprengkörper explodierte, als sie gerade weit genug weg waren, daher die geringe Anzahl Opfer. Die beiden Polizisten waren auf der Stelle tot, zwei junge Schutzmänner, beide noch keine vier Jahre im Dienst.

Am meisten frappierte die Dreistigkeit der Terroristen. Nicht genug, daß sie nicht sofort flüchteten, nein, sie machten sich auch noch die Panik zunutze, um den Kasseninhalt dieser Bank mitgehen zu lassen, und waren dabei nicht mal so vorsichtig, sich zu maskieren. Und in aller Ruhe verschwanden sie mitten unter hundert Bullen mit dem Direktor als Geisel.

Ohne sich zu maskieren, sagte Sépulchre vor sich hin, wobei er verschwommen spürte, daß irgendetwas im Verhalten dieser Typen nicht stimmte. Noch während er dem Bericht von Bench zuhörte, identifizierte er die einzelnen Männer von Interpol, die sich mit denen der Staatsanwaltschaft und der Kriminalpolizei vermischten. Schon seit Jahren hatte er sich über die angebliche Wirksamkeit von Interpol seine eigene Meinung gebildet, ein Schwarm von Funktionären, die ihre Zeit auf Kongressen verplemperten oder damit, tonnenweise Daten und Papiere auszutauschen, die mehr oder weniger der Phantasie entsprangen. Er verachtete sie deshalb so sehr, weil sie sich für die Super-Bullen hielten, während sie doch in Wirklichkeit nur als riesiger Abfalleimer dienten, den die Polizeibehörden diverser Länder benutzten, um veraltete Informationen loszuwerden.

Der Untersuchungsrichter Boniface dagegen erschien ihm viel gefährlicher. Er hatte Zähne scharf wie ein Rasenmäher, den Ruf eines erbitterten Karrieristen, solide Beziehungen an höchster Stelle, ein ausgeprägtes Talent im Umgang mit den Medien, und er ließ konsequenterweise keine Gelegenheit aus, seinen Scheffel unters Licht zu stellen. Darüberhinaus litt er unter Schlaflosigkeit, was seine Arbeitskapazität und seine Reflektionsfähigkeiten verdreifachte.

Im Augenblick folgte er einem Bankangestellten, der an einem Fotokopierer rumhantierte, um aus einer simplen Skizze Vergrößerungen rauszuholen. Der letzte Vorgang schien zu seiner vollständigen Zufriedenheit verlaufen zu sein, denn er setzte ein breites Grinsen auf und drehte sich zum Saal um. Er schwang zwei Männerporträts über seinen Kopf, ausgeführt von einem verdammt guten Zeichenstift.

Sépulchre gab eine Gemeinheit von sich und packte Bench am Kragen.

»Sag mal, wieso haben diese Ärsche keine Strumpfmasken benutzt?«

Bench verzog den Mund, um seine Ohnmacht zu beteuern, und deutete mit dem Blick eines Unglücksraben auf eine junge, platinblonde und modisch gekleidete Frau. Bei ihrer Vernehmung täuschte ein Interdrücker Interesse an den Zeichnungen vor, die sie auf einem Karton präsentierte, weitere Skizzen in der hochgehobenen Hand.

»Eine *roughman*«, erklärte Bench, wobei er sein neu erworbenes Wissen zur Schau stellte. »Sie zeichnet *roughs* in Überschallgeschwindigkeit, fürs Kino und für Werbeagenturen. Du kannst dir also denken, daß sie nicht die geringsten Hemmungen hatte, um die Schädel der Terroristen zu zeichnen. Hat ein Luchsauge, ein Mausepfötchen und ein Elefantengedächtnis, diese Puppe...«

»Mist«, grunzte der Kommissar, »das darf doch nicht wahr sein.«

Gut fünfzehn Meter trennten ihn noch von Richter Boniface, und dennoch konnte er sehen, bis zu welchem Punkt die Skizze vom Jüngeren der beiden in der Tat mit dem Computerporträt übereinstimmte, das seine Leute nach dem Anschlag auf die Caféteria erhalten hatten. Er richtete sich brüsk auf. Weil er ein schlechter Verlierer war, gab er keinen Stich verloren, und er fragte sich, welche Trümpfe er in diesem Spiel noch in der Hand halten, und welche Karten er auf den Tisch legen sollte. Die Frage quälte ihn so sehr, daß er sich mit seinem eigenen Stummel eine neue Zigarette anzündete, obwohl er geschworen hatte, das nie wieder zu tun.

»Werden wohl mal zwei Worte mit deiner Künstlerin wechseln müssen«, meinte er und schluckte dabei, um seine Kehle anzufeuchten.

Bench ließ seinen Sessel drehen und erhob sich. Sie gingen um einen Blumentrog herum, in dem echte Yuccas und falsche Kakteen vor sich hindämmerten, durchquerten die Halle in Richtung hintere Wand und näherten sich der jungen Frau.

»Kommissar Sépulchre, mit einem H«, begrüßte er sie und mit einer Handbewegung forderte er den Interdrücker auf, sich woanders umzusehen.

»Im Ernst«, brummte der Mann von Interpol und baute sich mit seinem breiten Rücken auf. »Zu Ihrer Information, ich bin mit der Dame noch nicht fertig.«

»Nun gut, dann werden Sie eben ein andermal zu Ende kommen müssen... Diese Angelegenheit fällt nicht in ihr Ressort, solange keine Ausländer mit von der Partie sind, mein Lieber...«

Die Stimme war kaum zu vernehmen, aber die Geste sagte alles.

»In der Tat«, erwiderte der Mann verdutzt.

Ohne sich weiter mit ihm abzugeben, hatte Sépulchre ein Porträt aus seiner Tasche gezogen und entfaltete es unter den Augen der jungen Frau.

»Kennen Sie diesen Mann?« fragte er, und seine Stimme wurde dabei wieder höflich.

Sie lachte verächtlich und drehte ihren Kopf zur Seite, als beleidigte das, was sie gesehen hatte, ihr Auge.

»Die Zeichnung ist wirklich schrecklich«, sagte sie, »aber es ist zweifellos einer der beiden Typen. Nicht der, der uns mit der Bombe bedroht hat, aber der andere, der jüngere.«

Ein Schweigen, das der Mann von Interpol nutzte, um seiner Empörung Luft zu machen.

»Trotz allem, ein Bankeinbruch ist auch mein Fall!«

»Ein Bonbonbruch? Kein Fall für uns!«

Die Erwiderung wurde von einem grauenhaften Räuspern im Hals begleitet. Der Mann wich einen Schritt zurück, sein Blick suchte nach Hilfe.

»Wie war er?« nahm Sépulchre seine Vernehmung wieder auf.

»Jung, wie ich eben schon sagte«, meinte sie. »Braun, ein recht schöner Junge, mit diesem Mangel an Reife, welcher der Mutter gefällt, die in jeder von uns schlummert, sanfte Augen von einem lichten Grau, ungetrübt von dunklen oder schwarzen Einflüssen, als sei es die gemeinsame Komponente aller Farben. Eine Blässe wie ein Regenbogen, wenn ich was zu malen hätte... Und er sah wirklich harmlos aus, fand ich.«

»Wirklich harmlos?« brummte Bench.

»Richtig niedlich, wenn Sie so wollen.«

Während Bench ihr zuhörte, stieg langsam die Wut in ihm hoch, mit einem Schimmer tödlichen Wahnsinns im Augenwinkel. Dieser liebe, nette Junge da hatte zwei seiner Männer derart zerfetzt, daß sie es aufgegeben hatten, den einen vom anderen zu unterscheiden. Man hat zwei nahezu identische Haufen zusammengelegt und mit Etiketten versehen. Er drehte sich um, wobei er einen Stuhl umstieß.

Sie schloß ihren Zeichenblock, klemmte ihn zwischen ihre Schenkel und riß ein Päckchen blonder Zigaretten Marke Ultralight auf.

»Sah er wie ein Araber aus?« fragte Sépulchre nach, während er ihr ein Streichholz unter die Kippe hielt.

Sie verzog das Gesicht – der Schwefelgeruch – und spuckte den Rauch wieder aus, ohne ihn zu inhalieren.

»Ist möglich«, räumte sie den Rauch wegpustend ein.

Weiter konnte er nicht nachhaken. Richter Boniface kam auf ihn zu, mit freundlichem Gesicht, hinter dem der Wille allerdings umso unerbittlicher wurde, je weniger die Gesichtszüge es vermuten ließen.

»Sie hat Talent, finden Sie nicht?« stellte er fest und schien das amüsant zu finden.

Sie schüttelten sich die Hände.

»Weitaus mehr als mein persönlicher Künstler, wie ich zugeben muß«, antwortete Sépulchre im selben Tonfall überhöflicher Ironie.

Er zeigte das Computerporträt vor und freute sich über die Verwunderung des Richters.

»Na, aber Hallo! Wenn etwas zu absolut nichts zu gebrauchen ist, dann das«, befand die junge Frau mit einem äußerst charmanten Lächeln, das zweifellos die Härte ihres Urteils abschwächen sollte.

Mit gerunzelter Stirn untersuchte Boniface die Gesichtszüge des Terroristen und verglich sie mit seiner eigenen Zeichnung.

»Kein Zweifel möglich«, gab er zu.

»Meiner Ansicht nach sind beide Anschläge vom gleichen Typen verübt worden«, brachte Sépulchre vor, sich darüber bewußt, daß er damit eine hohe Karte ausgespielt hatte. »Diesmal ist er nicht allein vorgegangen... Mehr noch! Wenn sie das Risiko eingegangen sind, diese Bank zu knacken, so weil sie von jeder Organisation abgeschnitten sind und offensichtlich Geldprobleme haben, um neue Anschläge zu finanzieren...«

Der Richter ließ seinen Blick an dem des Kommissars vorbeischweifen, als existierte er überhaupt nicht. Schließlich, als er aus seiner tiefen Versenkung wieder aufzutauchen schien, forderte er ihn auf, ihm zu folgen.

Ohne ein Wort zu sagen, gingen sie hinaus, und Boniface

pflanzte sich auf die runden Stufen, die sich um die Ecke des Gebäudes schmiegten, die Arme gespannt, die Hände in den Jackentaschen, die ausgebeult zu werden drohten.

»Ich bin erstaunt über Ihre sehr genaue Analyse der Situation«, sagte er schließlich. »Außer dem Porträt... Haben Sie da noch andere Hinweise erhalten?«

Jetzt ist der Augenblick gekommen, wo es gilt, alle Karten zusammenzuhalten, dachte Sépulchre und wiederholte für sich, daß der Richter vielerlei Qualitäten hatte, daß er vor lauter Qualitäten überlief, kurz daß man so einem Geschmeiß nicht alle Tage begegnete.

»Leider nein... Der Zufall hat mir zu dem Porträt verholfen«, sagte er mit geheuchelter Bescheidenheit. »Eine alte Irre, ein Großmütterchen für streunende Katzen und gefräßige Tauben, hat ihn mehrmals gesehen und ihren ganzen Haß auf ihn gerichtet. Deshalb hat sie sich erinnert... Ein Glück, daß die Leute so boshaft sind.«

»Trotzdem: Bravo, bravo«, lobte der Richter, während er auf den Bürgersteig hinunterging. »Sie haben recht mit ihrer Vermutung, daß sie von jeder Organisation abgeschnitten sind...«

Er unterbrach sich, um ein Polizeiauto vorbeifahren zu lassen. Die Sirenen schwiegen seit kurzem, aber der riesige Verkehrsstau hielt einen mehr oder weniger konstanten Lärmpegel aufrecht.

»Diese Anschläge sind die Tat zweier Brüder, die dem Geheimdienst wohlbekannt sind, die Brüder Abdessalam, Robert und Maurice«, fuhr der Richter fort. »Nun, was wollen sie?... Würden Sie mir freundlicherweise eine Zigarette anbieten?« fragte er unvermittelt. »Ich kaufe keine mehr. Ich habe mich entschlossen, weniger zu rauchen.«

»Und das hilft?«

»Ich entwickelte Schuldgefühle, ich schämte mich zu rauchen«, erklärte der Richter. »Seit ich keine mehr kaufe, schäme ich mich zu fragen, rauche aber mit umso größerem Vergnügen...« Bevor er fortfuhr, nahm er die Zigarette. »Sie wollen die Befreiung ihres ältesten Bruders... Er wird in Haft gehalten aus Gründen, die ich, ohne zu zögern, obskur nennen würde... Er sollte – achten Sie auf die Möglichkeitsform – des Mordes an einem amerikanischen Diplomaten und in der Affäre um den fehlgeschlagenen Anschlag auf den Generalkonsul der Vereinigten Staaten angeklagt werden.«

»Georges Abdessalam?« wunderte sich Sépulchre, während er dem Richter Feuer gab.

»Ich muß wohl nicht näher erläutern, daß sich kein einziger ernsthafter Beleg dafür in den Akten befindet«, führte Boniface aus, während er laut den Rauch ausatmete. »Es läuft auf eine Einstellung des Verfahrens raus, aber begleitet von einem Blutbad...«

Worauf will er eigentlich hinaus, beunruhigte sich Sépulchre. Ehrlich gesagt, schwante ihm nichts Gutes bei diesen Vertraulichkeiten, für die es keinen Grund gab. Sein Hals brannte; auf der Suche nach einer Tablette wühlte er in seiner Tasche herum. Die Schachtel war leer, und er erinnerte sich, sie nur deshalb aufgehoben zu haben, um nicht zu vergessen, eine neue zu kaufen.

»Tatsächlich«, sagte der Richter, »steht seine Freilassung unmittelbar bevor, und sie wird diesen furchtbaren Anschlägen ein Ende machen... Stellen Sie sich mal vor, welche Katastrophe, wenn man heute weitere Familienmitglieder verhaften würde...«

Ein Helikopter flog mit schrecklichem Gebrüll vorbei. Das ermutigte die im Stau stehenden Autos zu hupen.

»Konkret heißt das«, schnitt ihm Sépulchre das Wort ab, ohne seine ablehnende Haltung an den Tag zu legen, »Sie verlangen von mir, alle Ermittlungen einzustellen. Wir stoppen alles, wollen Sie das?«

Der Richter gab sich erleichtert. Da der Vorschlag vom Kommissar kam, mußte er ihn nicht mehr selbst formulieren.

»Natürlich, sollte das dazu führen, eine ganz normale Beförderung bei einem Mann ihrer Klasse zu gefährden oder zu verzögern, werde ich selbstverständlich persönlich dafür Sorge tragen, daß Sie nicht die geringsten Nachteile zu tragen haben, ganz im Gegenteil... Durch Vermittlung der maronitischen Kirche haben wir Georges Abdessalam unser Wort gegeben, ihn, sobald es die Umstände erlauben, in sein Land zurückzubringen... Und schon heute abend werden seine Brüder aufgefordert, das Land zu verlassen...«

Die Worte des Richters lullten ihn ein wie eine langsame Melodie, so einschläfernd, daß er jedes Gefühl für das Wirkliche, das Feste, das Unbewegliche, das Hohe wie das Niedrige verlor und krank zu werden schien. Und schon ganz automatisch kniff er sich in den Hals.

»Werden Sie ihnen dabei helfen?« hörte er sich fragen.

»Das ist nicht nötig«, erwiderte der Richter mit einem milden Lächeln. »Heute Abend wird unser Minister ankündigen, daß ihre Porträts überall angeschlagen werden, auf allen öffentlichen Plätzen, an allen Grenzen... Versetzen Sie sich in ihre Lage. Sie haben Geld (dabei drehte sich der Richter zur imposanten Fassade der Bank um) und die Garantie, daß ihr Bruder freigelassen wird... Sie werden sich aus dem Staub machen, ohne eine Minute zu verlieren...«

»Ich kann es kaum fassen. Und ich kann Ihnen nicht sagen warum.«

»Hören Sie. Sie haben nicht mal ihre Gesichter maskiert... Ihr Computerporträt, dann die Zeichnungen, dann die Überwachungskamera der Bank, die sie die ganze Zeit gefilmt hat!... Was glauben Sie, warum diese Bilder heute abend nicht in den Nachrichten gesendet werden?... Antwort: Um ihnen Zeit zu geben, das Land zu verlassen...«

»Und meine beiden Männer, Herr Richter?«

Er schien wieder festen Boden unter seinen Füßen zu bekommen.

»Ihre beiden Männer?«

»Na die, die Inspektor Benchichian heute nachmittag begleitet haben, und die sich in die Luft jagen ließen, um das Leben anderer zu retten?«

Der Gesichtsausdruck des Richters verhärtete sich.

»Man wird sie mit Ehren überhäufen, und ihre Familien werden entschädigt. Das können Sie ihnen jetzt schon versprechen.«

»Das haben sich die beiden Männer nicht gerade unter Gerechtigkeit vorgestellt, als sie mit der Bombe weggelaufen sind...«

Der Richter tauschte einen Händedruck mit einem hohen Beamten aus dem Innenministerium und leierte irgendeine dem Ernst der Lage angemessene Floskel herunter.

»Schauen Sie, Sépulchre«, fuhr er fort, während er ihn am Ärmel seines Jacketts festhielt, »für die Bürger, die ob dieser Welle blindwütiger Gewalttaten beunruhigt sind, beginnt die Gerechtigkeit bei ihrer Sicherheit... Diese Gerechtigkeit müssen wir ihnen bieten: die Si-cher-heit. Wir sind bereit, den Preis dafür zu zahlen.«

»OK. Kommt nicht in Frage für mich, weiterzugehen...«

»In dem Falle würden Sie auch nur gegen die übergeordneten Interessen der Nation verstoßen, was man gewöhnlich die Staatsräson nennt, was aber auch, ganz simpel, Vernunft genannt werden kann.«

Der hohe Beamte gab Boniface ein Zeichen. Er entschuldigte sich.

Zehn Minuten später befand sich Sépulchre auf den Toiletten der Bank. Er vertiefte sich in seine Gedanken, während er versuchte, unter dem Strahl heißen Wassers jede Spur vom Händedruck mit Boniface zu tilgen. Er seifte sie mehrmals ein, fand kein Handtuch und bespritzte den Marmorboden mit seinen feuchten Händen, als er zu Bench zurückging.

»Ich hätte sie erwürgen können«, schimpfte der Inspektor vor sich hin und deutete auf die Graphikerin am anderen Ende des Saals. »Jetzt versteh ich die Kerle, die Weiber erwürgen. Nie wieder werf ich einen Stein nach einem Typ, der eine Frau abgemurkst hat, man verlange bloß nicht mehr von mir, so einen Kerl festzunehmen, ich werde es nicht tun!...«

»Beruhige dich...«

»Zwei Jungs... Es waren noch richtige Jungen, in nagelneuen Uniformen...«

»Diese Werbefutzis sagen egal was, nur um sich egal was reden zu hören. Und mit derselben Aufrichtigkeit sind sie in der Lage, Le Pen den jüdischen Wählern zu verkaufen...«

»Mach keine Witze«, brummte Bench, ohne sich um das Telefon zu kümmern, das beharrlich klingelte. »Ich muß mal frische Luft schnappen... Ist es schön draußen?«

»Da kannst du gleich an einem Auspuffrohr saugen.«

Bench hob, durch diesen frustrierten Tonfall alarmiert, den Kopf hoch.

»Was ist los mit dir?« fragte er und entschied sich dabei, den Hörer abzunehmen. »Hallo?«

»Nichts... Außer daß ich mir vorkomme wie ein Müllsack, in den man reintritt, um Platz zu schaffen für noch mehr Müll. Genau so fühle ich mich... Wir sitzen doch alle in der Scheiße, oder?«

Bench machte ihm ein Zeichen, seine Augen glänzten vor Aufregung. – »Gib uns zehn Minuten, wir kommen«, schrie er in den Hörer, bevor er auflegte. »Das ist doch was, man hat den Direktor gefunden! Lebend«, fügte er hinzu. »Wenn wir uns ranhalten, können wir ihn ausquetschen, bevor die lieben

Kollegen kommen!«

»Geh du allein hin«, sagte Sépulchre.

»Nun sag schon endlich, was passiert ist?«

»Halsschmerzen«, log er, »nichts Ernstes.«

Im Geiste zählte er die Zigaretten, die ihm vom zweiten Paket noch geblieben waren. Sechs. Also hatte er heute bereits vierunddreißig geraucht. Zweiunddreißig, zog man die für die Tussi zum Anbeißen und die, die dieser Abfallhaufen namens Boniface geschnorrt hatte, ab.

»A propos, wo haust er eigentlich, unser altes Dickerchen?... Du hast es mir gesagt, aber ich hab's vergessen... Franco Calvi«, fragte er Bench, dessen Gesicht zeigte, daß er nichts mehr verstand.

»Calvi? Weiß nicht, ich habe die Adresse im Büro...«

»Gut. Hau ab, beeil dich. Ich hab genug für heute, ich geh heim.«

Er sah seinen Assistenten mit langen Schritten zum Ausgang laufen. Zu schwerfällig, zu massiv, immer stößt er irgendwo an. »Dreiunddreißig«, stellte er richtig, während er sich eine zwischen die Lippen klemmte.

# 6

Zwei Sender, vielleicht auch mehr, schubsten sich gegenseitig vom Bildschirm runter. Psychedelische Erschütterungen, wilde Wellen, Geplätscher der Untertitel. Robert erhob sich vom Tisch und ging zum Fernseher, um die Ausrichtung der Antenne, ein Stück Alteisen, das auf dem Apparat lag, zu ändern. Der Ton rauschte, die Kommentare verwandelten sich in ein wütendes Brummen, der Moderator der Abendnachrichten versteifte sich darauf, in der Geschwindigkeit eines Schaufelrads von unten nach oben zu wandern.

»Das erste, was wir uns leisten, wenn wir aufs Land gezogen sind«, erklärte Sonja den Kopf drehend, »ist ein Fernseher. Ein großer, moderner, mit allem drum und dran, Peridural-Empfänger und so.«

»Sonnie, Peridural ist deine Betäubung, nicht der Empfänger.«

Ihr Gynäkologe hatte ihr von der Peridural-Betäubung erzählt, und am gleichen Tag pries ihr ein Elektrohändler die unerläßlichen Vorteile eines Peritel-Empfängers für Kabelprogramme an. Seither verwechselte sie die beiden Ausdrücke.

Das Bild stabilisierte sich mit der Zeit und blieb gerade bei der Exklusivreportage des Senders stehen, der ein Interview mit dem entführten Bankdirektor brachte. William verschluckte sich, hustete noch stärker als es notwendig gewesen wäre, um Robert aufmerksam zu machen, und ließ sich von Sonja kräftig auf den Rücken klopfen.

»Der Ältere war gut vierzig Jahre alt«, antwortete der Bankier auf die Frage des Journalisten.

William setzte ein Lächeln zwischen seine Hustenanfälle. Er war gerade fünf Jahre älter geworden. Ein herber Schlag.

»Ziemlich kräftig. Die Haare tief schwarz und ein dicker Schnurrbart, ebenfalls schwarz. Eine große Nase... Der Ausdruck eines entschlossenen Mannes, bereit, alles für seine

Sache zu geben, ein Fanatiker, der dem Leben, angefangen bei seinem eigenen, nicht den geringsten Wert beimißt.«

»Diese Araber, die sind völlig bekloppt, glaub mir«, murmelte Sonja. »Du kannst es dir nicht vorstellen, aber vor denen hab ich echt Schiß.«

»Ssscht! Sei still!«

»Der andere ist jünger, zwanzig, höchstens zweiundzwanzig. Er war völlig abhängig vom älteren, aber schweigsamer, verschlossener... Was ihn gefährlich machte, war dieser blinde Fanatismus, dabei hatte er einen schönen Knabenkopf mit einem Blick, den kein Wässerchen trüben kann, wie man bei uns so schön sagt, aber ich weiß nicht, ob die Weihwasser kennen.« – »Es sind Maroniten«, rief der Journalist in Erinnerung und richtete sich wieder an die Fernsehzuschauer, »sie gehören also der christlichen Glaubensgemeinschaft an.«

»Na sowas, gibt's denn das?« fragte Sonja erstaunt.

»Klopf nochmal«, hustete William.

»Trotzdem sind es Araber«, warf der Bankier mit einem bedeutungsvollen Schulterzucken ein. »Erfuhren Sie im Laufe Ihrer Entführung, daß sie zwei der Abdessalam-Brüder vor sich hatten?« – »Nein«, räumte der Bankier ein, »ich wußte nur, daß es Araber waren.« – »Zweifellos aufgrund Ihres Aussehens?« – »Nein, von diesem Standpunkt aus gesehen, waren sie ziemlich europäisch, aber der Ältere hatte einen sehr deutlichen Akzent, einen libanesischen«, erläuterte er selbstsicher. »Er versuchte seine Stimme zu verstellen, aber es gelang ihm nicht immer.« – »Außer der Bombe hatten sie keine Waffe?« – »Jedenfalls keine, die sichtbar gewesen wäre.« – »Wenn Sie keine anderen Waffen hatten, warum dachten Sie nicht daran zu fliehen?« – »Unmöglich. Die ganze Fahrt über hielt ich die Bombe in meinen Händen, und der ältere hatte den Auslöser in seiner Hand, in einem Füllfederhalter versteckt. Der junge saß am Steuer.« – »Eine letzte Frage: Wie wurden Sie freigelassen?« – »Das Auto hielt in einer einsamen Straße, der ältere riß mir die Bombe aus den Händen und sagte zu mir: "Los, spring raus!"«

»Der ist fertig, mein Wort drauf«, keuchte Robert, ohne den Bildschirm aus den Augen zu lassen.

»Tut das gut, William?« fragte Sonja. Sie hatte mit dem Klopfen aufgehört und massierte ihm den Rücken.

»Zuerst habe ich gezögert. Ich wollte es kaum glauben, und das Auto fuhr zwar im Schrittempo, aber es fuhr eben noch.

"Spring!", wiederholte er. Ich habe die Tür geöffnet, bin gesprungen und in den Straßengraben gefallen. Das Auto fuhr weiter, den Rest kennen Sie.«

»Lügner!« murmelten die Lippen von William und Robert im Duett.

»Ein Glück, daß sie ihn nicht umgebracht haben«, kommentierte Sonja.

»Ich hätte aufstehen können, doch ich war ganz benommen. Nicht so sehr vom Schock wie von all diesen Emotionen.« – »Sie hatten sich mit der Bombe davongemacht, war es so?« erkundigte sich der Journalist. »Ja, genau so war es«, bestätigte der Direktor und bestärkte das noch mit einem Kopfnicken.« – »Im ganzen Viertel gingen die Alarmanlagen los«, setzte der Journalist die Übertragung fort, indem er sich jetzt ganz der Kamera zuwandte, »doch bis zu dieser Stunde haben die Untersuchungen noch nichts ergeben. Haben die Terroristen ihr tödliches Paket irgendwo abgelegt, nachdem sie ihre Geisel freiließen? Oder planen sie womöglich ein neues Verbrechen, später in der Nacht, oder morgen? Wie dem auch sei, eine Bombe, die ausreicht, um Dutzende Unschuldiger zu töten, befindet sich in diesen Augenblicken immer noch irgendwo in der Hauptstadt. Alle Vorsichtsmaßnahmen sind getroffen und sie werden es auch weiterhin. An allen neuralgischen Punkten von Paris wurde das Polizeiaufgebot verstärkt. Der Innenminister wird uns das in wenigen Augenblicken persönlich bestätigen können. Und sicherlich wird er die Bevölkerung um ihre aktive Teilnahme an der notwendigen Mobilmachung gegen den Terrorismus bitten.«

»Dieser Lump«, brummte William.

»Wieso erzählt der eigentlich solche Märchen?« flüsterte Robert und mußte sich bei seiner Entrüstung ganz schön zusammenreißen.

William beugte sich zu Robert und tat so, als wolle er sein Besteck vom Boden aufheben.

»Als er merkte, daß er reingelegt wurde, daß man die Kohle mit einem alten Vergaser und ein Paar Tennisschlägern rausgeholt hatte, fühlte er sich offenbar so blamiert, daß er lieber diese ganze Geschichte erfand, um nicht das Gesicht zu verlieren, und nicht nur das Gesicht, nein, seinen Posten bei der Bank, seine Beförderung, seine Gehaltserhöhung, seinen Preis für die mutige Tat und die Ehrenmedaille für den Helden...«

»Was macht ihr beide da unter dem Tisch?«

William richtete sich wieder auf und zeigte triumphierend eine Gabel vor.

»Bei all diesen Horrorgeschichten«, meinte sie, »werde ich erst wieder ruhig schlafen können, wenn wir weg von hier sind.«

»He, warte mal!« protestierte William, pickte mit der Gabelspitze in einen Haufen geklauter Scheckhefte und hob eins über seinen geöffneten Mund, als wollte er es essen. »Zuerst muß noch die Kasse aufgefüllt werden.«

»Morgen knacken wir einen Schlitten, der schön bequem ist, mit viel Zylindern, und fahren dann zu Mama«, versicherte Robert. Er drehte sich brüsk zu William um. Ihm war eine Idee gekommen. »Und wenn ich einen Wagen kaufen würde? Mit meiner Kohle?«

»Welcher Kohle?« fragte William mit einem vielsagenden Stirnrunzeln. »Und außerdem, man würde ihn dir ja doch bloß klauen...«

Er brach in Lachen aus, wie nach einem gelungenen Scherz.

»Er hat recht«, pflichtete Sonja bei. »Mit dem Glück, das wir haben, wird man ihn uns bestimmt klauen.«

Der Fernseher dröhnte von dumpfen Schüssen salvadorianischer Granatwerfer. William nutzte den Krieg in Nicaragua aus, um einen Redeschwall auf Robert zu ergießen:

»Wir kümmern uns nicht weiter um diese bescheuerten Lügenstorys! Es hat geklappt, nur das zählt! Sie glauben wirklich, daß es Araber sind, mit Akzent und allem... Einfach genial! Wir sind aus dem Schneider, verstehst du?«

Er bot Sonja eine Melonenscheibe an, während er eine weitere anschnitt. »Ein Kürbis, verdammte Kacke«, stellte er fest, als ihm der Geruch in die Nase stieg.

»Findest du nicht, daß William wie ein Moslem aussieht?« prustete Robert plötzlich los, lauthals lachend.

»Hör auf, du machst alles dreckig«, meinte Sonja, lachte sich dann aber doch krumm und schief. »Glaubst du, es ist lustig für einen Juden, sich einen so ausgemachten Blödsinn anhören zu müssen!«

# 7

Ein am Rand abgeschlagener Resopaltisch, wahrscheinlich ein alter Bartisch. Seine vier sich nach unten verbreiternden Füße steckten in Messingsocken. In der Mitte ein Aquarium in Kugelform mit lauter kleinen Fischen. Eine schmale Kommode. Das bauchige Gestell eines Lampenschirms zierte eine nackte Glühbirne. Der Teppichboden war bis unmittelbar um das Doppelbett herum durchgescheuert. Ein verschlissener Vorhang, ein Fenster mit zwei Flügeln, acht dreckige Gläser.

Franco Calvi schleppte sich mühsam voran. Das Licht ließ ihn schlecht aussehen. Sein über der zerquetschten Nase blutunterlaufenes Auge klebte an einem der Gläser. Es sah aus wie eine Straßenkarte.

Der Tag ging schön zu Ende, betrachtete man ihn strikt meteorologisch. Die tiefstehende Sonne brach sich auf dem Glasdach eines Lagerhauses, blendete und ergoß sich über diesen Umweg wie eine Pfütze über den Resopaltisch und den darauf stehenden Fernseher.

Franco Calvi schloß den Vorhang mit einer kurzen Bewegung aus dem Handgelenk und drehte sich im neu entstandenen Halbschatten zum Bildschirm, der eingeschaltet war. Mittelamerikanische Dschungel-Guerilleros überließen das Feld übergangslos den vergoldeten Louis-Philippe-Möbeln eines großen Ministerbüros. Die verschwommene Lautmalerei des Kommentators überraschte. Stumm tauchte der Innenminister im Blickfeld der Kamera auf. Der Zoom zog auf das von Ernst und Würde geprägte Gesicht und blieb dort stehen.

Er verließ das Fenster und setzte sich aufs Bett, die Gabel in der Schwebe über einer aufgeschlitzten Dose Rote Beete. Er lehnte sich mit dem Nacken an die Wand und verharrte dort, die Augen starr auf den Bildschirm gerichtet.

»Ab morgen«, versprach der Politiker mit dem Akzent eines Boulespielers, »verbreiten wir über Presse und Fernsehen die

Porträts der gesuchten Verbrecher. Sie werden überall, an allen öffentlichen Plätzen plakatiert, so daß keiner von ihnen auch nur einen Schritt auf dem Gebiet unserer Nation machen kann, ohne nicht Gefahr zu laufen, erkannt zu werden. Die Regierung begibt sich, mit breiter Unterstützung der Bevölkerung, in einen wirklichen Krieg. Sie fordert Sie alle auf, im Kampf gegen diesen abscheulichen Terrorismus gemeinsam mit ihr zu kämpfen...«

»Scheiße, er sieht aus wie eine Karikatur von Wolinski, find ich.«

»Pssst.«

»...mögen diese Verbrecher wissen, daß ihre Stunden in Freiheit von nun an gezählt sind, mögen sie wissen, daß wir vor diesem Versuch der Destabilisierung unserer Demokratie keinen Schritt zurückweichen werden... Ich versichere Ihnen schon heute, und das wird morgen auch in den Zeitungen zu lesen sein, daß für jeden sachdienlichen Hinweis, der zum Aufenthaltsort oder zur Festnahme dieser Verbrecher führt, eine Belohnung in Höhe von einer Million Francs ausgesetzt ist.«

»Tausend Riesen«, stellte Franco Calvi fest, während er sich eine Rothmans ansteckte. Er rauchte täglich fünf Pakete von diesem Kraut, seitdem er erfahren hatte, daß sie in Südafrika abgepackt werden. »Nicht schlecht... Aber es ist kein leichter Job.«

Er hatte eine sanfte, warme Stimme, die überhaupt nicht zu seiner bärenhaften Erscheinung paßte.

»Weil gerade du einen leichten Job bräuchtest, was?« Rittlings auf dem einzigen Stuhl des Hotelzimmers sitzend, hob Kommissar Sépulchre sein Kinn von seinen verschränkten Armen. »Ich servier dir eine Geschichte auf dem silbernen Tablett. Und du, du willst deinen Arsch nicht in Bewegung setzen...«

»Ich bewege ihn jedesmal, wenn ich furze, und das ist genug Bewegung... Gut, wer sind die Typen?«

»Zwei Libanesen, die tausend Riesen wert sind, wenn du sie in Stücken ranschaffst... Die Abdessalam Brüder.«

»Welche Abdessalam?« sprang der Korse hoch. »Die Brüder von dem, der im Knast sitzt? Du machst wohl Witze? Ich war dabei, als man ihn festgenommen hat. Ein Moslembruder, der mit den Taschen voller Messer durch die Gegend rennt, der

Türen einschlägt, anstatt sie zu öffnen, und der dem Untersuchungsrichter, der ihn vernimmt, ins Gesicht pißt...«

»Wir wollen nicht ihn, sondern seine Brüder.«

Sein Tonfall war völlig unbeteiligt, als ob es um den Regen oder ums schöne Wetter ginge.

»Jaha, aber es sind die Finger derselben Hand, die Haare vom selben Arsch... Nein, kommt nicht in Frage, daß ich die ganze Familie angreife.«

»Tausend Riesen dafür, daß du es tust... vergiß das nicht.«

»Nein, Kommissar, ohne mich.«

Sépulchre richtete die Augen auf ihn, senkte sie und hob sie ausdruckslos wieder an.

»Für tausend Riesen würdest du deinen Vater töten.«

»Meinen Vater, okay. Aber nicht die Abdessalam Brüder.«

Der Kommissar ging zwei Schritte nach vorn und stellte den Fernseher beträchtlich leiser. Es erschöpfte ihn, laut sprechen zu müssen. Die Wettervorhersage kündigte mit sanftem Gesäusel die Fortdauer des Hochdruckgebiets über den Azoren für den folgenden Tag an, so daß die für die Jahreszeit überdurchschnittlich hohen Temperaturen anhalten würden.

»Zuerst mal«, nörgelte Franco Calvi, während er die Konservenbüchse in die Nachttisch-Schublade bugsierte, »was läßt dich glauben, daß mich das interessieren könnte... Man hat mich bei der Polizei rausgeworfen, aber ich komm ganz gut über die Runden...«

»Dank wem?«

»Jaja, ich vergesse es nicht.«

»Na, dann sag's doch.«

»Dank dem Geld, das du mir geliehen hast, du Hurensohn!«

»Hör zu! Ich hab immer was für dich übrig gehabt, und ich hab dich oft genug gedeckt, wenn du Scheiße gebaut hast, als wir noch ein Team waren...«

»Die Zeiten sind vorbei...«

»Erzähl mir keine Geschichten, Dicker. Erzähl mir nicht, daß es dir gefällt, Geldtransporter zu begleiten oder Leute zu schützen, um nicht zu sagen, den Gorilla zu...«

»Ich werde gut bezahlt.«

»Wieviel Jahre brauchst du, um tausend Riesen zu sparen?... Wenn du dann noch lebst. Ich kenn dich doch. Du kannst dich noch so anstrengen, du hast auch deine Kleinbürger-Träume, kleine Wunschvorstellungen über die Charente oder so... Du willst deine Tage in einer schönen Hütte beschließen, bar bezahlt, mit Hunden, die im Garten bellen, und dem Meer, das deinen Rasenplatz umspült...«

»Davon träumt doch jeder...«

»Und du willst an einer echten Alterskrankheit krepieren«, fuhr Sépulchre fort, »mit einem Totenschein, den ein echter Mediziner ausgestellt hat... Ein Gerontologe, kein Gerichtsmediziner.«

»Warum machst du den Job nicht selbst? Wirst doch dafür bezahlt, oder?«

»Du denkst nicht genug nach, Calvi... Streng deine grauen Zellen mal an... Für dieses Geschäft habe ich mich darauf beschränkt, dich meinen Oberen vorzuschlagen, weiter nichts...«

Ein Husten unterbrach ihn. Er nutzte die Pause, um sich eine Zigarette anzuzünden.

»Man will, daß jemand die Prämie kassiert, und ich hab Vertrauen in dich... Schau, es wird eine große Erleichterung in den kleinen Landhäusern herrschen, wenn man weiß, daß die Saukerle krepiert sind, und es wird eine Ermutigung für alle sein, zu sehen, daß die Belohnung kein Bluff ist, sondern daß ein Typ wirklich eine Stange Geld einstreicht, weil er seine Bürgerpflicht erfüllt...«

Franco Calvi zog eine Grimasse.

»Rechne nicht mit mir, nur um meine Birne im Fernsehen zu...«

Sépulchre drehte eine Runde um das Bett und stützte seine Ellbogen auf die Holzverkleidung des Eisengestells.

»Du hast das Recht auf Anonymität, wie beim Lotto... Das Entscheidende ist, daß du dabei den bösen Jungen spielst, und daß die Prämie ausgezahlt wird... Nichts wäre moralisch mehr gerechtfertigt.«

Calvi schüttelte skeptisch den Kopf.

»Wo hast du dein Waffenarsenal?« wurde der Kommissar ungeduldig.

»Ich hab kein Arsenal. Ich bin Pazifist.«

»Und womit gehst du arbeiten?«

»Wenn ich arbeite, werde ich mit Werkzeug ausgerüstet.«

»Na los, wo hast du deine Knarre?«

»Ich hab keine, hab ich dir doch gesagt. Da fällt dir die Klappe runter?« lachte Calvi laut auf, »und das nicht wenig, was? Wie dem auch sei, es stimmt jedenfalls, ich bin völlig nackt.«

»Noch immer derselbe Schwätzer... Du willst mir doch nicht erzählen, daß du nicht irgendwo eine Kanone versteckt hast?«

Er öffnete die Tür des Einbauschranks, hob einen Haufen Wäsche, und stieß einen Koffer mit dem Fuß zur Seite.

»Tu dir keinen Zwang an! Wühl ruhig alles durcheinander!« rief Calvi und ermutigte ihn noch durch seine Gesten. »Mein einziges Werkzeug ist der Dosenöffner, und den hat mir auch noch der Wirt geliehen.«

Resigniert nahm Sépulchre wieder seinen Platz am Fuß des Bettes ein und stützte sich mit dem Ellbogen ab, gegenüber dem ausgestreckt liegenden Mann. Mit der freien Hand griff er unter seine Jacke, löste eine Pistole aus dem Gurt und warf sie ihm ins Gesicht. Calvi fing sie im Flug ab und schickte sie postwendend zurück. Völlig unerwartet wich Sépulchre ihr aus.

Eine andere Waffe war plötzlich in seiner Faust aufgetaucht, ein großer Revolver. Der Hahn rastete ein, die Trommel klickte, die Kugel glitt in den Lauf.

»Hör zu, Oberchef«, maulte Calvi, während er die Arme ausstreckte und die Handflächen wie ein Schild vor sich nach außen kehrte, »gib mir Zeit zum Überlegen.«

»Ist schon alles überlegt. Die Pistole da«, – er deutete auf die Automatik, die auf den Teppichboden gefallen war – »nun... Vor knapp zwei Stunden ist ein sechzehnjähriges Mädchen mit ihr getötet worden. Vielleicht gelingt es dir, ein Alibi aus Beton zu finden, jetzt wo deine Fingerabdrücke drauf sind...«

»Ich war die ganze Zeit hier.«

»Keine Chance. Du hättest dich besser bemerkbar machen sollen...«

Mit dem Revolverlauf befahl er ihm, sich ruhig zu verhalten.

»Nichts hat sich geändert, wenn ich richtig verstehe«, seufzte Calvi.

»Nichts.«

Er holte ein Taschentuch aus seiner Tasche und hob die Pistole vom Boden auf, ohne Calvi aus den Augen zu lassen.

»Okay«, fand sich Calvi mit seinem Schicksal ab, »was hab ich zu tun?«

»Sobald ich weiß, wo sie stecken, laß ich's dich wissen... Wenn du die Sache erledigt hast, rufst du die Bullen an, unter dieser Nummer da«, – er warf ihm eine Karte quer übers Bett – »ich werde an der anderen Leitung sein... Und ich komm dann.«

»Scheißkerl...«

»Besser auf ehrliche Weise tausend Riesen verdient, als sich im Knast wiederzufinden, mit dem Mord an einer Göre am Hals...«

Franco Calvi ließ seine Füße auf den Teppichboden fallen. Auf dem Bettrand sitzend, betrachtete er voller Zufriedenheit seinen Bauch.

»Ich habe mich auf Diät gesetzt«, schmeichelte er seinem Wanst. »Erinnerst du dich, früher hab ich reingehauen wie ein Schwein... Und schau mich jetzt an, ich seh aus wie ein junges Mädchen.«

Er packte eine Flasche am Hals und löste zwei Pappbecher aus einer Plastikverpackung. Benutzte Plastikbecher lagen im ganzen Zimmer verstreut herum, die meisten hatten auch als Aschenbecher gedient.

»Ich trink kein Bier mehr, wegen der Wampe, und der irische Whisky ist gut für die Auflösung der Fettschichten... Ich werde ein wenig Kohle brauchen, um mich auszustatten.«

»Wieviel?«

»Zehn Riesen.«

»Du bekommst morgen die Hälfte.«

»Als Sponsor bist du nicht gerade sehr großzügig.«

»Nicht sehr, auf dein Wohl.«

Er nahm den Schnaps mit einem Zug, verließ das Zimmer und schluckte ihn erst hinunter, als er die Tür hinter sich zugezogen hatte.

# 8

Das Badezimmer diente als Werkstatt, als Waschküche und bisweilen, wenn William seine Kichererbsen im Bidet einweichte, mit nicht geringen Mengen an Karbonsalz, damit sie richtig weich wurden, auch als Küche.

Sonja hatte sich, den Bauch arrogant rausgestreckt, in gebieterischer Haltung gegen den Türrahmen gelehnt. Sie war bleich, wahrscheinlich wütend, mit zerknirschten Zügen im Gesicht. Die Nase war rot und leuchtete, wie immer, bevor sie sich schminkte.

»Aber, was ist dir da nur in den Sinn gekommen?« empörte sie sich. »Das ist ja gräßlich...«

Fassungslos schaute sie ihn an. Er spülte gerade mit seinen Händen das Waschbecken aus.

»Sag doch gleich, daß du mich nicht gut findest«, sagte er und wusch sich die Hände unter dem kalten Wasser, ohne Seife.

»Nicht, daß ich dich nicht gut finde... Aber, auf einmal finde ich einen anderen vor mir.«

Er lächelte unmerklich.

»Du hättest mich wenigstens vorher um meine Meinung fragen können«, sagte sie mit eher sorgenvoller denn verärgerter Miene.

»Du hättest ja doch nein gesagt, Sonnie. Du weißt genau, daß du nein gesagt hättest.«

Er prüfte, ob auch keine Haar mehr im Becken lag, und drehte den Hahn zu.

»Weißt du, wie du ohne Schnurrbart aussiehst?« Sie verschluckte die Worte halb während sie nach Luft schnappte; ihre Art, sich verächtlich zu zeigen. »Wie ein Bürzel ohne Federn. Ich küsse dich nicht mehr. Du kannst sicher sein, daß ich dich nicht mehr küssen werde...«

Sie kehrte ihm den Rücken zu und verschwand erstaunlich graziös für ein Mädchen, das kurz vor der Niederkunft stand.

William rieb sich die Oberlippe mit dem Finger. Sonnie hatte recht. Seine vom Rasieren entzündete Haut sah aus wie ein frisch gerupfter Hühnerarsch. Er benetzte sie mit Rasierwasser, um die Rötung etwas zu mildern, doch dadurch brannte die Haut noch mehr. Er tupfte sich das Gesicht mit einem halbfeuchten Waschlappen ab. Gut, einverstanden, er sah lächerlich aus, aber jetzt kam es vor allem darauf an, daß der Verlust seines Barts sein Gesicht soweit veränderte, daß er nicht mehr wiederzuerkennen war. »Du siehst aus wie ein anderer«, hatte sie gesagt, und nichts konnte ihn mehr beruhigen, seit Robert und er die Ehre hatten, die Titelseite der Tageszeitungen zu schmücken.

Aus völlig unbegreiflichen Gründen war das Foto verschwommen, grau und kontrastlos. Dennoch waren es ohne jeden Zweifel ihre Schädel. Alles war so schnell gegangen, daß er auf einmal vergessen hatte, daß Banken schon seit Ewigkeiten mit Kameras überwacht wurden. Deshalb war er jetzt auf den Auslagen aller Kioske zu bewundern, das Gesicht durch die Aufnahme entstellt, eine dicke Nase, große Augen, sein enormer Schnurrbart noch dicker, ein riesiger, wilder und schwarzer Schnurrbart, der das Bösartige und Groteske der Gesichtszüge hervorhob. Er schwang eine Sporttasche am ausgestreckten Arm. "Hier ist eine Bombe von verheerender Sprengkraft drin", bestätigte die Legende. Hinter ihm, zu drei Vierteln sichtbar, glich Robert einem Bengel von zwölf Jahren, der zu schnell gewachsen war. Er nahm eine Tasche aus den Händen des Kassierers in Empfang und schien sich herzlich, mit hängender Unterlippe, bei ihm zu bedanken. Niemand, bei ihm selbst angefangen, hätte ihn mit Sicherheit wiedererkennen können.

William verließ das Badezimmer mit den zusammengerollten Wachmänner-Uniformen unter seinem Arm. Er angelte sich eine Rolle Bindfaden, umwickelte das Ganze wie ein Paket, zog die Schnur fest, so daß es auf die Größe eines Rugbyballs zusammenschrumpfte.

Sonja schaute ihm interessiert und mit wachsender Neugier zu.

»Kannst du mir erklären, was du da fabrizierst?«

»Wir setzen die Klamotten an die frische Luft«, antwortete William, ohne ihr einen Blick zu schenken. »Wir haben zuviel schuften müssen darin...«

»Erst der Schnurrbart... jetzt die Klamotten... Du legst dir einen neuen Look zu, wenn ich dich recht verstehe.«

»Mir liegt eben nichts daran, erkannt zu werden. Jetzt werf mir bloß nicht vor, daß ich vorsichtig bin.«

»Die Leute könnten uns durch vieles wiedererkennen«, glaubte Robert hinzufügen zu müssen.

Er log schlecht, merkte, daß er rot wurde, so rot, daß er sich schließlich wegdrehte. Sonja lächelte freundlich.

»Wenn sich's nicht anders machen läßt«, stimmte sie zu, »bring ich das Paket zu Pater Pianko.«

William tat so, als hörte er nicht zu. Er legte sein Knie auf das Bündel und zog ein letztes Mal an der Schnur.

»Pater Pianko organisiert Sammlungen und leitet die Hilfsmaßnahmen bei der katholischen Kirche«, sagte sie.

William warf das Paket in die Luft, fing es wieder auf und beförderte es in die Arme von Robert.

»Kommt nicht in Frage, das würde Spuren hinterlassen«, verfügte er ganz einfach.

»Spuren? Was für Spuren? Und Spuren wo? Das Zeugs wird nach Polen geschickt...«

»Mir ist die Müllverbrennung lieber, wenn's dich nicht stört.«

»Laß mich machen, William«, beharrte sie.

Robert versuchte einzugreifen.

»Halt sie doch nicht davon ab. Was kann uns das schon anhaben?«

William drehte sich zu ihm hin.

»Willst du, daß sie uns in den Knast bringt, verdammt nochmal?«

»Kannst du mir mal erklären, inwieweit die Wohltätigkeit ein Vergehen ist?«

Sie hatte ihm direkt ins Gesicht geschrien, aber es gelang ihm, ihrem Blick auszuweichen.

»Weißt du, warum sie Pater Pianko sehen will? Um ihn zu fragen, ob David seiner Ansicht nach ein passender Name für ein Baby ist, dessen Vater ein sephardischer Jude und dessen Mutter eine antisemitische Polin...«

»Nein, nicht deshalb«, schnitt sie ihm das Wort ab.

»Ist wohl besser, ihr nicht dazwischenzufunken«, warf Robert ein, weil er bei seiner Schwester ein bedenkliche Änderung im Tonfall bemerkt hatte.

William achtete nicht auf den Hinweis.

»Also, weshalb dann?«

Sie versuchte vor seinem starren Blick zurückzuweichen. Er griff sie sich am Arm.

»Weshalb genau?« wiederholte er und versuchte den Wütenden zu spielen, eine gute Methode, sie davon abzuhalten, weitere Fragen zu stellen. Dachte er zumindest.

Um ihn auf Distanz zu halten, drückte sie ihren Bauch gegen ihn.

»Ihr habt Scheiße gebaut, stimmt's? Ihr verheimlicht mir etwas!«

»Sagen wir's ihr?« schlug Robert nunmehr vor.

Er hatte leise gesprochen, aber nicht leise genug, als daß sie es nicht gehört hätte.

»Also, los, raus mit der Sprache.«

»Du phantasierst, ich versichere dir...«

Sie verharrte einen Augenblick nachdenklich und ging dann den Schrank öffnen, um im Spiegel ihre Frisur zu richten. Sie kramte einen roten Lippenstift aus einem Regalfach hervor, verzog die Lippen und legte ganz leicht Rouge auf. Sie schien mit dem Ergebnis zufrieden zu sein. Bevor sie die Tür wieder schloß, zog sie den Koffer aus dem Schrank, den sie für ihren Klinikaufenthalt bereit hielt, und legte ihn auf das ungemachte Bett.

William ließ sich täuschen. Er glaubte, der Zeitpunkt der Wehen sei gekommen, und diesen Zeitpunkt hielt er für falsch gewählt.

»Geht's jetzt los?« stammelte er.

Panik überkam ihn. Er packte sie an den Schultern.

»Gehen wir zu Mama«, sagte sie, während sie eine derart brüske Kehrtwendung vollführte, daß er schnell zurücktrat, um nicht gegen ihren Bauch zu stoßen und die Dinge womöglich noch zu beschleunigen.

Noch bevor er sich von seiner Überraschung erholt hatte, öffnete sie ihre Handtasche, zog eine Zeitung heraus und warf sie auf den Koffer.

»Also, ihr seid ganz schön bescheiden mit einem Mal, finde ich«, grollte sie, während sie mit der flachen Hand auf die Titelseite klopfte. »Also, klärt ihr mich jetzt vielleicht auf?«

Ihr Blick schweifte von einem zum anderen, ohne jede Nachsicht.

William knickten die Füße weg. Er sackte auf das mit

Wäsche überhäufte Kanapee und stützte den Kopf in seine Hände.

»Du hast uns erkannt?«

Sonja näherte sich ihm, den Blick auf ihren Bruder geheftet. Um ihr zu entgehen, warf er eine Erdnuß senkrecht in die Luft und fing sie mit weit aufgerissenen Mund wieder auf.

»Na, los, was hat es mit dieser Bomben-Geschichte auf sich? Ich hab nichts kapiert.«

Sanft und voller Anmut schmiegte sie sich hinterrücks an William und grub ihn in ihre Achselhöhle ein.

»Habt ihr wirklich das Geld?...«

Williams Nacken bewegte sich auf und ab. Sonja konnte sich ein kurzes Lächeln nicht verkneifen, ihre Hand begann, den Nacken zu liebkosen und setzte ihr Spiel auf seinen geöffneten Lippen fort.

»Dummkopf«, sagte sie. Sie begann wieder zu lachen. – »Wenn ich darauf gefaßt gewesen wäre... Wer hat die Idee gehabt?«

Mit dem Kinn deutete Robert auf William, der bescheiden mit den Schultern zuckte.

»Du bist 'ne Wucht«, murmelte sie.

»Bist du nicht sauer?«

»Nein. Du bist schlauer, als ich dachte.«

Sie ließ ihre Wange auf seine Schulterblätter sinken und massierte ihm den Rücken.

»Weißt du, was mir gefallen würde?« sagte er und machte ein Hohlkreuz. Sonjas Finger kneteten die Muskeln, suchten nach den sensiblen Stellen. »Wenn wir ihn David nennen würden...«

»Ja, David ist schön.«

»Du hast nichts dagegen?«

»Im Gegenteil.«

»Schwörst du?«

»Ich schwöre es.«

»Beim Haupte Roberts?«

»Beim Haupte Roberts.«

Mit einer Grimasse tat Robert seine Mißbilligung kund.

»Deines Bruders Robert?«

»Meines Bruders Robert«, bestätigte sie, »und auch beim Haupte meiner Mutter... Los, erzähl...«

William drehte sich um und streichelte mit kreisförmigen Bewegungen liebevoll ihren Bauch.

»Hör gut zu, David, was dein Vater gemacht hat«, sagte er, sich runterbeugend.

Er nahm sich trotzdem noch die Zeit, eine Zigarette anzuzünden. Das Quietschen des alten Kanapees machte die Stille unerträglich. Sonja rührte sich nicht. Sie wartete. Die Zigarettenspitze glühte im Halbdunkel des Zimmers hell auf, verschwand dann, glühte wieder auf, verschwand wieder, und das ein paar Mal ohne sich vom Fleck zu rühren. »Rückst du jetzt mit der Sprache raus?« verlangte sie schließlich, und ihr Atem hinter seinem Ohr war heiß, heiß und drängend. Er wechselte die Lage und warf die Kippe durch die offene Klotür. Die Zigarette prallte gegen den hochgeklappten Deckel, sprang von dort in die Schüssel und fiel mit einem Funkenregen in den Abfluß. Er wartete, bis der letzte Funken verglimmt war, bevor er loslegte. Er erzählte mit gespielter Gelassenheit, um sie nicht zu beunruhigen. Er breitete die Szenerie vor ihr aus, wobei er die komischen Details aufbauschte und die Gefahren verharmloste, und dann, als er auf das Foto in der Presse zu sprechen kam, erklärte er, daß es nicht viel zu besagen hätte, weil man den Überfall sowieso den Terroristen in die Schuhe schob. »Ein Geniestreich, das kannst du mir glauben.« Zum Beweis zeigte er auf die Titelseite der Zeitung: »Wer außer dir könnte uns wiedererkennen, mein polnisches Täubchen, so krumm wie ein Rollmops?«

Er sprach schnell, von Zeit zu Zeit um eine Zustimmung auf Roberts Gesicht flehend.

Robert kümmerte sich nicht darum. Mit offenem Mund, die Schenkel durchgebogen und die Arme balancierend ausgestreckt, schnappte er nach den Erdnüssen, die von der Decke fielen.

Zum Schluß packte William die Geldtasche der Brink's Bank aus und wartete auf eine Reaktion, ein Wort, eine Ermutigung, ein Zeichen der Unruhe, einen Wutanfall. Schweigend verharrte sie vor den Banknoten, ohne sie zu anzurühren, sie abzuwiegen oder mit ihren Händen drin herumzuwühlen. Eine gute Minute verging, bis sie irgendeine Banalität wie »Gott, wie heiß es ist, wirklich unglaublich...« hervorbrachte. Schließlich fügte sie unter einem heftigen Lachanfall hinzu. »Damit haben wir endlich allen Grund, zu Mama zu gehen.«

»Ist das alles, was dir dazu einfällt?«

»Soll ich mich um einen Wagen kümmern?« fragte Robert.

William bejahte mit einem Kopfnicken und beeilte sich, die Tasche wieder zu schließen, die er in ein Einkaufsnetz schob.

Mit einer Bewegung aus den Hüften heraus stand sie wieder auf.

»Er wird Jean-David heißen«, bestimmte sie.

»Wir haben David gesagt! Du hast es geschworen.«

Wirklich, das war doch die Höhe.

»Wir haben David gesagt, aber ich habe nie einzig und allein David gesagt... Und zwei Vornamen... das ist viel sympathischer, finde ich.«

Es fehlte ihm der Mut, um eine neue Diskussion vom Zaun zu brechen, und er zog es vor, so zu tun, als gäbe er nach. Er würde später darauf zurückkommen.

»Jean-David Bellaroche«, verkündete er mit lauter Stimme, um ihr durch die Klangfülle mehr Nachdruck zu verleihen.

»Jean-David Csarwitcz«, korrigierte sie, während sie ihren Koffer öffnete.

# 9

Zutiefst entmutigt ließ Kommissar Sépulchre den Hörer der Sprechanlage zurückfallen. Ihm war gerade von einem neuen Bombenanschlag berichtet worden. Sollte man weiter die Leute an den Eingängen der Kaufhäuser filzen, zur Denunziation aufrufen und den Personaleinsatz verzehnfachen? Doch selbst wenn man jedem Bürger einen Bullen auf die Fersen heften würde, könnte keine Polizei der Welt den Papierkorb voraussehen, der mit Plastiksprengstoff vollgestopft ist, noch das Auto mit der Bombe im Kofferraum, noch den Kamikaze-Lkw mit der Sauce Libanaise.

Wozu sich verausgaben? Warum einer Bande von Gangstern hinterherjagen, mit dem Befehl, sie nicht einzufangen? Warum seine Energie und die öffentlichen Gelder dazu verschwenden, Beweise ihrer Schuld zu erbringen, nur um mit ansehen zu müssen, wie sie unverzüglich in den Schubladen dieser beschissenen Antiterror-Koordination begraben werden? »Übergeordnete Interessen«, hatte der Untersuchungsrichter gesagt.

»Ja«, antwortet Sépulchre auf das Klopfen an der Tür seines Büros, das eher an einen Messestand erinnerte, mit mobilen Trennwänden aus Metall, wo Magnethalter die alten Reißzwecken ersetzt hatten, um die Postkarten und die Mitteilungen von oben festzumachen. Von ganz oben, von dort, wo die übergeordneten Interessen definiert werden...

»Da will Sie ein Typ sehen, Oberchef«, rief der Wachposten draußen, der von den Antillen stammte. »Wegen dem Knall in der Caféteria, wie er mir sagte, als ich ihn gefragt hab, warum er Sie sprechen will.«

»Ist Inspektor Benchichian da?« erkundigte sich Sépulchre.

»Vor knapp zwei Minuten saß er noch in seinem Käfig, und ich habe ihn nicht weggehen sehen... Soll ich ihn verpacken und zu Ihnen schicken?«

»Nicht jetzt gleich.«

»Und der Typ? Soll ich ihn reinlassen, Oberchef?«

Er war der erste, der ihn so angeredet hatte. Seither ist er diesen Spitznamen nicht mehr losgeworden. Oberchef. Durch ein Kopfnicken signalisierte Sépulchre seine Einwilligung. Der scharfe Schwefelgeruch des Streichholzes reizte ihn zum Husten, noch bevor er sich die Zigarette in den Mund gesteckt hatte.

Der Mann hieß Jean-François Queiroz, war einunddreißig Jahre alt und ging der aufregenden Profession des freiberuflichen Fotografen nach. So stellte er sich jedenfalls vor. Er besaß weder Studio noch Entwicklungslabor, nur zwei Leicas, die dauernd um seinen Hals hingen, die eine für Schwarzweiß, die andere für Farbbilder, und er arbeitete vorwiegend für ausländische Kunden, Japaner und Amerikaner, die ganz versessen auf Pariser Exotik seien. Heutzutage zählt es eben mehr, wenn man in Reisen statt in Klamotten investiert, erklärte er mit einem verständnisvollen Lächeln bezüglich der Vorteile, in Frankreich zu arbeiten und vom Ausland bezahlt zu werden.

Sépulchre fiel auf, daß er für einen Mann, der es gewöhnt war, allein zu arbeiten, zuviel und zu schnell redete, aber er zog daraus keinerlei Schlüsse. Er hörte ihm weiter zu, während er die Geschäftskarte des Mannes zwischen den Fingern hin- und herdrehte.

Als er vorgestern, fuhr der Fotograf fort, mit den Aufnahmen der Gören auf einem alten Kettenkarussell fertig war, zog eine sehr alte Dame seinen Blick auf sich, eine würdevolle Dame, von respektabler Haltung ("Respektabel, meine Fresse", dachte Sépulchre, sich an die Alte erinnernd), mit einem schönen Gesicht und äußerst feinen Gesichtszügen, die noch deutlich ihre Jugend erahnen ließen ("Eine alte Ziege, wolltest du wohl sagen"). Sie fütterte eine Schar Tauben, die sich unter einem selten milden Licht in der Abendluft aufplusterten.

Er hatte schon die zweite Filmrolle verknipst, als der Typ ankam. Jung, ungefähr zwanzig Jahre, weiße oder vielmehr verdreckte Jacke, der Typ des durch seine Lektüre verwirrten Studenten, blaue Augen, schwarzes Kraushaar, ein erstaunlicher Kontrast zur Farbe der Augen. Er hatte seinen Arsch ein paar Meter entfernt von der Oma hingepflanzt und ein Buch aus der Tasche gezogen.

Ohne mit seinem Geplapper aufzuhören, legte Jean-François Queiroz zwei Fotos auf den Metallschreibtisch. Auf dem ersten konnte Sépulchre deutlich den Titel des fraglichen

Werkes lesen. "Sophokles. Werke in einem Band." Sammlung Garnier-Flammarion. Das Objektiv hatte den bestürzten Ausdruck des jungen Manns just in dem Augenblick festgehalten, als er zu der alten Dame aufsah, die eine Stricknadel schwang und ihn zu beschimpfen schien.

Das andere Foto war eine Vergrößerung seines Gesichts. Der Mund des Jugendlichen stand halb offen, die Augen weit aufgerissen.

Auf dem Foto, das die gesamte Presse veröffentlicht hatte, war dagegen kaum etwas zu erkennen, und dennoch hatte der Fotograf den Liebhaber des griechischen Theaters ohne weiteres im jüngeren der beiden Terroristen wiedererkannt. Das Auge eines Profis wahrscheinlich.

Außerdem konnte er bezeugen, daß er gesehen hatte, wie er in die Caféteria hineinging, und einige Zeit später rennend wieder herauskam, als sei ihm der Teufel auf den Fersen gewesen.

ZEUGEN GESUCHT, stand groß auf den Pakatanschlägen des Innenministeriums. Die letzte Zeile versprach eine Belohnung von bis zu einer Million Francs, in Ziffern gedruckt.

»In arabischen Ziffern«, scherzte Sépulchre und wartete darauf, daß der Andere die Frage der Belohnung ansprach, was er auch tat, ohne noch länger einen Hehl daraus zu machen, was die Belohnung für ihn bedeutete. Schließlich lebte er von seinem Beruf. Nun, ein – derart scharfes – Foto des meistgesuchten Terroristen aller Polizisten in ganz Europa könne früher oder später doch nur mit dessen Festnahme und der dauerhaften Stabilität der Regierung enden. Ein Dokument von so außerordentlichem Wert, sagte er im Tonfall eines Verschwörers, würde ihm, überließe er es exklusiv einer Presseagentur, gut fünfzigtausend Dollar einbringen, und diese Summe sei noch tiefgegriffen. Auch hätte er das Recht, einige Fragen zu stellen, bevor die Transaktion abgeschlossen werden könne. Wie hoch würde die Polizei den Wert dieser Information veranschlagen? Könnte er anonym bleiben? Würde er aus einer schwarzen Kasse bezahlt werden, wie es in solchen Fällen üblich ist, damit die Summe von ihrem Empfänger nicht versteuert werden muß?

»Bevor ich Ihnen darauf antworten kann, muß ich die Meinung meiner Vorgesetzten einholen«, log Sépulchre.

»Wie lange wird das dauern, Ihrer Ansicht nach?«

Jean-François Queiroz beeilte sich, seine kostbaren Abzüge wieder in die Tasche zu stecken, wodurch er andeutete, daß er sich nicht beliebig lange hinhalten lassen würde.

»Sind Sie unter dieser Adresse erreichbar?« fragte der Kommissar, während er mit dem Zeigefinger auf die Visitenkarte klopfte.

»Mal bin ich da, mal bin ich weg.«

»Ist sonst jemand ständig da?«

»Ich lebe allein, aber ich habe einen Anrufbeantworter.«

Sépulchre schien zu überlegen.

»Geben sie mir eine Stunde«, sagte er und erhob sich. Mit der Hand wies er ihn an, sich nicht von der Stelle zu rühren. »Warten Sie hier, solange ich mich mit meiner Hierarchie auseinandersetze, dann wird diese Angelegenheit im Sinne unserer gegenseitigen Interessen sicher bestens geregelt werden, zumindest rechne ich damit, vertrauen Sie mir ruhig.«

Der Fotograf willigte ein, sichtlich zufrieden über die Aufmerksamkeit, die ihm entgegengebracht wurde.

»Eine Stunde geht in Ordnung«, meinte er und streifte den Ärmel über die Armbanduhr hoch.

»Na, wunderbar!«

Sobald er sein Büro verlassen hatte, unterrichtete der Kommissar den Mann von den Antillen und postierte ihn vor seiner Tür mit der Anweisung, den Fotografen auf keinen Fall weggehen zu lassen.

Er steuerte auf Bench zu, der inmitten einer Gruppe von Inspektoren stand, und zog ihn beiseite.

»Erinnerst du dich, diese bescheuerte Alte hat uns was von einem Fotografen erzählt?«

»Ich habe mein Möglichstes getan«, sagt Bench, der sich über den Sinn der Frage täuschte. »Ich habe unsere Jungs auf die Spur aller Wauwau- und Miaumiau-Knipser dieser Stadt gehetzt, aber keiner von Ihnen hat in diesen Tagen Tauben aufgenommen. Dazu muß man sagen, daß Tauben nicht ihr Job sind, wenn ich recht verstanden habe. Sie arbeiten nur auf Auftragsbasis...«

»Er hockt in meinem Büro«, unterbrach ihn Sépulchre.

»Wer?«

»Der Fotograf.«

Er steckte ihm die Visitenkarte zwischen die Finger und flüsterte ihm ins Ohr:

»Ras zu dieser Adresse, während ich ihn hier festhalte, und sieh zu, daß du den Filmstreifen mit der Alten, den Tauben und unserem Vögelchen findest... Und steck alle Abzüge ein. Hast du verstanden?«

»Nicht ganz.«

»Na mach schon, beeil dich und hinterlaß keine Spuren.«

## 10

Man hätte glauben können, es sei noch August, wenn in den Straßen weniger los gewesen wäre. Robert rückte seine schwere, dunkle Brille auf dem Nasenbein zurecht und schlug den Kragen seiner weißen Leinenjacke hoch.

Mein Gott, die Video-Überwachung, dachte er, das Gewissen Kains! Das Auge Gottes. Das Auge lag im Grab und beobachtete Kain von dort. Nein, das Auge war in der Bombe und sah ihm zu, ihm... "Die Abbildung ist nicht scharf", hatte sich William gefreut, während er ihm die Haare zum Legionärsschnitt stutzte. Die Schere klapperte und klapperte. Nicht scharf, na gut, aber trotzdem, er klapperte auch, mit den Zähnen.

Diese Geschichte hatte nicht erst gestern begonnen.

Er zwang sich, den BMW mit betonter Lässigkeit zu lenken, nur mit einer Hand, nur mit den Fingerspitzen. Er ließ sich die Vorfahrt nehmen, ohne zu schimpfen, drückte ganz weich aufs Gaspedal, wenn die Ampel auf Grün umsprang, und hielt sich ganz gewissenhaft immer rechts, ganz gleich ob viel Verkehr war oder nicht. Man hätte fast glauben können, daß er fatal geworden sei, wie Lucie gesagt hatte.

Um Himmelswillen, Lucie. Die Ursache allen Übels.

Verdammte Kacke.

Ihr werdet alle krepieren, hatte er ihnen in der Bar zugeschrien, nicht gerade so laut, daß es der Himmel hätte hören können... Aber dennoch hat der Herrgott alles in die Luft gehen lassen. Den Barmann, nun, Er hat ihn zum Cocktail gemacht. Jetzt wissen Sie, daß Er mich erhört hat. An einer Kreuzung überließ er die Vorfahrt freiwillig einem Lastwagen, der Bauschutt geladen hatte. Der Fahrer vermied es, ihn anzuschauen, um sich nicht bedanken zu müssen. Oh, mein Gott, ich weiß wirklich nicht, ob ich Dir nicht danken muß für das, was Du für mich getan hast, aber ich weiß, daß Du mich geküßt hast, wenn ich mir dieses etwas unfromme Bild erlauben darf.

Diese verdammte Geschichte mit Lucie.

Es begann damit, daß sie mit dem Barmann in der Küche vögelte. Der Chef überraschte sie und jagte die Kleine zum Teufel. Aus Eifersucht, meiner Ansicht nach. Als ich es aus dem Munde des Barmanns selbst erfuhr, kippte ich mir einen oder zwei Calvas hinter die Binde und brüllte irgendwas, um nicht zu explodieren. Da oben muß mich der Allmächtige erhört haben und... Bummm.

Der Barmann und die Schlange, der Apfel und der Calva, ja, das hat nicht erst gestern begonnen. Die Geschichte beginnt also wieder von vorne. Jawohl, er ist in dieselbe Falle getappt. Und deshalb sind sie alle aus dem Paradies verjagt und in die mütterliche Hölle geschickt worden.

Fertig, Robert Slowacki, du bist fertig.

Künftig würde er auf jedes seiner Worte achten müssen, wenn er ein Blutbad vermeiden wollte. Ciao Unbekümmertheit, guten Tag Hölle. Ein Mensch ist nicht länger frei, wenn er einem anderen Menschen nicht sagen kann, fahr zur Hölle, ohne ihn wirklich dorthin zu schicken.

Da, Herr, sieh her, was Du aus mir gemacht hast, einen Paria-Exterminator! Er ertappte sich dabei, höflich zu lächeln, als ihn eine hysterisch gewordene Ente schnitt und fast mit einem Bus einklemmte, und ihm war nicht mal klar, warum er lächelte. Dabei kamen ihm die Albernheiten in den Sinn, die seine Mutter den ganzen Tag lang von sich gab. Er erinnerte sich zum Beispiel an ein "Jesus ist das Brot des Lebens". Herr, wenn Du mich hörst, wie kann ein derart nichtssagender Satz für meine Mutter einen Sinn haben? "Jesus ist das Brot des Lebens!" Das bringt niemanden um! Und nicht nur das Brot, auch der Borretsch, und die Sprotten aus dem baltischen Meer, und ebenso die süßen, dicken Gewürzgurken, die Du auf polnische Art einlegst. Jesus ist die Gewürzgurke des Lebens, und der Papst ein Polack! Verzeih mir, Herr!

Plötzlich brach er in Lachen aus, und zuckte spasmisch wie eine Hyäne.

»Mein Gott, es schüttelt ihn wie einen Debilen«, sagte Sonja zu William.

Er antwortete nichts, beschäftigte sich nur damit, durch die Heckscheibe auf die Fahrbahn hinter ihnen zu schauen. Im Radio erklärte jemand Geschäftsleuten, wie man den Export nach China organisieren müßte. Zuerst Chinesisch lernen, empfahl er ihnen.

Sie fuhren durchs Zentrum von Montparnasse, an diesem gräßlichen Hochhaus, dem Turm von Montparnasse, vorbei.

»Da ist ein Abfalleimer, an der Straßenecke dort«, kündigte William an und reichte das Paket mit den Klamotten zu Sonja nach vorne.

»Mach schnell«, sagte er zu ihr.

Robert hatte den Wagen in die rechte Spur gelenkt, bereit zum Anhalten.

»Kommt nicht in Frage«, sagte Sonja und warf das Paket nach hinten zurück.

»Na was?...«

»Du willst es wegwerfen? Na gut, dann mach's doch selbst.«

»Himmel, Arsch und Scheiß«, schrie er, »dein Foto ist doch nicht auf jeder Zeitung zu sehen!«

Sie drückte ihre Schultern mit aller Kraft in die Rücklehne, als wolle sie mit ihr verschmelzen.

»Du wolltest es nicht den Polen geben? Also, geh, steig aus!... Und wenn man dich wiedererkennt, gib ein Autogramm.«

»Wenn Jean-David nicht eine Mutter bräuchte, ich würde sie erwürgen!« sagte er und stieß Robert mit dem Paket am Arm. »Geh du schnell... Halt dich ran.«

Ohne zu protestieren, hielt Robert am Randstein, lief um das Auto herum und stopfte die Klamottenkugel in den Schlund des Abfalleimers. Die Öffnung war so eng, daß er mit viel Kraft das Paket flach drücken mußte.

Hinter ihm wurde schon ein Taxi ungeduldig, als er wieder losfuhr. Ein Vietnamese oder Chinese.

»Das werde ich dir noch heimzahlen«, drohte William, während er Sonja leicht auf die Schulter klopfte. Und wie um seinem Beschluß mehr Nachdruck zu verleihen, wiederholte er: »Ich werde es dir heimzahlen, meine Liebe.« Er ließ sich auf die hintere Sitzbank zurückfallen und wetterte gegen die Launen schwangerer Frauen.

»Wenn einer von uns Grund hat, auf den anderen sauer zu sein, so wirst du ja wohl wissen, wer«, erwiderte sie, ohne sich umzudrehen.

»Hör zu«, sprach er überdeutlich und setzte dazu ein absichtlich übertriebenes Lächeln auf, »wenn meine Unterhose drekkig ist, gebe ich sie Pater Pianko, einverstanden?«

»Du wirst zur Hölle fahren, aber wie...«

Sie mußte immer das letzte Wort haben. Grübelnd hüllte er sich in ein Schweigen, das er gern schwer über allen hätte lasten lassen wollen, das jedoch nur über ihm lastete.

Vor der Auffahrt zur Périphérique, hielt auf der Kreuzung ein Polizeifahrzeug und warf sein Sirenengeheul an. Vier Männer schnellten heraus und hielten den Verkehr mit lauten Trillerpfeifen auf. Robert und William wechselten einen beunruhigten Blick im Rückspiegel. Eine Kompanie der Feuerwehr strömte gegen die Fahrtrichtung in die Straße, weitere Polizeiautos folgten mit einem Heidenlärm, zwei weiße Mäuse überholten sie. »Ist nicht wegen uns«, sagte William und legte eine gespielte Gelassenheit an den Tag. Die vier Polizisten kehrten in ihren Wagen ebenso schnell zurück, wie sie ihn verlassen hatten, und verschwanden mit dem ganzen Gefolge, wobei sie die Fahrbahn wieder freigaben. Das Ganze hatte nicht mehr als dreißig Sekunden gedauert. »Eine starke Explosion in der Nähe der rue de Rennes«, verkündete eine Radiostimme im Katastrophentonfall. »Scheiße, fast wären wir dran vorbeigekommen«, kommentierte William, während sie die Auffahrt zur Périphérique nahmen. »Ein paar Minuten später, und wir wären mit hochgegangen«, meinte Robert, und er fragte sich, was er wohl gemacht oder gedacht haben könnte, daß die Hand des Herrn schon wieder ausgerutscht war! Gütiger Gott, ich habe nichts gesagt, ich habe Dich um nichts gebeten. Du kannst mir nicht das Gegenteil vorwerfen, Du, der Du in unseren Herzen liest. Seines schlug bis zu den Schläfen. Er hatte doch nur alte Klamotten in einen Abfalleimer geworfen, anstatt sie zu Pater Pianko zu bringen. Woher sollte ich auch wissen, daß Du darüber verärgert sein würdest? Gut, einverstanden, William hätte Deiner Kirche nicht die Unterhose versprechen dürfen, aber er ist nicht mal katholisch. »Was machen wir jetzt?« fragte er ironisch, »sollen wir umkehren und 'ne Bank hops nehmen?« Robert und Sonja warfen ihm höchst vorwurfsvolle Blicke zu, die soviel besagten, wie: Damit macht man keine Witze. »Dieser Anschlag, der von einer unglaublichen Bestialität zeugt, forderte mehrere Opfer unter den Passanten«, fuhr der Radiosprecher fort.

William buchte ihre Haltung auf das Konto ihrer Angst und der Schwangerschaft und verkroch sich noch tiefer in die Rückbank. Sie fuhren über eine Seine-Brücke. Der Mondschein hatte sich über die hohen Häuser ausgebreitet und versah den

Fluß mit silbernen Pünktchen wie auf einem pointillistischen Bild. Ebenso spiegelten sich im Fluß die untergehende Sonne und die punktförmigen Lichter des Verkehrs, Rot, Orange, Grün. Die Stahlträger des Brückengeländers schlugen im Takt zu den vorüberrollenden BMW-Reifen. Der Lärm verflog. Sie hatten Paris verlassen.

Der Verkehrsfluß wurde dichter, zwang sie im Schrittempo zu fahren. Es war haargenau halb sieben, und der Büroschluß fiel mit dem beginnenden Wochenende zusammen. Weit vor ihnen bildete sich ein Stau, und Robert konnte noch so viel und noch so verwegen die Spur wechseln, der Wagen blieb schließlich wie angeklebt stehen. Eine Straßensperre, fürchtete Sonja.

William stieg aus und stellte sich auf die vordere Stoßstange, um den Grund des Staus ausfindig zu machen. Eine Krankenwagen-Sirene ertönte gerade, wie um ihm zu bestätigen, was er schon aufgrund der zum Himmel steigenden Rauchsäule vermutet hatte. »Ein Unfall«, sagte er, nachdem er wieder ins Auto gestiegen war.

Sonja gab ein kristallenes Lachen von sich, das sich mit dem noch nervöseren von Robert vermischte. Schließlich begann sich die Autoschlange wieder vorwärts zu bewegen; sie starteten ebenfalls, hielten wieder, fuhren wieder... Sonja aß ein paar zu süße Kekse. »Du wirst das Auto wohl kaum noch verlassen können, du wirst hier drin gebären müssen«, sagte William scherzhaft. Alles in allem war er glücklich.

Als sich ein neuer Stau zu bilden begann, zogen sie es vor, die Autobahn bei der nächsten Gelegenheit zu verlassen.

Es war keine gute Idee. Es kostete sie fast eine Stunde, um zehn Kilometer auf der Nationalstraße 10 zurückzulegen. Schließlich bogen sie nach links ab und kamen auf der 47 schneller voran.

Die Nacht war schon längst angebrochen, als sie endlich den Ortseingang erreichten. Robert mußte etliche Runden durch die Vorstadt-Siedlung drehen, bevor er einen Platz für den Wagen fand. In einem der Häuser, hell erleuchtet, war eine Party im Gange, und die Autos parkten kreuz und quer im Umkreis von hundert Metern. »Das nächste Mal klau ich einen 205er«, sagte Robert, als es ihm gelang, das Auto in eine Ecke zu bugsieren, die nicht allzu weit vom Häuschen Mutter Slowackis entfernt war.

Er unterbrach den Zündkontakt, indem er die Leitungen

unter dem Armaturenbrett abklemmte.

Als er das Gepäck aus dem Kofferraum holte, legte er andeutungsweise, mit einer einladenden Geste an Sonja, zwei Cha-cha-cha-Schritte auf den Kies. Die Lautsprecher auf der Fete verbreiteten in der ganzen Nachbarschaft eine Melodie von Perez Prado.

Ohne Zeit zu verlieren, lud sich Robert das ganze Gepäck auf und schlug den Weg in Richtung Tür ein. Eine Familie, die auf ihrer zur Veranda umfunktionierten Außentreppe etwas Luft schnappte und einen Aperitif zu sich nahm, betrachtete sie beim Vorbeigehen mit einer Mischung aus Neugierde und Langeweile. Ein scharfer Hund rüttelte bellend und mit wütenden Sprüngen an einem Grill. Aus dem hell erleuchteten Bungalow kamen zwei sehr junge Pärchen heraus und bogen sich vor Lachen. Ein Mädchen deutete mit einer Geste auf ihr Höschen, was die drei anderen wie verrückt lachen ließ. Zweifellos hatte sie gar keines mehr an.

»Ich hatte euch eher erwartet«, sagte Madame Slowacki, die sie an der Gartentür empfing.

»Wir haben im Stau gesteckt«, erklärte Robert.

Sie trat zurück, um ihn mit dem ganzen Gepäck vorbeizulassen, und verzichtete auf den Begrüßungskuß.

»Bei all diesen Bombenanschlägen rechnet man immer gleich mit dem Schlimmsten«, sagte sie, während sie Sonja wie zur Entschädigung in ihre Arme schloß. »Wie geht es dir, mein Kind, du siehst nicht gut aus...«

Sie schenkte William, der ganz damit beschäftigt war, sich von einem jungen Hund zu befreien, der um seine Beine herumzappelte, ein nicht gerade herzliches Lächeln.

Im Haus angekommen, machte sich Madame Slowacki an die Zubereitung des Abendessens. Mit ihrem breiten, tiefliegenden Hintern, ein Mittelding zwischen Gans und weiblichem Pinguin, bewegte sie sich in der übertriebenen Gemessenheit eines Schwimmhäuters um den Tisch herum. Über ihren majestätischen Formen ging der Hals in ein längliches Gesicht mit hervorspringenden Knochen über, die Backen von vielen violetten Äderchen durchzogen. Die Haare waren ausgebleicht, doch das Perückenteil, das sie bedeckte, war nie ersetzt worden, so daß es sich wie ein gelber Heuhaufen vom weißen Schnee abhob. Jedesmal, wenn sie sich über ihre Töpfe beugte, drohte die Perücke nach unten zu rutschen.

»Ich habe euch eine heiße Bortsch zubereitet, wie man sie macht bei uns zuhause. Man darf nicht vergessen, es gut zu ernähren, das Kleine«, sagte sie und stellte die dampfende Suppe in die Mitte des Tischs.

»Es verhungert nicht... Ich knabber den ganzen Tag irgendwas.«

»Tja, das sind die schlechten Angewohnheiten, die du von ihm hast.«

William warf einen Blick durch das Zimmer, das zugleich als Küche und als Eßzimmer diente. Jedes Möbelstück, jedes Haushaltsgerät, jedes Schmuckstück erinnerte ihn an polnische Volkskunst, wenigstens an das, was er davon kannte. Überall Kultgegenstände, von der Reproduktion des *Heiligen Georgs im Kampf mit dem Drachen* bis zur Statue der Heiligen Jungfrau, die mit einer Kette kleiner Blinklichter gekrönt war. Man könnte glauben, Madame Slowacki hätte den Russen nichts zurücklassen wollen, als sie von ihnen aus ihrer Heimatstadt Novogroudok vertrieben wurde.

»So ein Fetus, der futtert in der letzten Woche glatt das Doppelte, vor allem die Jungen«, fuhr sie fort, während sie die Rote-Rüben-Suppe austeilte. »Der legt Vorräte an, bevor er rauskommt... Die wissen genau, daß sie, haben sie die Nase erst mal rausgestreckt, über Monate weg nur noch Milch kriegen, also, denk dran, laß ihm was auf Vorrat... Wie soll er denn heißen, der Kleine? Habt ihr euch schon entschieden?«

»Jean-David«, sagte Sonja.

»Herr im Himmel, das ist aber nicht polnisch!«

»Ich bin kein Pole«, sagte William, höflich lächelnd, als ob er sich dafür entschuldigte.

»Jean-David wie?«

»Wie ich, Jean-David Bellaroche.«

Es trat ein Schweigen ein, das einzig vom Schlürfen der Mutter unterbrochen wurde.

»Du weißt genau, daß das nicht geht«, sagte Sonja schließlich.

»Was könnte ein Kind daran hindern, den Namen seines Vaters zu tragen?«

»Sie wissen doch, daß sie verheiratet ist«, rief die Mutter in Erinnerung, mit einer Stimme, die über jenen sanften Nachdruck verfügte, mit dem man jemanden überzeugen will, der nicht im Vollbesitz seiner geistigen Kräfte ist.

Er zuckte mit den Achseln und erwiderte unbekümmert: »Davon weiß Jean-David nichts«.

Mama Slowacki warf schnell einen Blick auf die Heilige Jungfrau, als wollte sie sie um Hilfe anflehen. Das Blinken der Lichter schien ihr schneller zu werden, und sie sah darin eine Ermutigung.

»Sie können diesem Kind Ihren Namen nicht ohne das Einverständnis meines Schwiegersohns geben.«

»Wie soll er denn eurer Ansicht nach heißen?«

»Csarwitcz, wie sonst?« sagte Sonja, als ob das auf der Hand läge.

William verzog das Gesicht nach einem Löffel Bortsch zur Grimasse.

»Das ist unaussprechlich. Ich will nicht, daß mein Sohn einen Namen hat, der unaussprechlich ist.«

Die Mutter ließ ihrer Mißbilligung freien Lauf.

»Csarwitcz, unaussprechlich, sagen Sie? Im Gegenteil! Nichts ist leichter! Csarwitcz. Es gab zwölf Csarwitczs in meinem Heimatdorf, und alles anständige Leute! Die Csarwitczs waren immer die Verbündeten der Slowackis... Csarwitcz unaussprechlich... Ich werde es immer hören können, mein ganzes Leben lang.«

»Wißt ihr, was euch fehlt, euch Polen?« sagte William und ergriff dabei die Chance, den Löffel endgültig wegzulegen. »Die Vokale! An denen mangelts!... Anstatt ihre Zeit damit zu verbringen, Lumpen zu sammeln, hätten eure Priester besser Vokale für euch sammeln sollen!«

»Hör schon auf«, bat ihn Robert und schlug verstohlen ein Kreuz mit Blick auf eine Ikone.

Auf daß ihm ja keine unglückselige Blasphemie über die Lippen komme, es wäre eine neue Bombe, ganz nah. "Jesus ist das Brot des Lebens", wiederholte er im Stillen mehrmals ganz schnell.

»Gute Idee«, sagte William und verfluchte sich, daß er sich hatte gehen lassen. »Wir hören mit allem auf und beginnen von Neuem... Du vergißt deinen Mann, du läßt dich scheiden, und ich heirate dich... Fertig. Ich gelobe es feierlich bei dieser Bortsch.«

Er hob die Finger über seinem Teller zum Schwur. Wie auch immer, diese Diskussion führte zu nichts. Besser, sie etwas lockerer fortzusetzen.

»Das ändert nichts am Problem«, beharrte Sonja ernsthaft. »Ich kann mich ohne das Einverständnis meines Mannes nicht scheiden lassen, und ich weiß weder, in welchem Gefängnis er sich befindet, noch in welcher Stadt.«

»Heiliger Georg, erbarme dich seiner«, seufzte die Mutter und sah ehrfürchtig auf die Ikone.

»Schau den Dingen doch einmal ins Gesicht!« flehte William. »Er ist tot für euch alle. Und wenn er tot ist, brauchst du dich nicht scheiden lassen...«

»Ich glaube, du hast wirklich nicht mehr alle Tassen im Schrank.«

»Sachte, sachte«, warnte Robert beide, »sonst geht der Schuß nach hinten los.«

»Hör auf, mir zu sagen, ich sei schwachsinnig! Seit sechs Jahren hast du nichts von ihm gehört!«

»Und du hör auf, mich heiraten zu wollen!«

William hob die Augen zur Decke und ließ sie dort ruhen. Um die Kuppel des Lüsters herum durchquerte eine Troika, angeführt von einem dick eingemummelten Paar eine Schneelandschaft. Von der Fete drang Rockmusik herüber.

»Ich will, daß David heißt wie ich«, brummte er mit leiser Stimme.

»Als ob einer nicht mehr richtig ticken würde, wenn er eine so simple Sache will?«

Plötzlich stand er vom Tisch auf, öffnete das Fenster und schrie in Richtung des Lärms von der Fete:

»Ich bitte Sie! Sind Väter und Mütter unter Ihnen. Ich frage Sie, ob Ihr Sohn den Namen eines Ausländers trägt!...«

Der Welpe antwortete mit mehreren spitzen Kläffern.

»Er ist kein Ausländer, er ist mein Ehemann«, schrie Sonja. »Mach das Fenster zu!«

»Für David und mich ist er ein Ausländer.«

»William«, sagte sie, ihre Ungeduld mühsam im Zaum haltend, »ich bin eine verheiratete Frau, ich habe es dir nie verheimlicht. Und Jean wird *meinen* Namen führen...«

»Du meinst den deines Mannes...«

»Das ist auch meiner.«

»Du bist verrückt, nicht ich. Wenn wir verheiratet sind, laß ich dich einsperren, verlaß dich drauf...«

»Den Kerl heiratest du nie«, sagte die Mutter.

»Ja, sicher, mein Schatz«, schien Sonja nachzugeben. Sie

hatte die Absicht, mit dieser Diskussion Schluß zu machen, die nun auch sie für idiotisch hielt. »Ich bin bestimmt verrückt.«

»Du bist Witwe und willst es nicht einsehen!«

»Geh und erklär das mal den polnischen Behörden, geh und sag ihnen, daß ich Witwe bin... Du tickst wirklich nicht mehr richtig, wenn du den polnischen Behörden etwas verständlich machen willst, ganz gleich was.«

»Und da hätten wir wieder ihr Leitmotiv. Ich tick nicht richtig«, vertraute er dem Perückenteil an, das sich zu ihm beugte und darauf bestand, daß er die Suppe auslöffelte.

Er schüttelte mit dem Kopf und gab vor, daß ihm der Appetit vergangen sei.

»Weißt du wie ein Typ genannt wird, der eine verheiratete Frau heiraten möchte?« fragte Sonja. »Ein potentieller Bigamist. Das bist du!«

»Und David, da drin? Du vergißt David?«

»Jean«, stellte Sonja richtig. »Jean braucht einen Vater, einen echten Vater...«

»Der Echte, das bin ich! Frag meine Eier!«

»Ich verbiete dir, so vor meiner Mutter und meinem Kind zu reden!...« Sie stand ihrerseits auf, ging zum Fenster und holte tief Luft, die Luft, die ihr mit einem Mal weggeblieben war. »Was hast du ihm schon zu bieten... Eine Zukunft am seidenen Faden? Nein, Danke. Weder für ihn, noch für mich.«

»Meine Güte, das ist doch ungerecht...«

Er ließ den Kopf auf seine Unterarme fallen, und sein Blick umschloß das Gepäck im Flur, wo Hunderte von Tausendern in einem Einkaufsnetz darauf warteten, daß sie sich ihrer erfreute. Und sie sprach immer noch von einer Zukunft am seidenen Faden. Gleich würde er losheulen, sagte er sich, hier zwischen einer kalten Bortsch und pappigen Klößen, den beiden Symbolen der antisemitischen Küche.

»Was ist gerecht?... Eines Tages findest du dich im Gefängnis wieder«, murmelte Sonja, während ihre Mutter in der Küche beschäftigt war. Sie hatte seine Hand ergriffen und sich ihm genähert. »Du wirst gesucht, mein Lieber, vergiß das nicht... Und er? Denn im Moment zählt nur er.« Sie beugte sich über ihren Bauch, mit ernstem Blick. »Er wird leiden, das ist ungerecht, wenn er erfährt, daß sein Vater eine Schande auf Erden ist...«

»Und der Andere?« empörte er sich. »Wo, sagtest du, ist er,

sitzt er nicht im Gefängnis?«

Sie schloß ihre Hand um die seine, als wollte sie ihn von einer Binsenwahrheit überzeugen.

»Bei ihm ist es schließlich wegen einer guten Sache!...«

Einmal mehr zweifelte er an seinem Verstand.

»Jean-David kann ihn niemals kennenlernen«, fuhr sie fort, »aber er wird immer auf einen Vater stolz sein können, der Anstand und Ehre gewahrt hat.«

»Die Csarwitczs sind ehrenhafte Leute und gläubige Christen«, verkündete Madame Slowacki, die sich mit einem Armvoll Suppenteller von ihrem Herd löste.

»Dieser Typ, der dich im Stich gelassen hat?« entrüstete sich William. »Dieser Typ, der das Chaos in diesem Saustall Polen dazu genutzt hat, dich zu verlassen...?«

»Um zu kämpfen! Im Untergrund!«

»Kämpfen?... So nennst du das... Er hat dich jedenfalls sitzenlassen. Punkt Schluß!«

»Ja, vielleicht«, gab sie zu, »aber was für mich bei einem Kerl am meisten zählt, ist sein Charakter!«

Auf einmal klingelte es.

Madame Slowacki verließ den Tisch mit einer unsagbar leidenden Miene und ging schwerfällig auf die Eingangstür zu. Das Perückenteil stand vorne etwas ab, als sie die Tür öffnete.

»Ein schwarzer BMW, in Paris zugelassen, gehört der jemandem von Ihnen?« fragte eine Männerstimme.

William wechselte einen beunruhigten Blick mit Robert.

»Warum?« fragte er zurück und unterdrückte dabei ein Zittern in der Stimme.

Bestimmt die Gendarmerie, dachte er.

Ein Mann trat hinter Madame Slowacki ins Eßzimmer, einer von denen, die William auf der benachbarten Veranda gesehen hatte.

»Es tut mir schrecklich leid, aber ich muß Ihnen sagen, daß man ihn gerade gestohlen hat«, sagte der Mann.

## 11

Auf der Suche nach einer Packung Zigaretten tastete Sépulchre mit seiner freien Hand seine Tasche ab. Leer, wie er befürchtet hatte. Er ließ seinen vor Müdigkeit starren Blick durch das Eingangszimmer schweifen, erinnerte sich mit Unbehagen daran, sie im Wohnzimmer liegen gelassen zu haben, doch die Telefonleitung war zu kurz, als daß sie gestattete, sie zu holen, ohne das Gespräch zu unterbrechen.

»Sie sind zu zweit und ziehen mit einem gestohlenen BMW durch die Gegend«, sagte er in den Apparat. »Sie haben ein gemeinsames Zimmer genommen. Schreib dir die Nummer auf. 812, achter Stock. Merkur... Nein, am Ortseingang.«

Er schwieg, um seinem Gesprächspartner Zeit zum Aufschreiben zu geben.

»Das Hotel wird überwacht, aber nicht die einzelnen Stockwerke. Ich hab dir ein Zimmer reserviert... Natürlich auf deinen Namen! Franco Calvi. Was glaubst du, wie du sonst an die Belohnung kommst? (Er setzte die Brille auf, obwohl es gar nicht nötig war.) Ja, mein Bester, du hast mein Wort. Ich garantiere dir, daß du keine Steuern dafür zahlen mußt... Hast du alles verstanden, was ich dir gesagt habe. Du rufst die 812 an, sagst ihnen, daß die Bullen zum Angriff rüsten, und dann schlägst du im Flur zu... Wenn sie rauskommen, bist du da... Notwehr, wenn es geht, Okay?«

Mechanisch wühlte er in der kleinen Westentasche rum, und es gelang ihm, eine ausgegangene Zigarette rauszuziehen...

»Nein, versuch nicht, mich anzurufen, ich werde schon unterwegs sein... Sieh zu, daß du keine Wurzeln schlägst, wenn du deine Hütte mit den Seeigeln davor willst.«

Er legte den Hörer auf und kehrte auf jene brüske Weise ins Zimmer seines Vaters zurück, die er immer an den Tag legte, egal was er tat.

Der alte Mann saß unter einer bretonischen Schirmmütze

zusammengesunken da und war trotz der äußerst hohen Zimmertemperatur warm angezogen. Sein Oberkörper war über die Seite des Sessels geglitten, und der Arm krümmte sich über die Lehne, die Beine lagen zusammengekauert unter einer alten Wolldecke, von ihr einhüllt wie zwei Hundeknochen vom Papier eines Metzgers.

»Ich hab alles gehört«, sagte er, während sein Sohn ihn aufrichtete und mit einem Kissen stützte.

»Du hast zwar nur noch eins, aber mit dem bist du noch ganz Ohr.«

»Was weit weg ist, höre ich besser als alles, was nahe ist, wie soll ich dir das nur klarmachen?«

Sépulchre nahm einen tiefen Zug aus der Zigarette, hustete aus Gewohnheit, suchte den Aschenbecher und fand ihn neben der Cognacflasche, deren Pegel während des Telefongesprächs um einiges tiefer gesunken war. Selbst das Glas war leer, doch er machte ihm deshalb keine Vorhaltungen. Wozu auch? Man muß dem inneren Schweinehund den Garaus machen, wie der Alte sagte.

»Seit wann schickst du deine Kollegen deine Arbeit verrichten?« fragte sein Vater.

»Laß mich, Daniel, er ist kein Kollege mehr...«

»Was hast du gesagt?«

Er legte die Hand wie einen Trichter an sein Ohr.

»Ich sagte, du sollst mich in Ruhe lassen«, rief er ihm zu.

Er räusperte sich.

»Man sollte zusehen, daß man seine schmutzigen Geschäfte selbst erledigt«, murmelte der alte Mann.

»Ich weiß, Daniel.«

»Schmeiß doch den Job hin, ich bitte dich.«

»Jetzt geht das wieder los...«

Er zählte die Tropfen, die in ein Glas Wasser eintauchten.

»Was? Sprich lauter.«

»Ich sagte, daß das nicht so einfach ist.«

»Du warst immer ein Dickschädel, ein Hitzkopf, der an allem und jedem rummeckert, der sich nie mit seinen Chefs versteht...«

»Ich versteh mich nicht mal mit mir, aber das hilft mir wenigstens, so zu tun, als ob ich mich nicht mit mir selbst verstehen würde, weil ich Bulle bin.«

»Sprich nicht so schnell, ich versteh dich nicht.«

»Du verstehst nie, was man dir sagt, weil du nicht magst, was man dir sagt... Es hat nichts zu bedeuten, Daniel.«

Er balancierte das Glas mit den Medikamenten seinem Vater in die noch gesunde Hand.

»Schmeiß einfach alles hin, mein Sohn«, sagte der alte Mann und dankte ihm mit einer Kopfbewegung.

»Darauf hab ich gewartet, auf dieses "Schmeiß alles hin"...«

»Na, ja, was... Mit einem normalen Beruf wärst du viel öfter zuhause.«

»Daran denkst du also, hä? Dann könntest du mich zu festen Zeiten tyrannisieren.«

»Was?«

Er nahm die zwei Kapseln aus der Handfläche seines Sohns und schluckte sie nacheinander.

»Es gibt keinen normalen Beruf mehr«, sagte Sépulchre, »es gibt übrigens überhaupt keinen Beruf mehr.«

»Da sieht man wieder, wie dickköpfig du bist.«

»Es hält sich in Grenzen.«

Eine abfällige Geste deutete an, daß er genervt war.

»Ist ja nur ein guter Rat. Jeder Vater muß seinem Sohn gute Ratschläge geben.«

»Oh, ich kenne deine Rede...«

»Ich bin nicht ärgerlich.«

»Du bist immer gegen die Bullen gewesen.«

»Ist nicht wahr«, ulkte der Alte, dessen Körper sich plötzlich aufbäumte, zumindest der Teil, der sich noch bewegen konnte. »Zu der Zeit, als ich noch über sie herzog, gab es auch ein paar, die ganz gut waren...«

»Alle Welt will, daß die Bullen etwas anderes machen... Sogar die Richter wollen heute, daß die Bullen etwas anderes machen, als das, was ihr Job ist, aber einer muß es eben machen, und ich bin damit einverstanden.«

»Indem du Mördern einen Job verschaffst?«

»Das kannst du nicht verstehen, Daniel.«

»Sicher, sicher... Das Wichtigste ist, daß du glücklich bist... Stell die Flasche näher an mein Glas, sie steht erst seit heute dort und kennt den Weg noch nicht...«

Er goß einen kräftigen Schluck ein, stoppte, schaute seinen Vater fragend an, fügte noch zwei Fingerbreit Cognac hinzu und pfropfte die Flasche mit viel Kraft wieder zu.

»Ganz genau das bin ich«, bestätigte er, »glücklich.«

»Meinen Glückwunsch.«

Sépulchre sah zu, wie er trank. Der Augenblick schien ihm günstig.

»Ich habe eine schlechte Nachricht für dich, Daniel.«

Der Rücken im Krankensessel beugte sich schwer, bereit die neue Last zu tragen, die man seinem Leben aufbürden würde.

»Dein Kumpel Cantelli ist tot.«

»Tot?...Scheiße... Wie das?«

»Er hat sich vom Balkon runtergestürzt.« Er unterbrach sich, hustete und neigte die Flasche zum Glas, das ihm zitternd entgegengestreckt wurde. »Seit einiger Zeit war er sehr traurig, er seufzte die ganze Zeit...«

»Schlimme Sache. So also macht sich das Leben aus dem Staub, durch Seufzer.«

Der Alte schien zu überlegen, zog seine Schirmmütze, die verrutscht war, wieder zurecht und sagte dann:

»Er war zwei Jahre älter als ich, es rückt eben näher... Du wirst zu ihm gehen, zu dem Verstorbenen, und ihm sagen, daß ich ihn immer für einen echten Freund gehalten habe, und daß er sich an mich erinnern soll, wenn er in die Hölle kommt.«

»Daniel!...«

»Sag's ihm, bevor er völlig erkaltet ist.«

Sépulchre warf einen Blick auf seine Armbanduhr und bedeutete dem alten Seebären, daß er ihn bald verlassen müsse.

»Soll ich dich aufs Bett legen, bevor ich gehe?«

»Nein, die Schlampe wird schon rechtzeitig kommen. Ich mag es lieber, wenn sie es macht, ich kann versuchen, sie zu befummeln und ihr einen Finger reinzustecken.«

Er gab allen Frauen, die sich bei der Pflege ablösten, den Kosenamen Schlampe, jeder Krankenschwester oder Pflegerin.

»Heute abend ist Mademoiselle Brabier dran, ein Knochengestell.«

»Schade. Ich kann's mir nicht mehr erlauben, wählerisch zu sein«, lachte der alte Mann hämisch.

»Nimm dich in acht vor ihrem Arsch, Daniel, das ist ein Nußknacker«, witzelte Sépulchre, heilfroh, zu einem lustigeren Thema übergehen zu können.

Der Oberkörper des Alten bäumte sich auf und schüttelte sich vor Lachen. Ein Buch fiel aus dem Sessel.

Sépulchre hob es auf. Das einzige Buch, das sein Vater jemals besessen hat. Hat er nur das gelesen? Er sagte ja. Als er mit gut zwanzig Jahren auf einem Bananenfrachter von Südamerika zurückkehrte, war es das einzige Buch an Bord. Die *Pensées* von Pascal. Es gehörte einem jungen Mechaniker, der mit Vornamen ausgerechnet Pascal hieß. Am Ende der Überfahrt kannte ich sie in- und auswendig, hatte ihm sein Vater erzählt. Nicht nur die *Pensées* des alten Pascal, sondern auch die des anderen, und nicht nur seine hintersten Gedanken, nein, seinen Hintern noch dazu.

»Ausgezeichnet, Pascal«, stimmte der Sohn zu, und tat so, als würde er nicht verstehen. Die Überfahrten waren so stinklangweilig, daß man sich eben auf die eine oder andere Weise zerstreuen mußte, meinte der Vater immer.

Sépulchre rückte die Waffe im Gurt zurecht und schob den Vorhang am Fenster beiseite. Bench wartete unten auf ihn, pünktlich wie immer.

Er hatte die Wagentür geöffnet, sich umgedreht und ließ seine Beine auf den Gehweg herausbaumeln. Zuviel Leute unterwegs, um diese späte Stunde, für dieses Viertel, und die meisten Menschen drängten eilig zum U-Bahn-Eingang auf der anderen Straßenseite oder kamen von dort, nicht ganz so eilig.

»Hast du gegessen?« fragte Sépulchre ihn, während er sein Täschchen in den Wagen bugsierte, ein altes Arzt-Köfferchen aus rissigem Leder.

Bench drehte sich um, er hatte ihn nicht kommen sehen.

»Zwei harte Eier am Tresen, aber wie hart, du glaubst es nicht! Meiner Ansicht nach ein Paar Eier aus dem Mesozoikum... Eier von Flugsauriern...«

»Noch nie probiert... Hast du die Photos?«

Bench zog einen dicken Umschlag aus seinem aufgeknöpften Hemd.

»Abzüge und Negative, ist alles drin... Der Typ wird ganz schön blöd aus der Wäsche gucken, wenn er heimkommt. Ich mußte ein bißchen Unordnung machen.«

»Hast du die Tür aufgebrochen?«

»Nein. Die Schlösser haben sich sehr kooperativ gezeigt.«

»Saubere Arbeit«, sagte Sépulchre, während er den Inhalt des Umschlags durchblätterte. »Ich meine damit ebenso deine wie seine. Gut, das ist nicht alles. Aber machen wir es uns bequem, bevor wir uns auf den Weg machen.«

»Auf den Weg? Wohin genau machen wir uns denn auf den Weg?« erkundigte sich Bench, während er den Wagen lenkte. »Du hättest mir ruhig sagen können...«

»Die Polizeiwache von Auxerre hat den BMW ausfindig gemacht, der von den Bombenlegern in der Rue de Rennes gestohlen wurde, und jetzt warten sie auf uns, um es gebührend zu feiern...«

»Nimm mich bloß nicht auf den Arm«, brummte Bench, der an einen Scherz glaubte. »Weshalb sollte die Gendarmerie denn auf uns warten, um...«

Sépulchre stellte das Radio ab, um seine rauhe Stimme zu schonen.

Und während er den Zigarettenanzünder drückte, meinte er: »Befehl der Antiterror-Koordination! Ein Geschenk unseres Freundes Boniface.«

»Meine Güte«, knurrte Bench, »zehn Jahre meines Lebens oder einen Finger meiner Hand, wenn wir diese Hurensöhne schnappen... Wo steht dieser BMW?«

»Auf dem Parkplatz eines Hotels.«

Bench schaute auf die Uhr im Armaturenbrett.

»Fahren wir mit dem Dienstwagen hin?«

»Mit deinem... Du weißt doch, daß mir in dem anderen schlecht wird.«

»Er hat zwölf Jahre auf dem Buckel«, protestierte Bench, »das heißt gut zwei Stunden Autobahn, vorausgesetzt wir haben Rückenwind.«

»Wir brauchen uns nicht beeilen. Außerdem, sieh mal, wir sind doch auf Spesen unterwegs, also werden wir uns irgendwo den Magen vollschlagen...«

Am Eingang einer Brasserie wurden gerade die Auslagen mit den Austern dekoriert. Mit einem Brummen unterwarf sich Bench dem Wunsch seines Chefs und parkte direkt am Gehweg davor, ohne sich um das Halteverbot zu kümmern.

»Wir werden unglaublich viel Zeit verlieren«, sagte er und beeilte sich, die Karte der Menüs durchzusehen. Er hielt mit seiner Verärgerung nicht hinter dem Berg.

»Es geht nichts über ein gutes Essen.«

Dem Akzent nach war die Bedienung aus dem Südwesten, ihrem runden Bäuchlein nach war sie weder den Gaumenfreuden noch anderen Freuden abgeneigt.

Sie entschieden sich beide für das Tagesmenü, gepökeltes Schweinefleisch mit Linsen.

»Man könnte meinen, daß du nicht gerade darauf erpicht bist, sie festzunehmen!« sagte Bench, und seine Augen warteten gespannt auf eine Erklärung. »Wirf mir mal 'ne Boje zu, Oberchef, ich bin am Ertrinken.«

Schweigen. Die Zeit, um das Ritual des Anzündens einer dunklen Zigarette durchzuführen. Dann gab Sépulchre zu:

»Man schickt uns nicht, um sie festzunehmen.«

»Ah ja, ich verstehe«, täuschte sich Bench, und seine Augen begannen zu leuchten. »Wir werden sie...« Er sprach seinen Satz nicht zu Ende, die Andeutung genügte. »Ich will dir was sagen, ich bin nicht dagegen. Das ist eine gute Gelegenheit, die Sache ein für allemal zu regeln, und ohne daß es den Steuerzahler einen Pfennig kostet... Ich persönlich finde, diese Regierung hat die Hosen gestrichen voll, bei ihrer Politik.«

Aus Trägheit fand Sépulchre nicht den Mut, ihn während des Essens über seinen Irrtum aufzuklären. Er begnügte sich, seine Begeisterung mit Bemerkungen zu dämpfen, die seinen liebenswerten Skeptizismus kaum verhüllten.

Die schöne Bedienung kam an den Tisch und rezitierte die Karte mit den Nachspeisen mit der Stimme eines Gourmand. Ihre Zähne standen weit auseinander. Schade.

Sie bestellten vier Kaffees, zwei für jeden, und Meringe in Vanillesoße.

»Du scheinst nicht gerade in Form zu sein«, bemerkte Bench. »Keine Chance mehr, noch weiter Ausflüchte zu machen.«

»Vor knapp einer Stunde habe ich Boniface gesehen...«

Er zögerte noch und benetzte seinen Hals mit dem warmen Kaffee.

»Oder vielmehr er ließ mich zu sich kommen... Er vertraute mir zwei falsche Pässe, zwei Flugtickets an und...« Er hörte plötzlich auf zu reden und erzählte lieber nichts von den zweihunderttausend Dollar, die in dem Arztköfferchen waren, mit dem er unterwegs war.

Eine Wegzehrung von zweihunderttausend Dollar, die er den Terroristen übergeben sollte, wenn sie an Bord des Flugzeugs gehen.

»Halt die Ohren steif«, glaubte er ihn vorwarnen zu müssen, bevor er fortfuhr. »Paß auf, du und ich, wir sind verantwortlich für ihre Sicherheit und beauftragt, sie an Bord eines Flugzeugs zu bringen, das morgen früh über München nach Beirut fliegt.«

Benchs Gesicht zeigte zuerst ungläubiges Staunen, dann Schmerz. Er schwankte unermüdlich hin und her und wollte das Unglaubliche einfach nicht wahrhaben.

»Frag dich mal, warum sie unser Computerporträt nicht an die Presse weitergegeben haben«, ließ Sépulchre nicht locker. »Oder die Zeichnungen deiner kleinen Freundin aus der Bank – was war doch gleich nochmal ihr Job?«

»*Roughman*.«

Ein Stammeln mit belegter Stimme.

»Frag dich, warum sie keine scharfe Abbildung aus ihrer Video-Aufzeichnung gebracht haben! ...Sogenannter Laborfehler...«

Seine Stimme hörte sich durch die schmerzhafte Heiserkeit immer bestialischer an.

»Diese Typen haben eine unglaubliche Scheiße abgeladen, das Land tief in den Terror getaucht, es mit Blut getränkt, und ganz zufällig kommt es im Labor... was sonst nie passiert... zu einer Panne beim Kopieren...«

»In Wirklichkeit schickt man sie also lieber heim, als sie hier vor einen Richter stellen zu müssen, ist es das, was du mir beizubringen versuchst?« sprach Bench es aus.

»Sagen wir... um gewisse Geheimverhandlungen nicht zu stören...«

»Schweinehunde, diese Politikerärsche!«

»Jetzt weißt du, warum ich keine sonderliche Eile habe...«

Sépulchre setzte die Brille auf die Nase und überprüfte die Rechnung.

»Was haben wir davon zu trödeln, anstatt die Sache so schnell wie möglich hinter uns zu bringen und uns dann einen Rausch anzusaufen?« maulte Bench, als sie aufstanden und gingen.

»Ich hab keine Ahnung«, sagte Sépulchre und befleißigte sich, über den oberen Brillenrand zu schauen... »Ein Schönheitsfleck...«

»Ein Schönheitsfleck...« ging ihm immer noch durch den Kopf, als sie die Zahlstation auf der Autobahn erreichten.

Er schaute auf die leuchtende Uhr des Armaturenbretts.

Zu dieser Stunde kam Franco Calvi in Auxerre an.

Er parkte seinen gemieteten Ford vor dem Hotel Merkur.

Ein kurzer Blick genügte ihm, um die vier Bullen in Zivil zu sehen, die in einem schnellen Wagen startbereit auf Posten saßen. Gegenüber dem Eingang war der Kleinlastwagen eines Maurers mit übergeschlagener Plane zu gut plaziert, um nicht eine Reihe Männer in Schußposition hinter der Rüstleiter zu verbergen.

Schwerfällig erklomm er die Stufen zum Eingang. Er hatte gerade erst die vierzig erreicht, aber die durchwachten Nächte hatten die Farbe im Gesicht abblättern lassen. Groß, stark behaart, bärtig, mit dickem Bauch und dichtem Haarschopf, und diese nervöse Art, blonde Zigaretten dutzendweise zu rauchen. Er hatte einen ganz besonderen Gang, wenn er sich so dahinschleppte, bei dem das ganze Körpergewicht nach vorne geworfen wurde, als drohte er bei jedem Schritt umzufallen. Das Gesicht hielt er hoch, und das Schlenkern der Schultern kam vom Humpeln aufgrund einer operativen Verkürzung des Oberschenkels, die nötig gewesen war, nachdem sich die Kugel eines Gangsters einen Tunnel durch ihn gegraben hatte.

Wie geplant hielt man an der Rezeption ein Zimmer auf seinen Namen reserviert.

Jede Menge Polizisten zwischen Halle und Bar taten so, als beschäftigten sie sich mit den unterschiedlichsten Dingen, spielten die Rollen von Angestellten oder Gästen. Die Waffen unter den zugeknöpften Jacketts sorgten für verräterische Beulen.

Mit der seinem Job entsprechenden gelangweilten Miene legte der Portier einen Schlüssel auf die Theke. Hinter ihm saß ein Mann auf dem äußersten Rand eines Stuhls und streckte sich wie ein Linienrichter beim Tennis nach vorne, wobei er die Treppe mit peinlicher Aufmerksamkeit fixierte.

Franco Calvi lehnte die Hilfe eines übereifrigen Gepäckträgers ab und trug seinen Koffer selbst.

Im achten Stock ging er an Zimmer 812 vorbei, zählte 6 Zimmer und gelangte zu seinem. Die Einrichtung war anonym, ohne jeden Charakter, einfach nur praktisch. Er durchsuchte es umsichtig, als ob er erwartete, im Schrank einen Bullen zu finden, inspizierte alle Stellen, die ein Mikrofon hätten tarnen können. Aber er fand nichts Außergewöhnliches bis auf eine Bibel im Nachttisch, die von einer gerade in Mode gekommenen Sekte herausgegeben war. Waren sowieso alle gleich, seiner Meinung nach. Er schrieb eine Obszönität rein und legte sie erst zurück, nachdem er, eine reine Vorsichtsmaßnahme, seine Fingerabdrücke mit dem Bettuch abgewischt hatte.

Der Kühlschrank versorgte ihn mit Scotch, den er wie ein Medikament schlürfte, die Augen halb geschlossen und ohne zu atmen.

Unten im Koffer grub er eine Walther P38 mit kurzem Lauf aus, eine Waffe zu der er wegen ihrer Ausgewogenheit und rassigen Form neigte, keine dieser vulgären Waffen, die man im Kino sieht, aber eine sehr wirksame Pistole ohne Nickel und ohne Chrom. Ein Lieferant, dem er vollkommen vertraute, hatte ihm versichert, daß sie noch jungfräulich war. Das ist nicht ohne Bedeutung, wenn man weiß, daß die Hehler nicht zögern, einem Knarren anzudrehen, die schon etliche Tote auf dem Gewissen haben. Mit einer harten Bewegung, als wollte er das Eisen aufwecken, steckte er das Magazin rein und ergriff den Kolben.

Der Spiegel schickte ihm sein Bild zurück, auf das er zielte. Er probierte eine Reihe von Bewegungen, instinktives, schnelles Schießen, die immer vor dem Spiegel endeten. Als er aufhörte, schien er soweit zufrieden, daß er sich selbst zulächelte.

Er beugte sich über den Kühlschrank, trank noch einen Whisky, auf dieselbe Art, wie das erste Mal, und steckte zwei Flaschen Wodka ein. Warum nicht davon profitieren, wenn er schon die Rechnung nicht bezahlte.

Die Telefonanlage ermöglichte es, von einem Zimmer zum anderen anzurufen, ohne die zentrale Vermittlung einzuschalten, stand auf einem Anschlag. Er wählte die 1, dann nacheinander die 8, die 1 und die 2.

Es klingelte dreimal, bevor sich eine erstaunte Stimme meldete, mit dem kurzgehenden Atem eines Mannes, der aus der Dusche gestürzt war, um das Telefon zu erreichen. Die Dusche lief noch. Franco Calvi hörte sie, und er hörte auch den zweiten Typen fragen, wer es sei.

»Sind Sie mit dem schwarzen BMW angekommen?« begann Calvi.

»Tschuldigung, ich versteh nicht ganz«, stammelte die Stimme.

»Schauen Sie mal aus dem Fenster raus. Die Straße ist voller Bullen, die wegen euch da sind, und ihre Kumpel im Haus werden nicht lange warten und hochkommen, um euch zu holen. Tschau.«

»Wer sind Sie?«

Franco hatte den Hörer schon wieder aufgelegt und humpelte so schnell wie möglich in die Dunkelheit des Flurs. In einer Ecke, an der die beiden auf ihrer Flucht zwangsläufig vorbeikommen mußten, drückte er sich flach auf den Boden.

Er löste das Sicherungssystem der P38 und spannte den Verschluß.

Irgendwo setzte sich der Aufzug in Gang, als er hörte, wie eine Tür aufging und zuknallte; dann gedämpfte Schritte auf dem Teppichboden. Sie rannten.

Er schätzte die Entfernung nach Gehör. Zehn Meter.

Mit der Waffe im Anschlag sprang er hoch.

Vor ihm zogen sich zwei Typen im Laufen an. Als sie die Pistole sahen, stoppten sie so, daß sie zusammenstießen. Sie klammerten sich aneinander, der größere brach in hysterisches Geschrei aus, der andere sank, am Rande einer Ohnmacht, in sich zusammen.

Da hielt der Aufzug an und die Tür ging auf.

Eine Frau brüllte.

»Polizei!« stieß Franco ohne sich umzudrehen hervor.

Das Geschrei erstickte.

Die Frau verschwand so schnell wie möglich.

Er betrachtete die beiden Typen mit zunehmender Unruhe. Diese zwei lachhaften Gestalten sollten Bombenleger sein? Man hatte ihn ganz offensichtlich angeschmiert.

Aber mit welcher Absicht?

»Polizei!« wiederholte er und forderte sie mit dem Lauf seiner Waffe auf, in ihr Zimmer zurückzugehen. Diese jämmerlichen Wichte hielten ihn wirklich für einen Bullen, und während er sich noch fragte, wie er sie anpacken sollte, gestanden sie schon aus freien Stücken, den BMW geklaut zu haben. Der große hatte den Kopf eines Schwachsinnigen, und es war klar, daß er sich kein bißchen anstrengen mußte, um ihn zu knacken, ein Geschenk des Himmels. Der andere war voll auf Amphetaminen oder Speed, er zappelte rum wie der Schwanz einer Eidechse in einem Bol.

»Wovon redest du?« fragte Franco das große Würstchen.

Sie hätten das Ding nicht verschieben wollen, nein, sie schwörten es bei der Bibel, die dort auf dem Nachttisch lag. Sie wären bloß zwei Kumpel, die nach Chambéry hochfahren wollten, um dort während der Wintersportsaison einen Job zu suchen. Der große war Damen- und Herren-Friseur, das Nervenbündel Schaufenster-Dekorateur. Sie hätten vorgehabt, morgen früh wieder aufzubrechen und den Wagen einfach stehen zu lassen.

Einige Sekunden lang hielt Franco die Augen halb geschlossen, dann näherte er sich dem Fenster und warf einen kurzen Blick hinaus.

Die Bullen waren noch da. Worauf reimte sich diese Komödie, *bruta Bestia*?

Die beiden Typen zeigten sich mächtig beeindruckt von der Aufbietung der ganzen Ordnungsmacht, die gegen sie ins Feld geführt wurde. Sie konnten es nicht fassen, daß man sie so schnell geschnappt hatte.

»Wem habt ihr den Wagen geklaut«, wollte Franco wissen, den ihr Geschwätz zu interessieren begann.

Um die Wahrheit zu sagen, sie wußten nichts darüber. Sie nahmen an einer Party teil, die eine Freundin in der Nähe von Dourdan organisiert hatte, um ihre Scheidung zu feiern. Dann verließen sie die Fete ein erstes Mal, um sich mit zwei affengeilen Häschen zu amüsieren, oder genauer gesagt mit einem Häschen und einem Transvestiten, der unaufhörlich seinen Arsch zeigte, und das Gerät, das darunter hing. In diesem Moment hatten sie bemerkt, wie zwei Macker und ein Mädchen, das bis zum Platzen schwanger war, aus einem Klasse-BMW stiegen und in eins dieser kleinen Landhäuschen gingen, die man überall um Paris herum findet. Als sie sich dem Wagen genähert hatten, taten sie so, als ob nichts weiter wäre, und stießen beim Herumalbern gegen ihn, gerade genug, um festzustellen, daß die Alarmanlage nicht funktionierte. Und auf einmal dachten sie, es wäre eine bessere Idee, sich den Wagen zu borgen, statt den Zug zu nehmen. Sie überließen das Häschen ihrem Spiel mit dem Transvestiten und knackten die Chaisse kurze Zeit später. Das ging umso leichter, als sie nicht mal den Anlasser auseinandernehmen mußten; er war schon weg. Sie brauchten nur die zwei losen Kabel wieder kurzschließen, und wrommm....

»Ich war's, ich hab's geknackt«, sagte Eidechsenschwanz.

»Laß, Armand. Die Idee war von mir.«

Franco Calvi beugte sich vor und inspizierte den Kühlschrank. Er steckte bis zum Hals in der Scheiße. Dieser Sépulchre! Hatte sich kein bißchen verändert, noch immer die gleiche krumme Tour. Hatte er ihn doch glatt losgeschickt, um zwei Schwuchteln umzulegen, die sich in einem Netz verfangen hatten, das von einer ganzen Kompanie Bullen gehalten wurde. Die Nachricht vom Tod der beiden vermeintlichen Terroristen hätte sich schnell verbreitet. Folglich hätten die Brüder Abdessalam jeden Grund zur Vorsicht verloren, und Sépulchre hätte sie ruhig in ihrem Versteck in Dourdan einsammeln und die Belohnung einstreichen können. Krumm, wie die Lenkstange eines Rennrads, dieser Hurensohn! Er leerte den Rest einer Flasche Whisky auf einen Zug.

»Kannst du mir das Haus beschreiben? Das der beiden Macker mit der schwangeren Frau?«

Ganz gewöhnlich. Ein Holztor, weiß gestrichen, glaubte der eine sich zu erinnern. Mit einem jungen Hund, der unaufhörlich bellte, ein gelber Bastard. Vielleicht zwanzig oder dreißig Meter von der Villa entfernt, in der die Party stattgefunden hatte.

»Und die Adresse?«

Sie wußten den Straßennamen nicht mehr, würden aber mit verschlossenen Augen hinfinden. Zweite Ampel rechts, den Hang hoch und die Straße links nehmen, die, die schräg weggeht...

Er entdeckte die Apotheke von Eidechsenschwanz auf der Ablage im Badezimmer, nahm eine Röhrchen mit Seditativen und zwang sie, je die Hälfte davon mit dem ganzen Portwein zu schlucken, den der Kühlschrank noch enthielt. »Macht dem lieben Onkel mal 'ne Freude... Sehr vernünftig...« Er wartete, bis die Drogen ihre Wirkung taten, riß den Telefonanschluß heraus und sperrte sie von außen ein.

Der Aufzug befand sich noch auf dem Stockwerk.

Er verließ das Hotel ohne Gepäck, erreichte unter den unerschütterlichen Blicken der Zivis wieder sein Auto und fuhr, die Fenster runtergekurbelt, in Richtung Paris zurück.

Die Nacht war besonders mild für die Jahreszeit.

Carmen McRae klimperte eine Melodie von Gershwin auf dem Klavier. *But not for me*.

»Nein, nicht mit mir«, grummelte Franco.

## 12

Bench brachte seinen Volvo mitten zwischen zwei schrägen, weißen Linien zum Stehen, zwischen einem deutschen Kabriolett und einem großen Renault aus der Bretagne, zugelassen im Département Finistère, dem Ende der Welt, wie es die Römer nannten. Er wartete, bis sein Vorgesetzter ausgestiegen war, versicherte sich, daß alle Türen verriegelt waren, schaltete die Scheinwerfer aus und stieg gleichfalls aus.

Die Nacht war schwarz, und der Parkplatz nur schwach vom Hotelschild beleuchtet, gerade noch genug, um festzustellen, daß die Insassen des Renaults nicht etwa bretonische Tracht trugen, es sei denn, die Mützen der Kampfausrüstung hätten die Rundhütchen unter den berühmten Bigouden-Hauben ersetzt.

Sépulchre war verblüfft über die Ruhe, die herrschte, wo er doch ein brodelndes Durcheinander erwartet hatte. Die Polizisten waren noch richtig getarnt, als ob nichts geschehen wäre. Er muffelte einen undeutlichen Fluch auf den Dicken, und nutzte die Stufen vor dem Hotel, um seine Knie wieder gelenkig zu machen, indem er sie so stark wie möglich beugte. Die Glastür öffnete sich automatisch beim Anblick seines Körpers.

Das Innere des Hotels war von jener anonymen Tristesse, die alle Hotelhallen an sich haben. Einige Männer waren am einen Ende der Bar auf Hockern zusammengesunken. Sie redeten und lachten wie normale Hotelgäste.

Sépulchre ging auf die Rezeption zu und legte einem gelangweilten Angestellten seinen Kripo-Ausweis vor.

»Ich möchte wissen, wieviel Zimmer im achten Stock belegt sind.«

Der Angestellte drehte sich zum Schlüsselbord um und erstellte mit leiser Stimme ein Inventar aller fehlenden Schlüssel.

»Alle anderen sind frei?«

»Sie sind frei«, bestätigte der Angestellte (aus Höflichkeit stellte er sich perfekt auf seinen Gesprächspartner ein und sprach leise), »bis auf 819, der ist mit einem Koffer angekommen, ohne ihn wieder weggegangen und noch nicht zurückgekommen.«

Er warf einen kurzen Blick auf die Wanduhr und drückte so seine Mißbilligung über ein derartiges Verhalten aus.

»Was für ein Gast, auf 819?«

»Wie er aussieht, meinen sie?« Der Kommissar zog die Nase hoch, was »genau das meine ich« bedeuten sollte. »Groß, untersetzte Figur, ein Bein kürzer als das andere...«

»Und umgekehrt«, knurrte Sépulchre.

Ein unverständliches Krächzen. Er bedankte sich mit einem vagen Lächeln, hinter dem er seinen Ärger verbarg. Nichts deutete daraufhin, daß der Dicke die Brüder Abdessalam umgelegt hatte. Wenn er es gemacht hätte, dann auf spektakuläre Weise, mit allen Anzeichen eines heißen Kampfes als Beweis für seine Notwehr, um die Belohnung zu kassieren. Stattdessen war er seelenruhig wieder weggegangen. Oder er war auf den Kopf gefallen. Oder er hatte im letzten Moment seine Meinung geändert. Sépulchre hatte keine Alternative. Er mußte Zeit gewinnen und einstweilen warten, bis er mehr darüber wußte.

Er verabscheute es, keine andere Wahl zu haben.

Mit einer Grimasse gab er Bench zu verstehen, daß etwas nicht in Ordnung war, und gemeinsam näherten sie sich der Bar. Der Mann hinter dem Tresen sah verschlafen aus und war nicht sehr angetan von der zusätzlichen Arbeit, die man ihm aufbürdete. Für gewöhnlich schloß seine Bar um zweiundzwanzig Uhr, und wenn er jetzt noch arbeitete, so nur auf Verlangen der Direktion und des Chefs der Gendarmerie, Oberst Rochette.

»Ein Scotch«, verlangte Bench.

»Einen Baby?«

»Einen Baby, meine Fresse!... einen Doppelten, und ohne Eis...«

Während der Barmann schon zur Flasche griff, warf er ihm hinterher: »Nein, nicht von dem, von dem anderen. Von dem mit meinen Initialen. JB, Jacques Benchichian...«

»Der Einsatzleiter?« erkundigte sich Sépulchre bei einem der Gäste, einem Inspektor, dessen Schulterklappen kapokwattiert waren.

»Der Oberst«, stellte der Mann herablassend richtig, »steht draußen, bei den Männern in Uniform.«

Der Kommissar gab seinem Assistenten zu verstehen, daß er am Tresen auf ihn warten sollte.

»Mach dir keine Sorgen, ich rühr mich nicht vom Fleck.«

Sépulchre ging mit gedankenvoller Miene wieder hinaus, hielt auf der obersten Treppenstufe inne, erstaunt über eine derart massive Dunkelheit. In Paris wurde es nie so schwarz, so tiefschwarz. Männer in Uniform kauerten hinter dicht zugewachsenen Nadelbäumen und flüsterten in Walkie-Talkies. Nach kurzer Zeit hatten sich seine Augen an die Dunkelheit gewöhnt, und er konnte den Oberst, der in einem Andenkenkiosk saß, in dem alle Lichter gelöscht waren, ohne Probleme ausfindig machen. In den Glasvitrinen spiegelten sich die Bewegungen phantomartiger Formen zwischen Stapeln von Weinkartons und Honig aus dem Gâtinais. Der Kommissar tat so, als suchte er ihn noch immer, und zündete sich, nur um sein Gesicht zu beleuchten, eine Zigarette an, wobei er sich zehnmal soviel Zeit ließ wie nötig gewesen wäre.

»Kommissar?« informierte sich einer der Gendarmen grüssend. »Oberst Rochette erwartet Sie.«

Eine Kopfbewegung wies auf den dunklen Kiosk.

Die Tür klirrte unter seinem Stoß und warf das Echo der Glocke zurück.

»Wir haben nur noch auf Sie gewartet, um zum Sturm zu blasen«, erklärte der Gendarmerie-Offizier, sichtlich entrüstet, sich zu dieser Unzeit noch bereithalten zu müssen.

»Eine Reifenpanne auf halbem Wege«, log Sépulchre. »Ein defekter Wagenheber...«

Seltsamer Kommandoposten in diesem mit Fressalien, Spielsachen und Spielzeugautos vollgestopften Raum. Im Fenster des Kiosks war ein Maschinengewehr auf einem Dreifuß installiert und, notdürftig hinter einer Mauer aus sprechenden Puppen verschanzt, auf das Hotel gerichtet, was die Älteren unter Ihnen an jene Sandsäcke erinnern dürfte, die man zu Kriegszeiten für die Defensiv-Verteidigung benutzte.

»Sie haben ihr Zimmer nicht verlassen und ahnen absolut nichts.«

So zeigte er seinen Stolz, daß er und seine Männer bislang nicht entdeckt worden waren.

»Bevor wir das Zimmer umzingeln«, gelang es Sépulchre inmitten eines Hustenanfalls zu sagen, der ihn zwang, auf seinen Hals zu achten, »müssen die belegten Zimmer evakuiert werden.«

»Mein Gott, das kostet uns doch wahnsinnig viel Zeit!«

»Auf eine Stunde kommt es nicht an, wenn man verhindern will, daß Menschenleben gefährdet werden.«

»Das wird Panik auslösen. Da werden wir nicht drum herum kommen.«

»Ich will nicht das Risiko einer Geiselnahme oder gar eines aus Versehen oder aus Mißgeschick erschossenen Gastes eingehen«, sagte der Kommissar mit Bestimmtheit. Er wog den Ladestreifen an der Maschinenpistole mit der Hand ab, wie man die Fortpflanzungsorgane eines Zuchtpferds betätschelt. »Ich will, daß man alle Zimmer per Telefon aufweckt und sie veranlaßt, sich so diskret wie möglich über die Treppen in der Hotelhalle einzufinden... Das Auf-und-Ab des Aufzugs könnte unsere Früchtchen alarmieren... Um keine Panik aufkommen zu lassen, warten wir, bis die Gäste eines Zimmers unten sind, bevor wir die nächsten wecken.«

»Da sind wir ja morgen früh noch damit beschäftigt.«

»Sie wissen doch, wer ich bin, nicht wahr? Sie haben Ihre Anweisungen von der Anti-Terror-Koordination erhalten, oder?«

Mit einer abrupten Bewegung griff er nach dem Kolben der Waffe und ließ sie mit einem metallischen Klicken um die eigene Achse drehen, bis der Lauf auf die Brust des Offiziers zeigte.

»Also halten Sie sich weiterhin an meine Anweisungen, ja?«

Er überließ es einem Bereitschaftspolizisten, das Maschinengewehr neu auszurichten, und trat wieder auf den Oberst zu, der auf Distanz gegangen und erstarrt war. Schulter an Schulter mit ihm, konnte er sein Spiegelbild betrachten, das ihm die Scheibe hinter der Puppen-Barrikade zurückwarf.

»Ich kümmere mich einzig und allein um die Evakuierung der einzelnen Stockwerke«, sagte er in einem Ton, der wieder freundschaftlich geworden war. »Danach haben Sie freie Bahn, um die Bude zu stürmen, wie Sie wollen. Der Mann der Stunde, das sind Sie...« Er fügte mit leiserer Stimme hinzu: »Und das Verdienst wird Ihnen allein zukommen... Haben Sie daran gedacht, die Presse zu benachrichtigen?«

»Ein Fotograf von irgendeiner Nachrichtenagentur ist da«,

gab der Oberst zu. »Das ist eine Konzession, die...«

»Gut gemacht«, schnitt ihm Sépulchre das Wort ab. »Zögern Sie nicht, sich mit den Bombenlegern fotografieren zu lassen. Das gibt gute Erinnerungsfotos fürs Familienalbum... und eine sichere Beförderung bei nächster Gelegenheit...«

Die Glocke klingelte erneut als er hinausging. Der Kommissar gab den Polizisten an der Rezeption seine Anweisungen und traf seinen Inspektor an der Bar wieder, der einen lobenswerten Eifer entfaltete und ihm einen Whiskey bestellte.

»Ist ein Fotograf unter Ihnen?« fragte Sépulchre, während er den Whiskey akzeptierte. »Egal was für einer«, antwortete er dem Barmann. »Meine Initialen sind so banal, daß einem die Tränen kommen...«

»Ich jobbe für verschiedene Presseagenturen«, stellte sich ein Junge in reifem Alter vor, ein ewig Jugendlicher, feist und füllig, von viel zu weiten Kleidungsstücken behindert, deren Taschen von den Objektive ausgebeult waren. Ganz automatisch hielt er seine Karte hin.

»Es war Oberst Rochette, der...«

»Schwein gehabt.«

»Glauben Sie das nicht. Seit dreißig Jahren warte ich auf einen großen Coup.«

»Na also, das hier ist einer.«

Nachdem Sépulchre den Whisky in seinen Hals geschüttet hatte, mußte er sich räuspern. Der Alkohol tat ihm überhaupt nicht gut, sein ganzer Organismus protestierte.

»Dreißig Jahre Galeerenarbeit«, vertraute ihm der Heini an, »ich kann Ihnen was erzählen, Scoops für Hosenscheißer...«

Ein verstörtes Paar erschien auf der Treppe, die Haare in Unordnung, das Hemd in die Unterhose gestopft, die Krawatte über dem Kragen, aber die Koffer in der Hand.

Er schnippte mit den Fingern in Richtung Rezeption. Ein Polizist beugte sich über das Haustelefon.

»Die Handschellen schließen sich um die Handgelenke der Brüder Abdessalam. Klick, klack«, machte Sépulchre und bemächtigte sich dabei der Handgelenke des Fotografen. »Die Gelder für die Rechte an den Fotos werden in Strömen fliessen...«

»Ich will auf Nummer sicher gehen, daß mich der Blitz nicht im Stich läßt. Der Apparat kommt gerade aus der Reparatur...«

Der Kommissar beobachtete ihn mitfühlend.

»Wenn ich Sie einfach so frage, ganz spontan, wie in einer Quizsendung im Fernsehen... Pascal, was ist das für Sie? Was würden Sie antworten?«

Der Journalist zuckte mit den Achseln und nahm Bench zum Zeugen für die seltsame Frage.

»Blaise Pascal?«

»Denken Sie gut nach«, riet Sépulchre, schwerfällig zustimmend. »Eine gute Antwort, und ich geb 'ne Runde aus, eine schlechte, und Sie zahlen.«

»Ganz spontan, würde ich sagen, ein Schubkarren.«

Benchs Gesicht verzog sich zur Grimasse. Der gute Mann ließ sich reinlegen, so sicher wie zwei und zwei eine Addition ist.

»Es stimmt, Sie haben wirklich kein Glück«, meinte Sépulchre. »Ich hätte die Frage einem Bankier stellen sollen, oder einem Geschäftsmann, er hätte mir die richtige Antwort gegeben. Um zu gewinnen, hätten Sie sagen müssen: Pascal, das ist der Geldschein, der Fünfhunderter!«

»Ah, Scheiße, ich hab's gewußt!«

»Das ist Ihre Prolo-Seite, mein Lieber. Man merkt, daß der Schubkarren Ihrer Umgebung mehr vertraut ist, als der Fünfhunderter...«

»Ja, Sie haben den Finger auf den wunden Punkt... Mitten ins Schwarze getroffen... Pierre-André Coulot, Foto-Künstler...«

»Julien Boniface, schreibt sich mit H«, sagte Sépulchre während er die Hand schüttelte, die ihm hingestreckt wurde.

Bench hob verdutzt sein Glas. »Prost«, machte er, »Benchichian, mit zwei H!«

Als die letzten Gäste aus dem achten Stock auf die anderen im Foyer trafen, zitternd vor den Gerüchten über einen Bombenalarm, hatte Bench zwei, Pierre-André Coulot vier Runden verloren, Sépulchre keine. Doch auf die Frage: Wer furzt beim Arbeiten höher als sein Arsch liegt, die der füllige Fotograf stellte, antwortete er: »Boniface.«

»Der Akrobat!« triumphierte Coulot, während er mit den Fingern zum Barmann hinüberschnippte.

Als es ums Zahlen ging, fischte Sépulchre mit der Hand nach seinem Geldbeutel, förderte aber statt dessen den Umschlag zutage, den Bench ihm ausgehändigt hatte. Er öffnete ihn und zog die zwei Abzüge hervor, die zeigten, wie ein junger, dunkelhaariger Mann vor der Fassade einer Caféteria erstaunt die

Augen auf eine alte, von Tauben umschwärmte Dame richtete.

»Ich hab's Ihnen ja gleich gesagt, Sie haben Schwein heute«, sagte Sépulchre und überreichte dem Fotografen Abzüge und Negative. »Das ist Robert Abdessalam, einige Minuten bevor er in der Caféteria, die Sie im Hintergrund sehen, die Bombe legte...«

»Großer Gott«, brummte Coulot, während er den Umschlag schleunigst in seine Tasche steckte. »Wie kann ich Ihnen dafür danken?«

Er stürzte bereits zum Telefon.

Zehn Minuten später bezog ein Sondereinsatzkommando der Nationalpolizei in den Gängen der verlassenen Stockwerke Stellung. In den beiden angrenzenden Zimmern ging das Licht an, danach in Zimmer 712 darunter und in 912 darüber.

An der Fassade zeichnete sich das Zimmer der Terroristen wie der Schnittpunkt eines hell aufleuchtenden Kreuzes ab.

Vier Männer des Kommandos seilten sich mit Tauen von der Flachdach-Terrasse ins Leere hinab. In Overalls gekleidet und fest angegurtet, mit Feldmützen und Rangerstiefeln, bewaffnet mit Maschinenpistolen vom Typ MAT 49, die sie in den Händen hielten, ließen sie sich ruckweise in die Tiefe fallen.

Der Reporter knipste ein Foto. Der Blitz funktionierte. Sofort stürzte sich ein Polizist auf ihn und verbat ihm jede weitere Aufnahme, weil das Blitzlicht diese Hurensöhne warnen könnte.

Ausgerechnet in diesem Moment stellte er fest, daß er vergessen hatte, die Entfernung richtig einzustellen, die einzige Funktion, die der Apparat nicht automatisch ausführte. Wie eine Ente watschelte er auf das Hotel zu.

Auf die Sekunde genau schwang sich einer der Männer, der die Fassade entlangschwebte, die Waffe im Anschlag und mit den Füßen voraus durch das Fenster zu Zimmer 812, während gegenüber das Schloß aus der Tür krachte und anderen Männern in Overalls hinter den Mündungen ihrer MG's den Weg freigab.

Auf dem Bett schliefen zwei Männer tief und fest, beide vollständig angezogen und Arm in Arm.

Sépulchre lief zu Bench, riß ihn vom Barhocker und stieß ihn zum Ausgang. Er wollte nicht den Fragen Oberst Rochettes ausgesetzt sein. Auf dem Parkplatz hatten die Männer ihre Fahrzeuge verlassen. Sie reckten und streckten sich, wobei sie laut redeten.

Obwohl er es verabscheute zu fahren, ließ sich Sépulchre hinters Lenkrad gleiten und verlangte mit der ausgestreckten Hand nach dem Schlüssel.

»Ich bin auch nicht voller als du«, protestierte der Inspektor, als er der Aufforderung nachkam.

»Kannst ja zu deinem Vergnügen ins Röhrchen blasen, da wirst du dein blaues Wunder erleben.«

»Du fährst doch nie...«

»Weil ich keinen Führerschein habe, aber es kann nie schaden, einmal damit anzufangen.«

Daraufhin legte Bench schnell den Sicherheitsgurt an, was er sonst, da er im Dienst von dieser Pflicht befreit war, nie machte.

»Immerhin scheinst du ein Lenkrad halten zu können.« Er glaubte kein Sterbenswörtchen von dem, was er sagte, versuchte aber, sich selbst zu beruhigen. »Falls du den dritten nicht findest, erst rechts dann vor...«

Mit dem Schaltknüppel vollauf beschäftigt, schenkte Sépulchre dem Weg wenig Aufmerksamkeit.

»Verdammt nochmal, geht die hart!« beklagte er sich, während er das richtige Pedal suchte.

»Aufpassen! Da sind beschissene Gräben an den Straßenseiten!«

»Jaja, seh ich... Die hätte man da nicht buddeln sollen, ist verdammt gefährlich... Hätten sie Platanen gepflanzt, bestünde die Chance, zwischen ihnen durchzufahren, aber bei einem Graben...«

Bench schützte sich mit beiden Armen, den Blick starr auf die Lichtkegel der Scheinwerfer gerichtet.

»Hör zu, du trittst die Kupplung durch, wenn ich's dir sage, und ich leg den Gang rein. Okay? Also, jetzt...«

Der Volvo stach voll über die Böschung mit einer Seite in den Graben. Mit einer abrupten Bewegung versuchte Bench das Lenkrad herumzureißen, doch der Sicherheitsgurt blockierte. Der Wagen schwankte, ohne langsamer zu werden. – »Schlag nach links ein!« Der Volvo kippte ins Leere, fand unter dem Fahrgestell wieder Halt und blieb nach einigen furchtbaren Stößen stehen. Der Motor war abgewürgt.

»Selbst stockbesoffen fahr ich noch besser«, konstatierte Bench schwach, während er sich bemühte, die klemmende Tür aufzustoßen.

»Deine Kiste ist keinen Pfifferling wert.«

»Du machst auch vor nichts halt.«

Sobald sie den Wagen verlassen hatten, machten sie sich auf allen vieren daran, den Wagen unter die Lupe zu nehmen, um eine Möglichkeit zu finden, ihn wieder flott zu kriegen, ohne die Pannenhilfe anzurufen, die um diese Zeit kaum zu erreichen sein würde.

Am Ende der Lichtkegel der Scheinwerfer pellte sich langsam und vorsichtig eine lange Rebenstange aus einem dieser Überzüge, die bei der Weinlese verwendet werden. Sie hatte sich in die Mulde des Grabens gelegt, weil sie sich dort sicher glaubte, und beabsichtigte, bei Sonnenaufgang wieder weiter zu trampen. Jetzt fixierte sie die Polizisten mit einem Ausdruck nachträglichen Erschreckens.

Die Augen durch Anwinkeln des Unterarms vor der Blendung geschützt, näherte sich die Rebenstange taumelnd, wobei sie über die Erdklumpen der Böschung stolperte. Bei vorsichtiger Schätzung mindestens eins achtzig, den Kopf rund um einen Mohikaner-Kamm noch ganz frisch rasiert, und in der lächerlichen Aufmachung eines entwurzelten Totempfahls, so kam sie daher.

Obwohl die Temperatur angenehm mild war, schlug Sépulchre den Kragen seiner Jacke hoch und ging einen Schritt auf die Erscheinung zu.

»Können Sie fahren?« fragte er ohne Umschweife.

»Fah-rrren?«

Kein Muckser, ein Ausländer. Sépulchre warf den Kopf herum, deutete auf den Wagen und ahmte die Bewegung des Lenkens nach.

»*Oh, yeahh, drive... Sure, I drive cars, I do*«, machte der lange Lulatsch, während er sich näherte, den Überzug über seine Schultern geworfen.

»Sie haben Führerschein und so? *Papers?*«

»*Yeahh, yeahhh...*«

»*Very well*«, befand Sépulchre und lud ihn ein, hinter dem Steuer Platz zu nehmen. »Sie fahren, wir schieben.«

»*You drive the car, we push*«, übersetzte Bench.

Der Mohikaner faltete seine Glieder zusammen und brachte sie, kein Wunder bei der Enge der Behausung und der Schräglage des Fahrzeugs, nur sehr mühevoll hinein. Nach mehreren eingehenden Bitten ließ sich der Motor wieder in Gang setzen. Schwarze Rauchwolken quollen aus dem Auspuff.

Bench und Sépulchre schoben das Auto, bis der Graben flacher wurde, und es auf die Fahrbahn zurückkehren konnte.

»*Yippieee!*« bellte der Mohikaner, während die beiden Polizisten auf die Rücksitze sprangen. Nachdem er noch einen Rucksack und eine Gitarre aus dem Graben geholt hatte, fuhr er sie sehr schnell auf den Zubringer der Autobahn Richtung Paris.

»*I am australian*«, sagte er nach der Zahlstation.

»*Good, good,* Ureinwohner.«

»*Good*«, sagte auch Bench und rutschte aufs neue unruhig auf seinem Sitz hin und her. Wenn der bloß nicht links fährt.

»Sind das Links-Fahrer, da in Australien?«

»Sind zu allem fähig.« Dann, nachdem sich das Auto brav rechts und im Rahmen der erlaubten Geschwindigkeit hielt, ließ er seine Schulter gegen die seines Vorgesetzten fallen. »Mit was für einer verdammten Kacke haben wir's da eigentlich zu tun, Louis?«

»Was meinst du?«

»Du weißt genau, was ich meine. Ich sprech von diesen Arschfickern von Abdessalam-Brüdern!... Woran liegt es, daß diese Saukerle so stark sind!«

»Die Politik, Bench... Die Politik...«

»Wir, das ist mal sicher, wir werden doch verarscht... Ein einsames Hotel im Département Yonne stürmen... Kleine und obendrein noch schwule Autodiebe terrorisieren...«

Der junge Mann neigte seinen Kamm zu ihnen und zeigte auf die Funkanlage mit den vielen Knöpfen, die das Armaturenbrett zierte.

»*What is't? Telephone?*

»*This car is a police car*«, sagte Bench. »Man verarscht uns nach Strich und Faden, und ich mag es überhaupt nicht, verarscht zu werden... Genau das gibt den schlimmsten Kater, erst verarscht werden und dann einen trinken...«

»*What police car? You crazy? I drive police car? You said me, I drive police car?*«

»Ich frage mich, wo der Dicke abgeblieben ist... Das gefällt mir überhaupt nicht...«

»*We are french policemen*«, erklärte Bench und achtete dabei auf seinen Akzent. »*Drunk, but policemen.*«

*»Crazy, really... I don't believe.«*

»Was hat der Ureinwohner gesagt?«

»Er glaubt nicht, daß wir echte Bullen sind.«

»Zeig ihm deine Marke.«

*»Look«*, sagte Bench und hielt dem Australier den Lauf seiner Waffe unter die Nase. *»Big policemen, the biggest in the world...«*

*»Jesus Christ!«*

## 13

Ich drückte statt zu ziehen. Ein großer Typ mit einer schwarzen Schulmappe zeigte mir, wie ich's machen mußte. Ist doch immer dasselbe mit mir, ich verwechsle alles.

Ich nahm den Barhocker, den allerhöchsten. Nicht weit von mir waren vier Männer, vier Teds auf den ersten Blick, und der erste war auch der richtige, es gab keinen Grund, sie ein zweites Mal anzusehen. Drei Kleine und ein weißer Elsässer, hat der Barmann gesagt und drei kleine Bier und ein Glas Weißwein vor die Teddybären gestellt. Und was darfs für Sie sein? meinte er, wobei er sich zu mir neigte als sei er taub, die Handfläche platt auf seinem Tresen. Eine Orangina, ein Hamburger. Ich hatte noch nicht gegessen. Eisgekühlt, die Orangina? Ich wußte es nicht, ich hatte nicht darüber nachgedacht. Nicht zu kalt, verlangte ich.

Ein Burger, einer, rief er über seine Schulter nach hinten.

Ein Burger, einer, antwortete das Mädchen, das ich von dem Platz aus, auf den ich mich hingepflanzt hatte, nicht sehen konnte.

Hinter mir fiepte ein Flipper, summte, klickte, klapperte, fiepte nochmal und machte: ploink, ploink, mit einer Kaskade von elektronischen Aufstößen, gefolgt von Freudenschreien.

Nächste Woche habe ich ein Seminar in Avignon, sagte ein Biertrinker.

Ich laß dir die Adresse einer lokalen Schönheit zukommen, sagte ein anderer. Scharfe Stimme, schöner Arsch und nix als Kichererbsen in der Büchse. Er tippte sich mit dem Finger an den Kopf, damit dem ganzen Bistro klar wurde, wo sich die fragliche Büchse Kichererbsen befindet.

Sie lachten.

Teddies halt, Idioten, egal.

Irgendetwas wurde vor mich hingeschoben und entwickelte einen starken, heißen Geruch. Ich sah es an. Der Ketchup obendrauf blubberte. Vorsicht, attendschen plies, ist hyperheiß, hatte sie gesagt, vielmehr gesungen. Ich richtete den Blick auf sie und das Herz folgte ihm auf der Stelle, und der Rest auch. Ein Beben.

Ich schaute sie nur an, durch den Dampf, der vom Hamburger aufstieg. Sie hatte eine Frisur, die keiner anderen glich, die ich kannte.

Drei Burger, eine Hot Dog, Lucie, warf ihr der Kellner zu, und sie verschwand. Sie hieß also Lucie. Es wurde mir peinlich wegen einer Erektion. Macht mir Ärger, bisweilen.

Lucie.

Die Orangina kam, völlig vereist. Noch einen Burger, verlangte ich.

Schmeckt Ihnen der nicht?

Doch, doch, deshalb will ich ja nochmal denselben.

Ein Burger, einer! schrie er bloß, aber nicht so laut diesmal, während er mich schief anschaute.

Unterdessen brabbelten die Teddy-Seminaristen lautstark weiter, insbesondere über irgendwelche Italiener, die ihnen die Schau stahlen. Ohne sie zu kennen, fand ich diese Italiener sehr sympathisch.

Ich nahm einen Bissen von der Stelle des Hamburgers, den ihr Daumen beim Abstellen des Tellers leicht berührt hatte.

Der Nagel war karminrot, das Fleisch brennend heiß.

Ich atmete durch meinen weit aufgerissenen Mund und die Tränen stiegen mir in die Augen. Als sie wieder erschien, hatte ich einen Schleier vor Augen.

Is was? fragte sie leicht beunruhigt, während sie den Teller gegen den anderen stieß. Sie schaute erst auf den gerade mal angebissenen Hamburger und dann auf mich: Ich weinte.

Es ist nichts, nur das Herz, das klopft, sagte ich.

Fühlen Sie sich nicht gut?

Nein, ganz im Gegenteil.

Kann ich irgendwas für Sie tun?

Weiß ich nicht.

Ich dachte erst, es wäre besser, ihr nicht zu sagen, was sie mir machen könnte, aber dann faßte ich Mut.

Einen Burger, bitte, sagte ich zu ihr.

Noch einen! schrie sie auf, und die Teddies drehten ihre Köpfe zu uns um, wie ein Feld von Sonnenblumen. Feist und fett, wie Sonnenblumen eben so sind.

Das würde mir echt 'ne Freude machen, sagte ich.

Also Sie, Sie sind fatal, was, meinte sie nur, und lachte sich krumm und bucklig.

Ich verstand nicht, wieso ich fatal sein sollte, aber sie hatte einen schönen Mund, aus dem mich zweiunddreißig Zähne anschauten, so jedenfalls hatte ich es ihr gesagt, wobei ich mich auf dieses Bild von den zweiunddreißig mich anstrahlenden Zähnen versteifte.

Hab sie noch nicht gezählt, sagte sie, ohne das geringste von meinem kleinen Kompliment kapiert zu haben, und dann diese Frage, die mich glatt dahinschmelzen ließ: Geht's Ihnen besser?

Bis auf das Herzklopfen, gab ich zu verstehen.

Quatsch, du bist vielleicht bekloppt, du Armleuchter, hat sie noch zu mir gesagt, bevor sie sich wieder ihrer Arbeit zuwandte.

Du, sie hat Du zu mir gesagt. Ich hielt den Atem an, ich hatte mir geschworen, solange nicht mehr zu atmen, bis ich sie wieder sehen würde, bereit auf der Stelle zu sterben. Vierzehn, fünfzehn, sechzehn – das hieß also, sie würde nicht sagen: Ich liebe Sie, sondern: Ich liebe dich, was viel schöner ist – achtzehn. Ich zählte die Sekunden, die mir noch zu leben blieben. Bei dreißig wurde ich schneller, bei vierzig schummelte ich, bei fünfzig war sie mit einem neuen Hamburger da.

Ist das der richtige? meinte sie bloß.

Er hat mir das Leben gerettet, japste ich.

Die Arschlöcher klopften, ich weiß nicht warum, auf den Tresen.

Ach, diese Hornochsen! Mit der Miene, die sie machte, als sie dieser Bande von Teds einen Blick der Verachtung zuwarf, war sie wunderschön.

Sie skandierten: Hot Hot Dog, und schlugen gegen die Wände; es waren Hunderte, die schrien: Hot Dog Hot.

Tief durchatmen!

Luft! Luft! Es war völlig unwirklich, ich schwör's Ihnen. Ich bemühte mich, die Augen solange wie möglich geschlossen zu halten, und wenn ich sie wieder öffnen würde, wäre sie wieder da, allein mit mir.

Hot Hot Dog, tief durchatmen!

Ich wurde geschüttelt. Durchatmen!

»Hör auf, ihr zu sagen, sie soll durchatmen!« schnauzte William. »Sie macht das von allein, seit dreißig Jahren.«

»Durchatmen«, wiederholte die Stimme von Madame Slowacki hinter der Trennwand.

Robert öffnete die Augen. William schüttelte ihn.

»Wach auf. Bei Sonnie haben die Wehen eingesetzt. Wir brauchen einen Wagen...«

Das Morgengrauen rieselte in die Bude, rann die Innenwände herab, legte sich wie eine zweite Haut auf ihn, als ob das Zimmer ein Backofen wäre, in dem er wie ein Hamburger unter einer Brötchenhälfte läge.

»Halt dich ran!« schrie William und zog ihm gnadenlos die Decke weg.

Die Decke fiel zu Füßen des Betts. »Mensch, du hast ja 'n Ständer, du Schwein...«

Wütend fuhr Robert hoch, raffte das Laken zusammen und hielt es vor seinen Penis.

»Was zum Teufel erwartest du eigentlich vom Leben!« schrie er mit unsicherer Stimme auf.

William hörte auf, ihn zu schütteln.

»Was ich mir vom Leben erwarte? Daß es dem Millionär, der ich bin, einen Sohn von vier Kilo bringt, der auf den Namen David hört, das erwarte ich von ihm in den nächsten Stunden. Zieh dich an, oder willst du etwa nackt die Karre knacken.«

Robert hob seine Jeans vom Linoleum auf, schüttelte sie in Form und begann langsam, ein Bein nach dem anderen, in sie hineinzuschlüpfen.

»Aber du erwartest nicht, daß es dir einen Steifen bringt?«

»Wer, was?«

»Das Leben, verdammt nochmal!«

»Stellst du jeden Morgen so idiotische Fragen«, fragte William mit einem Schulterzucken.

»Die Fragen sind immer so idiotisch, wie die Antworten hohl sind.«

»Tief durchatmen«, wiederholte die Trennwand.

William durchbohrte sie mit einem finsteren Blick und wandte sich dann wieder Robert zu.

»Findest du nicht, daß ich auch so schon genug am Hals habe? Warum hängst du mir zu alldem noch deine Neurosen auf, kaum daß du ein Auge aufgeschlagen hast?«

Ein spitzer, erstickter Schrei. Mein Gott, Sonnie, ich will nicht, daß du leiden mußt...

»Das haut mich um, dieses Geschrei, du glaubst es nicht.«

William ließ sich auf den Rand des Betts fallen. »Wie kannst du bei dem Lärm schlafen und einen Ständer kriegen? Mein Gott, das ist ein wahrhaft biblischer Schrei. Ein Schrei, den die Frauen ausstoßen, um die Schweinerei der Macker hervorzustreichen und tödliche Schuldgefühle in ihnen zu erwecken.«

»Hat sie wirklich Schmerzen?«

Er fischte seine Mokassins unter dem Bett hervor.

»Nein, sie spielt den Muezzin, aus purem Spaß an der Freude.« Er warf Robert kurz einen Blick zu, der soviel besagte wie: Was hast du nur für ein Chaos in deinem Kopf? Hast wohl gerade dein Mäuschen vernascht, als ich dich aufgeweckt habe.

Robert schüttelte mit einer raschen Bewegung seine Jacke aus, so wie man ein Handtuch zum Fenster ausschüttelt.

»Ich muß nicht vögeln, um einen Ständer zu kriegen.«

»Tschuldigung, hab ganz vergessen, was für ein geiler Bock du bist.«

Er stieß ihn in den Flur.

»William...«, sagte Robert.

»Jaaa.«

»Habe ich nicht Anspruch auf einen Anteil am Geld?«

William hielt inne, die Hand schon auf der Türklinke des Hauseingangs.

»Jeder ein Fünftel, dachte ich.«

»Aber wir sind zwei«, bemerkte Robert und streckte zwei Finger in die Luft.

»Ich erklär's dir. Ein Fünftel für David, denn ohne ihn hätte ich das Risiko nicht auf mich genommen, ein Fünftel für Sonnie, denn ohne sie wäre David, für den ich das Risiko, von dem ich gerade sprach, eingegangen bin, gar nicht da... Hörst du mir noch zu?«

Er hörte.

»Ein Fünftel für mich, weil mir dieser Geniestreich just in dem Moment einfiel, wo es drauf ankam, obergenial zu sein und Ideen zu haben, ein weiteres Fünftel für mich, weil ich einer genialen Idee soviel Vertrauen entgegenbrachte, daß ich es riskierte, sie in die Tat umzusetzen, und das letzte Fünftel für dich, weil du rein zufällig dabei warst.«

»Vielen Dank, du brauchst dich zu nichts verpflichtet fühlen.«

»Ist doch ganz normal, finde ich. Und jetzt beeil dich gefälligst, du Hurensohn! Denk daran, daß deine Schwester in den

Wehen liegt!«

»Wieviel ist das, ein Fünftel?«

»Laß uns später darüber sprechen, einverstanden?«

»Ungefähr...«

»Keine Ahnung... Fünfhundert Riesen vielleicht...«

Robert verharrte regungslos auf den Stufen der Außentreppe, wie betäubt von der Summe.

»Ich glaube, ich kaufe mir einen MacDonnie irgendwo unten an der Côte«, sagte er schließlich, während er sich mit unglaublicher Langsamkeit umdrehte. »Kennst du dort ein schönes Fleckchen?«

»Mach keinen Scheiß. Hast du gesehn, wieviel Uhr es ist!«

5 Uhr 20 zeigten die Zeiger auf dem Armaturenbrett an.

Franco Calvi lauschte dem Radio, den Nacken entspannt an die Kopfstütze seiner Rückenlehne gelegt, die Augen nach einer durchwachten Nacht weit aufgerissen.

Ein rotes und ein grünes Licht blinzelten weit entfernt am Himmel und zogen über seine Windschutzscheibe.

Der Ford war gegenüber dem Haus geparkt, in dem das Fest stattgefunden hatte, ein ziemlich finsterer Klotz in der unbeständigen Morgendämmerung. Nachdem er in der Gegend umhergeirrt war, hatte er es aufgegeben, die schwangere Frau und die beiden Bombenleger allein aufzustöbern.

Die ganzen Einfamilienhäuser waren dunkel, fast alle hatten weiße Türen und ein bräunlich gelbes Monster, das hinter den Ligusterhecken bellte. Straßenlaternen aus Beton schossen zwischen Bäumen aus dem Bürgersteig empor, ihre Pfeiler von Hundepisse verdunkelt.

Plötzlich stellte der Dicke das Radio ab. Er hatte ein Geräusch gehört.

Am anderen Ende der Straße ging lautlos ein Garagentor auf und breitete einen rechteckigen, gelben Lichtstreifen über dem Asphalt aus. Dann erklang ein Motor, das Geräusch, das er gehört hatte. Diesel. Eine Motorhaube bewegte sich im Lichtstreifen nach vorn. Ein Mercedes-Taxi. Das Tor ging hinter dem Kofferraum wieder runter und tauchte die Straße wieder in Dunkelheit.

Ein Mann stieg aus dem Taxi und begann die Scheiben mit einer Sprühflasche und einem Stück Zeitungspapier zu reinigen.

Der Dicke betätigte den Anlasser und brachte den Motor mit einem heftigen Tritt aufs Gaspedal in Schwung.

Der Mann drehte den Kopf zu dem Auto um, das auf ihn zugefahren kam, und sah mit Erstaunen, wie es neben seinem anhielt. Er ballte das durchweichte Zeitungspapier zu einer Kugel zusammen und warf sie in den Rinnstein, gegen den Mülleimer, auf dem sein Name stand. Er war ein großer, aber gebrochener Mann, mit einem dicken Ring um die Taille, mit Schenkeln und Hüften, die von den vielen, hinter dem Steuer verbrachten Tagen plattgedrückt waren. Dieser Rettungsring betonte den rosig-adretten Teint eines Mannes, der sich gerade mit Kölnisch Wasser eingerieben hatte.

»Guten Tag«, sagte der Dicke, als er aus seinem Ford stieg.

»Tag«, erwiderte das Taxi.

»Sie wohnen hier?«

»Seit einundzwanzig Jahren.«

»Ich bin auf der Suche nach zwei Männern und einer schwangeren Frau, die gestern abend hier aufgekreuzt sind und die sich ihren Wagen, einen schwarzen BMW, haben klauen lassen... Man sagte mir, daß sie in einer Baracke mit weißer Tür wohnen würden, aber hier sind alle Türen weiß, fast alle.«

»Ich hab sie nicht gestrichen.«

Franco Calvi wackelte mit dem Kopf, mit ernstem Gesichtsausdruck.

»Ich muß sie finden. Wegen der Diebstahlsanzeige...«

»Sie haben es aber eilig.«

»Kann sein, daß sich der BMW schon im Hafen von Antwerpen befindet, um auf eines der großen Frachtschiffe nach Schwarzafrika verladen zu werden.«

Der Taxifahrer musterte ihn mit zusammengekniffenen Augen.

»Ich bin mir nicht sicher, ob Sie ein Bulle sind.«

»Sie haben doch nichts dagegen?«

»Abgesehen davon, daß sie nie dort sind, wo man sie braucht, habe ich nichts dagegen, wenn sie woanders sind.«

»Zwei Männer und eine schwangere Frau, die nicht von hier sind, das muß einem doch auffallen, wenn man in diesem Viertel wohnt.«

»Ich, nun, ich habe nichts bemerkt.«

Er hatte wieder mit dem Blankreiben seiner Scheiben begonnen. Mit dem Fingernagel machte er sich daran, die Insekten abzusprengen. Franco Calvi drehte sich zur Seite, um sich im Windschatten eine Zigarette anzuzünden.

»Denken Sie nach... Ein schwarzer BMW mit einer dieser Alarmanlagen, die losheulen, wenn man sie nur kitzelt...«

»An diesen Dreckskarren, die losheulen, mangelt es nicht in diesem Viertel. Es gibt hier praktisch nur solche! Heute hat jeder sein eigenes Auto mit einer Alarmanlage, die losheult. Ich kann Leute, die eigene Autos fahren, nicht ausstehen.«

Er warf einen flüchtigen Blick auf den Ford.

»Ein Dienstwagen«, log Calvi, nachdem er der Richtung des Blicks gefolgt war.

»Die verpesten die Luft, die fahren auf einen drauf, die versuchen, Sie zu zerquetschen, und die heulen los, wenn sie von einem Köter angepißt werden.«

»Gut. Sie haben ja recht. Aber letzte Nacht hat man zwei Typen und einem Mädel, das kurz vor der Niederkunft steht, einen schwarzen BMW gestohlen. Und ich suche sie jetzt. Sie wohnen in dieser Straße, in einem Haus mit weißer Eingangstür und einem gelben Hund, einem Welpen, genauer gesagt.«

»Ach, erzählen Sie mir nix von Hunden. Man kann ihnen einfach nicht das Maul stopfen bei all diesen Autos, die heulen. Da fickt ein Typ seine Frau, und das ausgerechnet auf seiner Garage. Jetzt wissen Sie, warum die Sirene seines Autoalarms losgeht, und schlagartig fangen die Hunde an zu heulen, was die Alarmanlagen anderer Autos auslöst, und das hört die ganze Nacht nicht auf.«

Mit einem Schnipser beförderte Franco Calvi seine Zigarette unter das Taxi und wünschte sich dabei, daß es Feuer finge.

»Wenn ich Ihnen tausend Eier rüberschieb, in neuen Scheinen«, brummte er, »werden Sie sich dann weiterhin an nichts erinnern?«

Der Mann schüttelte den Kopf und stieg in seinen Mercedes ein. Der Diesel war jetzt ausreichend vorgeglüht.

»Leider nicht, bis auf das Heulen der Limousine und das Gekläff des Köters... Es könnte der Heilige Bartholomäus hier auf der Straße sein, niemand würde ihn hören.«

# 14

Sonja stieß einen Schrei aus.

»Durchatmen«, sagte ihre Mutter, während sie die Schweißperlen wegwischte, die sich am Haaransatz ihrer Augenbrauen gebildet hatten, »das erleichtert... Robert ist mit William eine Auto holen gegangen...«

Sie verheimlichte ihr, daß die Entbindungskliniken aus der Umgebung alle die Aufnahme verweigert hatten, unter dem Vorwand, daß keine Betten frei wären und der Bericht der Voruntersuchung fehlen würde. Bei der Entbindungsstation des Bezirkskrankenhauses war es dasselbe. Da sie bei einer Entbindungsklinik in Paris angemeldet war, solle sie dorthin gehen, es sind ja nur vierzig Kilometer, hatte der diensthabende Arzt geantwortet. Wissen Sie, hatte sie einzuwenden versucht, man hat ihr Auto gestohlen, aber nicht mal das hat ihn umstimmen können. Hat sie schon ihr Fruchtwasser verloren? Nein, noch nicht. Werden die Pausen zwischen den Wehen kürzer? Eigentlich nicht, nein. Regen Sie sich nicht auf, Madame, nehmen Sie ein Taxi und bringen Sie Ihre Tochter zu ihrem behandelnden Arzt, das rät Ihnen die Stimme der Vernunft. Im Auto, meinen Sie wirklich? hatte sie besorgt gefragt. Vom Roller rate ich Ihnen ab, hatte er beim Auflegen noch gesagt.

»Wie heiß es werden kann.«

»Bleib ganz ruhig, Sonjuschka...«

Madame Slowacki fummelte nervös an ihrem Büstenhalter herum.

»Bist du wenigstens sicher, daß es von ihm ist?«

»Mama...«

»Antworte.«

Sonja stützte sich auf einen Ellbogen; eine Schmerzenswelle ging vom Unterleib aus, schlug an den Plexus und raubte ihr den Atem.

»Also..., Mama, was redest du bloß?« sagte sie. »Natürlich ist es von ihm. Mit was behandelst du mich da?«

Sie fiel auf das Kopfkissen zurück und war kurz vor dem Heulen. Das zusammengeknüllte Taschentuch tupfte ihr die Stirn und die Augen ab.

»Das wollte ich gar nicht damit sagen, meine Sonjuschka... Ich hätte nur jemand anderen lieber gehabt, das ist alles.«

»Du hast William nie gemocht, nicht wahr?«

»Das ist nicht die Frage... William wäre mir wurscht, wenn er einfach nur der nette Junge wäre, der er ist, aber ich kann mich nicht an den Gedanken gewöhnen, einen jüdischen Enkelsohn zu haben, vor allem, wenn es der erste ist.«

»Wer wird ihm das schon sagen?«

»Oh, letzten Endes wird er es doch erfahren... Böse Zungen werden es ihm irgendwann einmal sagen.«

»William hat nichts Jüdisches an sich. Nicht mal den Namen.«

»Das ist schlimm... Weißt du was der armen Madame Przybyszewski passiert ist?«

Mit einer Grimasse gab Sonja zu verstehen, daß es ihr piepegal war, was Madame Przyby nochwas passiert war.

»Ihre Tochter, Maria, die, die das französische Abitur hat... Sie hatte Beziehung zu einem Juden, der es ihr nicht einmal gesagt hatte. Du siehst, daß sie nicht offen und ehrlich sind... Er hat es ihr erst am Tag danach gesagt. Sie hat sofort mit ihm gebrochen, braves Mädchen... Und jetzt, fünf Jahre danach, hat sie einen Jungen aus bester Familie geheiratet, einen Belgier, und sie hat ein Kind gekriegt... Nun ja, das Kind sieht aus wie ein Jude!«

»Mama, du bringst mich um!«

»Versprich mir, daß er schnell getauft wird!«

Sonja verzichtete auf eine Antwort. Der Blick ihrer Mutter war hinter der doppelten Reflektion der Lampe in ihren Brillengläsern nicht zu sehen. Sie wandte den Kopf ab.

»Was machen die bloß?« seufzte sie, als sie die Krämpfe wieder kommen spürte.

Die Straße lag verlassen da, am Rand parkten nur wenige Fahrzeuge. Zu den meisten Häusern gehörte eine Garage oder einfach ein Welldach aus Zement, um sie unterstellen zu können.

William ließ Robert abzischen und blieb vor einem Baum stehen. Er machte seinen Hosenschlitz auf. Irgendwo, nicht weit entfernt, bellte ein Hund ohne ersichtlichen Grund. Er beugte sich vor, mit der Hand an der rauhen Baumrinde. Ein mächtiger, ungezügelter Strahl. Er zog seine Füße zurück. Am Himmel blinkten die roten und grünen Lichter eines Flugzeugs. Er zog seinen Reißverschluß wieder zu. Robert kam im Laufschritt wieder zurück.

»Unmöglich, sich den Hütten zu nähern«, sagte er mit einer Geste der Ohnmacht. »Überall Hunde...«

»Und die dort?«

Mit dem Zeigefinger deutete William auf die Fahrzeuge, die die Nacht über draußen standen, glänzend vor Feuchtigkeit.

»Haben alle Alarmanlagen«, erklärte Robert. »Das würde irre viel Zeit kosten.«

»Was sollen wir tun? Probieren wir es weiter weg?«

»Dort wird's genauso sein.«

»Wir müssen es versuchen, verdammt nochmal.«

Das ist wieder einmal typisch, sagte er sich. Gestopft bis zum höchsten Ass, und dann nicht mal eine Karre finden!

»Das Beste wird sein, vom Haus aus ein Taxi anzurufen«, schlug er vor.

Sie erreichten gerade die Haustür, als Motorengeräusch sie umdrehen ließ.

Ein Schauder durchzog Robert von Kopf bis Fuß. Eine innere Stimme gellte zwischen seinen Ohren: »Da ist es, dein Taxi!« während auf dem Mercedes die leuchtende Tafel mit den vier Großbuchstaben TAXI erschien. Seit der Bombe in der Caféteria hatte er jeden Abend gebetet: "Was willst Du von mir, mein Herr? Sag mir, was Du für all das Gute willst, das Du mir geschenkt hast, und ich werde es Dir geben." Doch er erhielt keine Antwort, nicht das geringste Zeichen, nichts. Gott schlief schon, oder Er hatte Besseres zu tun, als ihm mitten in der Nacht zuzuhören, und dennoch sandte Er ihm an diesen gottverlassenen Ort genau in dem Moment ein Taxi, als er bereits alle Hoffnung aufgegeben hatte, noch einen Wagen zu finden. "Danke, Herr." Er grüßte den Himmel mit einer frechen Geste.

»Taxi!« schrie William, während er auf die Straße lief.

Der Mercedes hielt an. Sogleich bellte der Welpe durch das Tor in Richtung Taxi.

»Wieviel bis Paris?« fragte William den Fahrer.

»Das wird Ihnen der Zähler sagen, mein Herr. Ist sein Job, die Umdrehungen der Räder zu zählen.«

»Sie haben nicht die geringste Ahnung?«

»Ich geh Sonja holen«, sagte Robert.

Er stürzte ins Haus, mit dem Welpen auf seinen Fersen.

»Nicht die geringste«, gab der Fahrer zu verstehen und bemerkte in diesem Moment die Farben des jungen Hundes und der Tür.

»Wen wollen Sie holen?«

»Meine Frau.«

William öffnete die hintere Tür und hielt sie für Sonja offen.

»Sie ist doch nicht etwa schwanger?«

»Doch, genau«, sagte William mit einem erstaunten Blick ins Taxi. »Wir fahren zur Entbindungsstation ins Krankenhaus Boucicaut...«

»Sie vielleicht, aber ich nicht«, meinte der Fahrer und legte einen Gang ein. Ich hatte mal eine Schwarze aus Martinique, die auf dem Rücksitz niederkam. Überall war Blut, und das Blut von Negern geht nicht so einfach wieder raus, ganz zu schweigen von all den anderen Sauereien.«

Während er neben dem Taxi herlief, beugte sich William zum Autofenster hinunter, das ihm langsam entwich.

»Herrgott nochmal, ich werde Sie verklagen!«

»Sie verschwand mit ihrem neuen Negerlein und ließ mir ihren ganzen Mist zurück, die Nabelschnur, ihre Placenta... Bei Nordwind stinkt es noch immer.«

Auf dem Gipfel seiner Empörung war William, völlig außer Atem, gezwungen, die Tür loszulassen, die von selbst zufiel.

Vor der Haustür sah Sonja, zwischen Robert und ihrer Mutter, mit ungläubiger Miene das Taxi davonfahren.

Es bog in eine Straße ein, die genauso aussah, wie alle anderen im Viertel, und schlug nach einer Runde um den Häuserblock wieder den Weg zu seiner Garage ein. Der Ford stand noch da.

Die Morgenröte tauchte irgendwo über der anderen Seite des Tals auf, und die Kuben der Neubauten hoben sich gegen ein leichtes Rosarot ab.

Der Fahrer erblickte den großen Typen, der sich als Bulle ausgab. Der Kerl lehnte mit dem Rücken an der Karosserie seines Privatwagens und rauchte eine Kippe.

Er bremste und hielt auf seiner Höhe.

»Immer noch interessiert an dem Tip?« fragte er, ohne den Motor auszuschalten.

»Da sind die Scheinchen und warten nur darauf, rauszukommen«, sagte Franco Calvi, während er auf seine Tasche klopfte.

»Zweitausend plus eine Fahrt nach Paris, die ich ihretwegen sausen ließ... Sagen wir, zweieinhalbtausend?«

Calvi zog ein Bündel hervor, von dem er fünf Scheine mit dem Bildnis Pascals wegnahm. Die glitzernde Sonne des frühen Morgens stach ihm ins Gesicht.

»Wenn du versuchst, mich zu verarschen, leg ich deine Baracke in Schutt und Asche.« Er schwenkte die Geldscheine vor der Nase des Fahrers und lächelte ihn bedrohlich an. »Du bist vorgewarnt...«

»Ich bin nicht so bescheuert, mich mit der Polizei anzulegen«, lachte der Fahrer auf, während er die Geldscheine an sich riß. »Drehn Sie 'ne Runde, zweimal links, ist die Rue de la Garcettes, Nr. 5.«

# 15

Mit seiner Schuhspitze stieß Franco Calvi den Körper des jungen Hundes unter einen Stock verwelkter Hortensien und rieb sich die Kante der einen Hand in der offenen Handfläche der anderen. Er hätte nie gedacht, daß ein Köter in diesem Alter schon so einen harten Schädel haben könnte. Mit einem Satz nahm er die vier Granitstufen, die zur Außentreppe führten, und blieb vor der einen Spalt breit offenen Tür stehen, alle fünf Sinne in Alarmbereitschaft. Eine Angst überkam ihn, wie er sie, wenn er auf Gangsterjagd war, noch nie verspürt hatte. Das war nicht die Erregung des Jägers vor seiner ahnungslosen Beute, sondern das Unbehagen eines Mannes, der plötzlich an seinem Verstand zu zweifeln begann. Eine unbekannte, beklemmende Angst. Wie konnten sich die meistgesuchten Verbrecher aller Zeiten so sehr in Sicherheit fühlen, daß sie die Tür offen stehen ließen und zur Bewachung nur einen vernaschten Kläffer hatten, der vor lauter Zutraulichkeit ganz aus dem Häuschen geriet?

Instinktiv mißtraute er den Arabern. Und er hatte zuviel Erfahrung, um an ihre Dummheit zu glauben. Das war eine Falle.

Er konnte eine Männerstimme vernehmen, von längeren Pausen unterbrochen, wie jemand, der ins Telefon spricht. Er zog seine Waffe, entsicherte sie und streckte den Kopf vor. Die Stimme kam von dort, wo das Wohnzimmer sein mußte. Gemäß der klassischen Aufteilung solcher Einfamilienhäuser führte der Flur zu allen Zimmern des Erdgeschosses und zur Treppe in den ersten Stock.

Er verharrte nicht lange, machte kehrt und lief auf einem Kiesweg um das Haus herum. Dabei machte er nicht das geringste Geräusch, was er bei seinen hundert Kilos für eine Glanzleistung hielt. Durch ein Gitterfenster erblickte er den Mann, der telefonierte. Er drückte sich an den Quarzstein.

Zwar hatte er sich den Bart rasiert, doch es war unverkennbar einer der Abdessalam Brüder, so wie ihn die Überwachungskamera der Crédit Lyonnais aufgenommen hatte.

Auf der gegenüberliegenden Seite des Zimmers, unter den offiziellen Porträts des Heiligen Vaters und Lech Walesas, hielt eine Frau ihren Kopf gesenkt. Sie lag in der Ecke eines beschädigten Sofas über ihrem Bauch zusammengekrümmt, nur mit dem Kampf beschäftigt, den ein fremder Wille in ihrem Körper führte. Mit hartem Gesichtsausdruck schleuderte eine andere Frau, Typ Dampfwalze, mit mehreren übereinander angezogenen Röcken und Unterröcken, ihre finsteren Zornesblicke auf den Mann am Telefon, der sich die allergrößte Mühe gab, seinen Gesprächspartner davon zu überzeugen, so schnell wie möglich einen Krankenwagen zu schicken, am besten mit einem Arzt und der Ausrüstung für den Fall, daß sich das Kind entschliessen sollte, während der Fahrt auf die Welt zu kommen. »Ein Junge«, präzisierte er zum wiederholten Male, als ob ihm die Tatsache, daß der Fötus männlich ist, das Recht auf Bevorzugung gäbe.

Franco Calvi konnte sich noch so gut plazieren, er konnte den anderen Bruder, Robert, nicht ausfindig machen. Er drehte sich, die Waffe in der Faust, niemand. Alles schien ruhig. Wo hielt sich dieser Mistkerl bloß versteckt?

Robert befand sich auf der anderen Seite der Wand, mit dem Rücken angelehnt, in endlose Überlegungen vertieft. Er fühlte sich wie ein Mann, der gerade einen Messerstich in den Bauch bekommen hat und der voller Bestürzung merkt, daß das blutige Messer, daß er in den Händen hält, seins ist, und daß er sich selbst erstochen hatte. Welchen Fehler habe ich begangen, Herr? protestierte er und hob seinen Kopf in Richtung des bemalten Kronleuchters. Er hätte sich gern in biblischer Sprache ausgedrückt, aber er kannte sie schlecht. Seine Mutter hatte ihm zwar eine Bibel, in Form eines Comic-Bändchens zu seinem sechzehnten Geburtstag geschenkt, aber ihm hatten die Zeichnungen nicht gefallen, und deshalb hatte er sie für einen Spottpreis wieder verkauft. Ihr habt mir höchstpersönlich ein Taxi geschickt, und ohne zu überlegen, habe ich dieses Geschenk Eurer unendlichen Güte in Williams Obhut gegeben, weil er quasi zur Familie gehört. Das habt Ihr mir übelgenommen und Euer Taxi wieder zurückgeholt. Hüte dich vor dem gerechten Zorn Gottes, hatte ihm seine Mutter immer eingetrichtert. Warum, Herr, gebt Ihr mit der einen Hand und nehmt wieder mit der anderen? Weil William kein Pole ist? Ich konnte nicht wissen, daß Ihr antisemitisch seid, wo doch Euer eigener Sohn Jude ist. Wie ist es übrigens möglich, einen jüdischen Sohn zu haben, wenn man der Gott der Liebe ist. Das ergibt keinen Sinn. Er konnte diese Fragen noch so sehr in alle Richtungen drehen und wenden, die Schlußfolgerung blieb dieselbe. Gott liebte seinen eigenen Sohn nicht, weil er Jude war. Und deshalb hat Er ihn von den Römern ans Kreuz nageln lassen. Sicherlich habt Ihr noch eine Menge andere, platinblonde Söhne, die Ihr reinen Christenfrauen gemacht habt, und die auf die Erde zu schicken Ihr Euch wohlweislich hütet, damit sie Euch nicht verdorben werden. Diese Vorstellung von einer zahlreichen göttlichen Familie deprimierte ihn. Wie konnte er ihr entgehen? Trotzdem, Herr, dachte er in Gedanken an dieses verdammte Taxi, schenken, schenken, wiedernehmen, das ist stehlen, wie Mama sagt, die Euch sehr verehrt.

William legte den Hörer auf, lief in die Mitte des Zimmers, und setzte ein zufriedenes Lächeln auf. Plötzlich machte Robert einen Schritt zur Seite und ließ sich vom Fensterkasten einrahmen. Sobald er ihn erkannt hatte, eilte Franco Calvi zum Eingang des Hauses.

In diesem Augenblick erinnerte sich William plötzlich, daß die Taschen nicht aufgeräumt war. Er stolperte auf den Flur hinaus, ohne den massigen Schatten zu sehen, der in einem Nebenzimmer verschwand. Das Gepäck lag in der größten Unordnung herum, die Taschen weit geöffnet, nachdem man Waschzeug und Toilettenartikel herausgefischt hatte. Er schleppte sie wie Leichen hinter sich her, und zerrte sie in einen kleinen Kabuff, der unter der Treppe lag, zwischen Staubsauger, einer ganzen Batterie von Besen und der Waschmaschine. Es gelang ihm, die Tasche mit dem Geld aus der Bank in die Waschmaschinentrommel zu stopfen. Nachdem er sie wieder zugemacht hatte, stapelte er die anderen Gepäckstücke auf den unteren Treppenstufen und überließ Robert die Fron, sie in die Zimmer hochzutragen.

»Du bleibst hier«, soufflierte er ihm, als er ins Wohnzimmer zurückkehrte.

Robert war nichts lieber als das. Er hatte gerade das Minitelgerät entdeckt, das oben auf dem Küchenbüfett aus gedrechseltem Holz made in Poland lag.

»Ich kann es dir anschließen, wenn du willst«, schlug er seiner Mutter vor.

»Kommt nicht in Frage!« schrie sie. »Ich will so ein Gerät nicht in meinem Haus haben. Ich habe der Post Bescheid gesagt, daß sie es wieder abholen sollen, deshalb steht es da.«

Er hütete sich, weiter darüber zu sprechen. Lucie. L.U.C.I.E.

»Zu meiner Zeit«, fuhr seine Mutter im selben wütenden Tonfall fort, »warf man Geld zum Fenster raus, heute verschwindet es durch die vielen Anschlüsse.«

In den Halbschatten des Flurs geduckt, stimmte ihr Franco Calvi mit einem Kopfnicken zu. Das Geld verdünnisierte sich durch den Stromanschluß, den Kabelanschluß, den Telefonanschluß, den Gasanschluß und wer weiß, was sie morgen wieder erfinden werden. Man kommt im Leben nur noch mit Anschlüssen im Rücken vorwärts, an die der Staat uns einen nach dem anderen anschließt, um uns auszusaugen; genau das ist es, Madame, ich weiß, wovon ich rede, ich habe ein kleines Begleitschutzunternehmen. Wer ehrlich bleiben will, der stolpert doch ständig über all die Leitungen und Rohre. Er setzte den Schalldämpfer auf die P 38 und hob sie hoch, um ihr Gewicht abzuschätzen. Eine Feder in seinen beiden Fäusten.

Er löste sich von der Wand.

Seit ein paar Sekunden lauerte er auf die passende Gelegenheit. Sein Plan war denkbar einfach. Plötzlich wie ein Teufel zwischen den Terroristen und ihren Frauen auftauchen. Die Männer würden ihre Waffen ziehen, doch gehemmt durch die Frauen in der Schußlinie, würden sie einen Augenblick zögern... ein verhängnisvolles Zögern. Päng, päng, mit den Waffen in der Hand überrascht. Notwehr. Hundert Orden würden die Brust des Helden schmücken.

Er spannte seine Muskeln, um in Aktion zu treten.

Die Frau stieß ein Gebrüll aus.

Die beiden Männer und die Dampfwalze eilten auf den Schrei zu. Auf der Straße heulte eine Autosirene auf.

Franco Calvi fluchte und brach seine Aktion ab. Er hatte gerade noch Zeit, sich in den Kabuff unter der Treppe hineinzuzwängen.

Die Glocke dröhnte durchs ganze Haus, und ohne abzuwarten öffnete sich die Tür durch den vorsichtigen Stoß eines Fünfzigjährigen im weißen Kittel.

»Zur Entbindung, ist das hier?« Ein Seufzen antwortete ihm

und schwoll zu einem langgezogenen Schrei an. Er gab den Krankenträgern ein Zeichen, draußen zu bleiben, und stürzte ins Wohnzimmer; der Kittel über seinem gestreiften Anzug von bester Qualität flatterte.

Er schob die Anwesenden beiseite, fühlte Sonjas Puls und steckte das Stethoskop zwischen die Haare, die ihm aus den Ohren wuchsen. »Weder Untersuchungsbericht noch Echographie, wie es scheint?« fragte er in die Runde. William schüttelte den Kopf. »Für gewöhnlich wird der Mutter eine Kopie überlassen«, beharrte der Arzt. William schüttelte erneut den Kopf. »Wir müssen sie in Paris vergessen haben«, sagte er. »Es ist ein Junge, das ist alles, was ich Ihnen sagen kann, man sieht sein Dingsda schon sehr gut.« Er zündete sich eine Zigarette an. »Nicht rauchen«, befahl der Arzt.

»Such in meinem Koffer«, sagte Sonja, als ihr Atmen wieder regelmäßig wurde. »Ich bin sicher, alle Papiere mitgenommen zu haben. Such richtig.«

»Es ist äußerst wichtig.«

In diesem Moment hob der Arzt den Kopf und sah Robert. Und schnell wandte er sich wieder ab, als traute er seinen Augen nicht. Dann betrachtete er Robert von neuem, diesmal etwas eingehender, und, obwohl seine Augen ein noch heftigeres Erschrecken zeigten, mit festem Blick.

»Ich glaube nicht, daß du sie eingesteckt hast«, sagte William, während er die Regungen des Arztes beobachtete. Noch so ein Schwuler. Er hatte festgestellt, daß Robert sie anzieht, wie ein Haufen Mist die Fliegen. Warum, war ihm ein Rätsel.

»Ich werde sie bestimmt finden«, sagte die Mutter und setzte ihren fetten Gänsearsch in Bewegung. Robert ging mit einem Sprung dazwischen.

»Laß mal, Mama, ich geh schon.«

»Er hat Recht, Sonnie braucht Sie«, griff William ein und tauschte einen verschwörerischen Blick mit Robert aus. Sie wußten beide, daß zuviel Dinge im Gepäck waren, die Mama Polack zu höchst beunruhigen würden. Kreditkarten in allen Farben, lose herumliegend, Scheckhefte fremder Banken, fremde Pässe.

»Du findest meine Sachen für die Klinik in einer Plastiktasche«, sagte Sonja.

Robert ging und setzte sich auf die Treppenstufen. Er durchwühlte die ganzen Taschen, der Zaster war verschwunden.

William dachte eben an alles, er hat es woanders versteckt, schloß er daraus. Ohne weiter zu zögern, ergriff er den Plastikbeutel, der Pantoffeln, Nachtzeug und Morgenmantel enthielt, Dinge, die er selbst geklaut hatte, um sie seiner Schwester zu schenken, als sie ihm mitteilte, daß er bald Onkel eines Balgs sein würde. Er hatte es während der ganzen Zeit über Bebe genannt. Bebe ist im übrigen viel lustiger als Jean, David oder Jean-David. Er nannte es weiterhin Bebe.

Es war nur eine Echographie drin, zumindest in dieser Tasche. Sie war noch neu und steckte im Mietvertrag für Sonjas kleines Appartement. Nach den anderen Papieren suchte er nicht weiter.

Ein leises Geräusch aus dem Treppenhaus ließ ihn hochschrecken. Der Hund, dachte er.

»Play-Boy!« rief er und schnalzte mit den Fingern.

Sonja entfuhr ein Schrei, der sich wie ein lautes Wiehern anhörte.

»Drücken Sie erst, wenn man Sie dazu auffordert«, sagte der Arzt mit unerwarteter Freundlichkeit. »Warten Sie mit der Niederkunft, bis wir im Krankenhaus sind, das wird für das Kind bequemer sein«, scherzte er sogar noch.

Er machte den Sanitätern Platz.

»Ich habe nur das hier gefunden«, sagte Robert, nachdem er es aufgegeben hatte, nach dem Hund zu suchen.

»Das reicht schon«, erwiderte der Arzt, während er Robert fixierte.

In Wahrheit brachte er Robert viel mehr Aufmerksamkeit entgegen als dem Dokument.

»Ich bin Doktor Tagvourian«, sagte er, als würde er ein Geheimnis offenbaren.

»Der geht aber ran, der Onkel Doktor«, grummelte William.

Er erhielt die Erlaubnis, mit Sonnie und ihrer Mutter in den Krankenwagen zu steigen. »Die Entbindungsstation ist nicht weit«, vertraute ihm der Fahrer an. »Wir kommen rechtzeitig hin, machen Sie sich keine Sorgen.« William war jetzt die Ruhe in Person; sein Sohn würde keiner von denen sein, die sich drängeln, und dieser Gedanke erfreute ihn. »Ein Faulenzer, wie sein Vater«, sagte er zu Sonja und legte eine Hand sanft auf ihren Bauch. Allein zurückgeblieben, kletterte Robert auf einen polnischen Stuhl und holte das Minitel herunter. Er schloß es ans Telefon an, nahm den Hörer ab, tippte die zwei Ziffern für den Zugriff auf das Telefonbuch und tippte schnell aufeinanderfolgend ein:

D.U.M.A.I.N.E.
L.U.C.I.E.
P.A.R.I.S.

"Davon gibt es mehr als 50 Namen, aber mit anderen Vornamen", antworteten die Leuchtbuchstaben. "Möchten Sie 1. die Liste durchsehen? 2. Ihre Anfrage auf die angrenzenden Départements ausweiten?"

Er tippte die zweite Option ein und wählte unter den Départements, die ihm der Bildschirm vorschlug, zufällig das von Yvelines. Y.V.E.L., »Herr, gib, daß sie in einem dieser Käffer wohnt.« I.N.E.S.

Der Bildschirm antwortete: DUMAINE, LUCIE, 16 BIS, RUE JEAN-BAPTISTE-CLÉMENT, SAVIGNY 69.67.53.01.

»Danke, Herr, für Deine unermeßliche elektronische Güte!« rief er aus. Er gab dem Bildschirm einen schmatzenden Kuß, dort, wo die geliebten Buchstaben aufleuchteten; zuerst lief der Bildschirm rund um die Stelle des Namens an, dann formten seine feuchten Lippen einen leuchtenden Kranz um ihn. Er sah darin ein neuerliches Zeichen des Himmels. »Herr, Du bist das Brot des Lebens.«

Mit klopfendem Herz wählte er die Nummer Lucies.

»Sitz, Play-Boy«, machte er, ohne sich umzudrehen. Er hatte geglaubt, den Hund hinter seinem Rücken schnüffeln zu hören. Das Klingeln hallte unendlich lange im Hörer wider.

»Hallo«, vernahm er die schlaftrunkene Stimme Lucies.

Sein Herz blieb stehen, als hätte die Batterie ausgesetzt.

»Lucie, ich bin's. Ich wollte dir nur sagen, ich will dich heiraten.«

»Wer ist da?«

»Robert.«

»Da bin ich aber baff... Wär ich nicht drauf gekommen... Wieviel Uhr ist es gleich noch?«

»Ich weiß nicht. Vielleicht acht Uhr rum, oder kurz davor.«

»Ey, du bist ja voll bescheuert, ich hab dir doch gesagt, daß...«

»Du bist nicht gezwungen, sofort ja zu sagen, aber ich kann nicht mehr warten. Ich will, daß wir heiraten und zusammen weggehen, das ist alles.«

»Wieso mich? Was hab ich dir denn getan?«

»Hör zu, Lucie, ich hab noch nicht aufgehört, über alles nachzudenken, was passiert ist.«

»Was ist denn passiert?«

»Ich glaube nicht alles, was man mir über dich erzählt hat, weshalb man dich rausgeworfen hat, und all das...«

»Diese Hornochsen aus der Caféteria, das war anno 2000 und Kompanie, asbachuralt... absolute Nullen, alte Wichser, die ihre Zeit damit verbrachten, an mir rumzufummeln, und das alles für einen elenden Lohn, ohne mit zu berücksichtigen, daß Trinkgeld nicht mehr in ist, also hatte ich die Schnauze voll und ab die Post, glaub ihm bloß nix, diesem Oberheini aus dem Bistro...«

»Welchem Heini?«

»Du bist einfach zu fatal, ich schwör's dir, zum totlachen. Ich mein den Boss, den Besitzer des Bistros, Mensch, wie alt bist du eigentlich?«

Robert antwortete nicht. Er zog eine Vielzahl kleiner Kreise, die wie Maschendraht miteinander verschlungen waren.

»He, du Schwachkopf, wo steckst du?« fragte sie in dem Jargon, über den er sich dämlich lachen konnte.

»Lucie... ich hab Geld...«

Als er auf das Geld zu sprechen kam, verwandelte sich seine Stimme wie im Stimmbruch. Sie war ernster geworden. Ein Lieferwagen fuhr draußen vorbei und holperte die abfallende Straße hinunter.

»Aaoh-waa«, machte Lucie, »du hast also ein Vermögen, na und?«

»Viel Geld. Frag mich nicht, wie und wieviel, aber es reicht, um zusammen an die Côte zu ziehen und einen Macdopanbanya zu kaufen, am Hafen, du kennst die Läden?«

»Na, wunderbar, 'ne asbachuralte Bretterbude mit schwindsüchtigen Sandwiches und Polio-Pizzas, nein danke, ich schufte nicht für eine Kundschaft ausländischer Punks, mein Format liegt eine Stufe darüber...«

»Nein, nicht sowas... ein richtiges Burger-Restaurant mit Theke, Ketchup und Serviererinnen mit Käppi, sowas um die tausend Riesen zum Start. Na, was sagst du dazu?«

»Dazu sag ich: Mal sehn.«

»Überleg's dir.«

»Wo bist du genau, damit ich dich zurückrufen kann?«

»Das machst du? Versprochen?«

»Hmmm ja, sag mir wo.«

»Bei meiner Mutter, weit draußen in einem Vorort. Hast du was zu schreiben?«

»Wart, ich hab irgendwo einen Zettel hier.«

Während er wartete, kritzelte er nervös an seinen Drahtmaschen herum. Das Geräusch von Schritten ließ ihn sich umdrehen.

Ein stark behaarter Riese lächelte, ein Lächeln aus Elfenbein, den Bauch vorgestreckt, die beiden Hände hinter dem Rücken.

»Machen Sie weiter, lassen sie sich nicht von mir abhalten«, sagte er mit einer Geste, die zu bedeuten schien, daß er beliebig Zeit habe.

Ein Nachbar. Wahrscheinlich ein Verwandter, glaubte er aufgrund der selbstverständlichen Art, mit welcher es sich der Typ in ihrer Hütte bequem gemacht hatte. Er wollte ihm gerade sagen, daß seine Mutter den Vormittag über im Krankenhaus sei, als er die Stimme von Lucie wieder vernahm:

»Ich hab's, leg los.«

Er buchstabierte die Adresse, die Telefonnummer und ließ sich beides wiederholen, um sicher zu gehen, daß sie keinen Fehler gemacht hatte. Der Typ lächelte noch immer.

»Du wirst lachen«, sagte er, während er ihm den Rücken zudrehte. »Ich hab mir die Haare schneiden lassen, du wirst mich nicht wiedererkennen.«

»Sind ja auch anno 2000, lange Haare.«

»Wann rufst du mich zurück?«

»Sobald ich nachgedacht hab, über die Macdoburger undsoweiter, was du gesagt hast.«

»Mach mich nicht wahnsinnig. Beeil dich.«

Sie versprach es, tauschte einen schmatzenden Kuß mit ihm und legte auf. Außer sich vor Freude, drehte er sich zu dem Eindringling um.

Er hielt eine Pistole auf ihn gerichtet.

»Keine Bewegung, Kleiner«, sagte er. Er hörte nicht auf zu lächeln. »Wo wir gerade von der Knete reden: Bist du sicher, daß der Hamburger am Mittelmeer eine zukunftsträchtige Anlage ist?«

## 16

»He, Futzi, Schätzchen!« Sie stieß ihn mit der Fußspitze, während sie ihren Büstenhalter zuhakte.

Die Matratze lag direkt auf dem Boden, einem dünnen, schimmernden Teppichboden aus Viskose, aber das Appartement war hübsch, hell und, wenn man Ikea und mit Rockstars bepflasterte Wände mag, geschmackvoll eingerichtet. »Schwing dich raus, Himmel, Arsch und Scheiß, in einer Stunde muß ich bis zum Umfallen schuften...«

»Laß mich schlafen, verdammt.« Er klagte, empfand diese Art, aufgeweckt zu werden, als große Ungerechtigkeit, wo er doch sonst praktisch immer bis mittags schlafen konnte. Sie schüttelte den Kopf und verteilte ihre Pony-Fransen mit den zehn Fingern über die Stirn.

»Ich muß eine Freundin hinterm Buffet in der Nähe von Sainte-Miche vertreten, deshalb der Anruf, hast du nicht gehört?« Er grunzte, er hätte nichts verstanden. Er hörte nie etwas, wenn er schlief, weder Wecker noch Telefon, noch Hupe; das war seine Stärke, und er rühmte sich ihrer. Sie hatte rosige Wangen. Das brutale Erwachen, die Lüge, die Aufregung, vor allem die Aufregung. Sie schwankte zwischen der Jeans und dem Mini. Die Jeans, das ist angemessener. Sie war zwei Nummern zu groß, gerade so, wie sie sein mußte. Hauteng um die Hüften ist ja asbachuralt.

»Laß mich pennen.« Futzi Schätzchen blieb hartnäckig. »Ich werf dir den Schlüssel in den Briefkasten, wenn ich geh.« Sie stieß ihn mit der Ferse an und nahm den Teppichboden unter die Lupe, auf der Suche nach einem Paar Dockers, englischen Latschen mit Stahlkappe vorn. Sie hob ein Männerhemd hoch, unter dem die Schuhe standen.

»Als ich das letzte Mal 'n Bräutigam hier ließ, hatte er sich, bis ich abends zurückkam, mit dem Trinitron aus dem Staub gemacht. Ich mußte fünf Wochen warten, bis ich wieder "Zahlen und Buchstaben"* anschauen konnte.«

»Hast du kein Vertrauen?« Er vergrub sich ins Kopfkissen, als sei er empört.

»Die Frage stellt sich mir nicht«, sagte sie, während sie mit Kamm und Händen einen Geysir aus Haaren über ihrem Kopf aufrichtete, eine Menge Gummis zwischen den Lippen. »Ich weiß nur, daß ich total auf "Zahlen und Buchstaben" steh, ich kann mich einfach nicht satt daran sehen, selbst wenn ich falsch liege.«

»Das reicht, ich hab's kapiert«, sagte er.

Er setzte sich auf die Dunlopillo-Matratze und kratzte sich.

»Schon besser«, meinte sie.

Er suchte nach einem Weg zu seinem Hemd. Davon hatte sie mehrere zu bieten.

»Halt dich ran, ich komm sonst zu spät!«

»Gehst du nicht mit mir runter?«

»Muß noch zwei, drei Ohrfeigen durchs Telefon schicken, bevor ich den Tag in Angriff nehm.«

Sie begleitete ihn zur Tür. »Hast Speed am frühen Morgen.«

Traurig schüttelte er den Kopf. Er hatte seine breiten Treter in der Hand, drei Kilo Dreifachsohle, fadengenäht, und das von Hand. »Wann sehen wir uns wieder?«

»Ich ruf an«, versprach sie, zog die Tür wieder zu und ließ das Schloß klicken.

Sie durchquerte das Zimmer, sammelte dabei das Telefon vom Boden auf, setzte sich und stellte es auf ihre Schenkel. Sie wählte die Privatnummer von Sépulchre, die sie der Karte entnahm, die er ihr dagelassen hatte.

Das Läuten am andern Ende der Leitung ertönte. Einmal, zweimal, was macht der denn so lange? Beim vierten Mal eine Frauenstimme, trocken und kurz angebunden. »Hallo, Herrn...«, Lucie zögerte und hielt sich die Karte vor die Nase, »Sépulchre.« Das ist too much, so ein Name. »Vater oder Sohn?« wurde sie von der Frauenstimme gefragt. Die Frage überraschte sie. Er war gute vierzig, sowas um den Dreh, gehörte zum Alteisen. »Den Vater«, sagte sie. »Eine Sekunde, ich geb ihn Ihnen gleich.«

Sie wartete geduldig, glaubte zu hören, wie ein Möbelstück

* Beliebtes französisches Fernsehquiz

auf Rollen an einen anderen Platz geschoben wurde, dann das unangenehme Geräusch des hinunterfallenden Telefonapparats. Er wurde wieder aufgehoben. »Rühren Sie mich nicht an!« kreischte die Stimme von weitem.

»Ich höre«, meinte eine andere in den Apparat. Die eines Mannes.

»Kommissar Sépulchre?« Sie konnte sich nicht an eine so schrille Stimme erinnern.

»Hier ist sein Sohn am Apparat.«

»Ah, entschuldigen Sie, ich wollte den Vater sprechen.«

»Man bekommt nicht immer, was man will. Was wollen Sie?«

»Ich muß den Kommissar sehen. Es ist äußerst dringend.«

»Sie sprechen andauernd vom Kommissar... Wer hat Ihnen gesagt, daß mein Vater bei der Polizei ist.«

»Aber... er selbst, wer sonst.«

»Papa ist krank, er ist ein Mythomane, aber im übrigen ist er trotzdem ein guter Kommunist, wie mein Großvater und mein Urgroßvater.«

»Ich muß eine falsche Nummer gewählt haben.«

»Wenn's das ist, blas mir doch einen«, plärrte die Stimme, während sie auflegte.

Unverzüglich wählte sie erneut die Nummer, um erst gar keine Nervosität aufkommen zu lassen. Sie konnte sich nur verwählt haben, weil sie so aufgeregt war.

Sie war nervös. Unaufhörlich sagte sie sich, daß es falsch gewesen war, all diese Erklärungen abzugeben, an die Presse, sogar ans Fernsehen. Ein Exklusivbericht für das zweite Programm, den sie für fünftausend Francs bar auf die Hand ausgehandelt hatte. Sie war strikt bei der Wahrheit geblieben, daß sie Robert Abdessalam fünf Tage lang getroffen hatte, daß sie in derselben Caféteria gearbeitet hatte, die er in die Luft hatte fliegen lassen. Er gab sich als Pole aus, doch das war kaum zu glauben bei seiner schwarzen Mähne und seiner matten Haut, vor allem, weil sie ihn einmal mit mehreren Pässen in der Tasche überraschte. Der Reporter hatte nachgebohrt, um mehr über diese Pässe zu erfahren, doch sie hatte kaum Zeit gehabt, sie näher anzuschauen. »Sicher gefälschte«, wollte der Reporter ihr entlocken. Sie hatte nicht nein gesagt. Sie war verrückt gewesen, schließlich war er ein Mörder.

Ein Mörder, der sie wahrscheinlich angerufen hatte, weil er sicher gehen wollte, daß sie zu Hause ist, und der jetzt mit einem Küchenmesser im Fahrstuhl hochfuhr, um sie aus dem Weg zu räumen. Sie beseitigen die Belastungszeugen immer. Sie war verrückt gewesen, durchblicken zu lassen, daß die Pässe gefälscht waren.

»Sie möchten Kommissar Sépulchre!« sagte dieselbe Frauenstimme. »Er ist in seinem Büro. Pfoten weg!« schrie sie. Einige Sekunden lang erweckte sie den Eindruck als verteidigte sie sich. »Entschuldigen Sie«, kam sie, ganz außer Atem, wieder zurück und diktierte seine Nummer im Büro.

Lucie legte auf, lief zur Tür, um die Türverriegelung zu überprüfen, klemmte die Rückenlehne eines Stuhls unter die Klinke und kehrte schnellstens wieder zum Telefon zurück.

Bench streckte den Kopf durch den Türrahmen.

»Ein dringender Anruf für dich in meinem Büro«, meinte er. Vor seinem Gesicht spreizte er den Daumen und den kleinen Finger von der Hand ab, um sich verständlich zu machen.

»Boniface?«

»Nein, dieses Mädchen, Lucie Dumaine... wir haben sie zusammen vernommen...«

Schon stieß ihn Sépulchre in den Gang, überholte ihn und trat zuerst in das Büro ein, das Bench mit zwei anderen Inspektoren, Quéfélec und Lenfant, teilte. Quéfélec reichte ihm, äußerst verärgert, den Hörer über den Tisch.

»Ich höre«, sagte der Kommissar, und Lucie atmete so laut aus, daß er den Seufzer deutlich vernehmen konnte.

»Er hat mich angerufen, vor knapp einer Viertelstunde«, begann sie... »Robert...«

»Einen Moment bitte«, unterbrach Sépulchre sie und gab Lenfant, der ihm am nächsten saß, ein Zeichen, um das Gespräch aufzuzeichnen. »Sie sagten, Robert Abdessalam habe sie vor ungefähr einer Viertelstunde angerufen?« nahm er das Gespräch wieder auf, nachdem der Inspektor das Aufzeichnungsgerät eingeschaltet hatte.

Er wollte sie mit den Ringen beglücken, erzählte sie in jenem unverständlichen Jargon, für den sie eine solche Vorliebe hatte, daß er sie mehrmals unterbrechen mußte, um sich den Sinn eines bestimmten Ausdrucks näher erklären zu lassen. Er wollte sie also heiraten, als ob sie eine von denen wäre, die sich von einem Araber den Ring anstecken ließe, der weder Weizen noch Buchweizen kennt; und dann, womöglich noch 'nen Schleier tragen, dieses Tscha-Tscha-Dingsda, Tscha-Tschador, wie in diesem Hit anno 2000, den man während der letzten Ferien hörte, eine Antiquiertheit.

»Er sprach sogar davon, eine Imbißbude an der Côte zu kaufen, aber das sind orientalische Klänge, alles Theater und falsche Töne, die er mir vorspielt, gezwungenermaßen, da er ja kaum gefragt ist.«

»Hat er Ihnen eine Telefonnummer hinterlassen?« schnitt er sie ungeduldig ab. »Nummer und Adresse«, präzisierte sie, ohne sie gleich anzugeben. »Na los«, forderte er sie auf, wobei die Stimme in einem Hustenanfall unterging.

»Ich will zuerst über die Belohnung Bescheid wissen. Wenn ich Anspruch darauf habe.«

Er tauschte einen Blick mit Bench aus, als wollte er sagen: ganz schön abgebrüht, die Kleine.

»Natürlich haben Sie«, sagte er, »auf alles oder einen Teil, aber darüber entscheide nicht ich.«

»Also wenigstens die Hälfte...«

»Die ganze Summe, wenn ihre Informationen zur Festnahme beider Brüder führen.«

»Warum sollte ich Ihnen vertrauen?«

»Weil Sie keine andere Wahl haben.«

Sie zögerte einen Augenblick, bevor sie Adresse und Telefonnummer von Roberts Mutter angab.

»Sagen Sie, was soll ich denn jetzt tun?« fragte sie mit einer Stimme, die sofort wieder kindlich geworden war. »Ich meine, wenn er mich beseitigen will?... Als Zeugin.«

»Machen Sie sich aus dem Staub«, sagte Sépulchre. »Gehen Sie so schnell wie möglich aus Ihrer Wohnung weg... Sofort.«

»Glauben Sie, daß...«

»Und kehren Sie nicht zurück, bevor Sie mich nicht angerufen haben. Um alles andere kümmere ich mich.«

Er reichte den Hörer zurück und wollte gerade was zu Bench sagen, als ein unerträglicher Schmerz seine Stimmbänder verbrannte. Er brummte in seinen Husten hinein, mit einem Krächzen im Hals, an dem er fast erstickte. Als es ihm gelang, sich wieder aufzurichten, waren seine Augen mit Tränen gefüllt.

Erschöpft reinigte er seine Brillengläser mit einem Kleenex, das er aus der Tiefe seiner Hosentasche zog, zündete sich eine

Zigarette an, und nach dem ersten Zug fand er seine Stimme wieder.

»Komm mit«, brummte er und Bench ergriff seinen Pistolengurt, der am Kleiderhaken hing.

»Zu spät«, sagte Lenfant, der vom Flur zurückkam. »Er kommt hier her.«

»Zum Kotzen!« Sépulchre ließ eine wütende Grimasse über sein Gesicht huschen. Jetzt war nicht gerade der geeignete Moment, ausgerechnet dem Pfötchen zu reichen. »Wer?« fragte er, obwohl er die Antwort genau wußte.

»Der kleine Richter.«

Unter den vielen Flaschen, die auf einem Schreibtisch herumstanden, ergriff er eine Bierflasche und drückte sie in die Hände Lenfants. Der Inspektor machte ein Gesicht als ob er zum ersten Mal in seinem Leben eine leere Flasche sehen würde. Seine allseits bekannte Neigung zum Alkohol machte dies jedoch ziemlich unwahrscheinlich.

»Was'n das?«

»Ein stumpfer Gegenstand, der schneiden kann, wenn man ihn zerbricht.«

»Wozu, um Gottes Willen?«

»Wenn er reinkommt, schmeißen Sie sie ihm voll in die Fresse. Passen Sie auf, daß Sie ihn nicht verfehlen.«

»Wem denn?«

Lenfant hatte das Gefühl, für dumm verkauft zu werden.

»Dem Richter.«

»Wie bitte? Also, ich hab keine Lust, einem Richter irgendetwas an den Kopf zu werfen!... Ich habe eine gute Beurteilung...«

Die Tür ging auf. Es war Boniface. Klein, auf hohen Absätzen und das Kinn soweit hochgereckt, daß er aussah wie ein Vogel auf der Hochzeitsparade.

»Ah, ich wußte doch, daß Sie da sind«, sagte er. »Seit einer Stunde suche ich Sie.«

»Ich wollte später zu Ihnen kommen«, log der Kommissar, während er sich anschickte zu gehen. »Ein paar Dinge, die dringend erledigt werden müssen...«

»Ich brauche nur zwei Minuten.«

Sépulchre gab es auf. Er begnügte sich damit, ihn anzusehen, während er in der geschlossenen Hand an einer Zigarette rumdrückte, eine alte Gewohnheit, die keinen Daseinsgrund mehr besaß, seitdem er seine Zigaretten nicht mehr selber drehte, die aber in Momenten der Nervosität von selbst zurückkehrte.

»Das müßte Sie eigentlich interessieren«, meinte der Richter mit liebenswürdiger Stimme und legte eine Hand auf den Unterarm des Kommissars. »In dem Hotel in Auxerre hatte jemand ein Zimmer reserviert, gestern abend, und es so eingerichtet, daß es im achten Stock lag... Nicht nötig, Sie daran zu erinnern, daß es der achte Stock war, auf dem sich, wie man annahm, die Brüder Abdessalam aufhielten...«

»Die einzig vernünftige Annahme in dieser Nacht«, ironisierte Bench.

Der Richter schenkte ihm ein nettes Lächeln, als schätzte er diese Bemerkung sehr.

»Dieser Jemand kommt an, ziemlich spät, und geht kurze Zeit darauf wieder weg, nachdem er seinen Koffer aufs Zimmer gebracht hatte, wie jemand, der noch eine Runde in der Stadt drehen will. Doch als er nicht zurückkommt und das Zimmer leer bleibt, alarmiert uns heute Morgen das Hotel... Die Polizisten öffneten den Koffer: Er enthielt nur alte Zeitungen. Eine Attrappe, in gewisser Weise...«

Sépulchre wischte verlegen seine Brillengläser ab, während er dem Richter mit seinem kurzsichtigen Blick folgte. Er setzte die Brille wieder auf, um auf seine Armbanduhr zu schauen. Die schlaflose Nacht und der Alkohol am Abend zuvor machten jede Bewegung zu einer schmerzhaften Anstrengung. Ohne jeden Anlaß kam ihm in den Sinn, daß er sich wohl am Hals werde operieren lassen müssen. Angesichts seines Zustands hatte er keine Chance, nochmal so davonzukommen.

»Ein Inspektor aus dem Haus hatte ihn sogar bemerkt, aber er hat sich keine Gedanken darüber gemacht, bis man ihm heute morgen von dem seltsamen Verschwinden der Person berichtete... Raten Sie mal, um wen es sich handelt?«

»Was gibt es bei diesem Spiel zu gewinnen? Eine Kreuzfahrt zu den Antillen?«

Bench und Lenfant schienen sich mit ihren Schnürsenkeln zu beschäftigen. Boniface amüsierte sich prächtig. Nachsichtig schüttelte er den Kopf.

»Franck Calvi, genannt der Dicke, oder auch der dicke Calva.«

»Gut, ja, und was weiter?«

»Nun, nichts weiter«, gab der Richter zu, während er begann, mit sorgenvoller Miene um die Inspektoren herumzuschleichen. »Bis auf die Tatsache, daß Sie, vor dieser unerfreulichen Affäre, ein Team mit ihm bildeten...«

»Momentan übernimmt er Schutz- und Wachdienste, auf eigene Rechnung.«

»Sie stehen noch immer in Beziehung zu ihm, nicht wahr?«

»Was verstehen Sie unter Beziehung? Auf die eine oder andere Weise muß man Informanten bezahlen, also arbeitet man eben mit Leuten zusammen, die man kennt. Stört Sie das?«

Es war besser, seine Beziehungen zum Dicken gleich frei heraus zuzugeben. Früher oder später hätte der Richter ohnehin von ihnen erfahren. Er räusperte sich und nahm zu einer neuen Zigarette Zuflucht. Seine Hand zitterte beim Anzünden, aber er machte es so, daß er es als einziger bemerken konnte. Was genau wußte er, und er fragte sich selbst, wo der Dicke, dieser Dreckskerl wohl abgeblieben war. Er hätte viel darum gegeben zu wissen, was er trieb.

»Warum diese Frage nicht Calvi selbst stellen, anstatt hier unsere Zeit zu verplempern?« Er ging auf die Glastür zu und schnappte sich im Vorübergehen ein Croissant aus der fettigen Tüte, die Bench ihm hinstreckte. »Kommst du in mein Büro?«

»Wenn Sie wissen, wo die Brüder Abdessalam sind, werden Sie doch tun, was man Ihnen gesagt hat, oder?«

»Das Geld ist in dem Koffer in meinem Büro«, sagte Sépulchre einfach, und, auf seine Jacke klopfend, »die Papiere in meiner Tasche. Ich kann sie Ihnen geben, sofort, wenn Sie wollen.«

Natürlich gab der Richter lächelnd zu verstehen, daß er das für überflüssig hielt.

»Sie werden sie sicher ausfindig machen... wenn sie das Land nicht schon verlassen haben.«

»Ist das möglich?«

»Das ist möglich«, sagte der Richter. Er stützte sich mit seiner Hand auf den Arm von Sépulchre und bediente sich seiner, um sich ihm ganz zuzuwenden. »Sie haben mein volles Vertrauen«, verriet er ihm in einem Atemzug und fiel auf seine Absätze zurück.

Sépulchre beeilte sich, seine Tür wieder zu schließen.

Es war keine Sekunde mehr zu verlieren.

## 17

Sépulchre lockerte seinen Krawattenknoten und stellte das zerknautschte Zigarettenpäckchen vor sich hin, auf das er die Nummer gekritzelt hatte, die Lucie Dumaine ihm gegeben hatte. Da die Schachtel sich weigerte, aufrecht stehenzubleiben, und immer wieder umfiel, riß er das Stück, das ihn interessierte, heraus. Die Kippen verteilten sich zwischen den anderen Gegenständen auf dem Schreibtisch.

Er zündete sich die x-te Zigarette an. Er zählte nicht mehr, er hatte andere Dinge im Kopf.

Ausgerechnet jetzt, wo er selbst den Terroristen auf die Spur gekommen war, war der Dicke, dieser Dreckskerl, wie vom Erdboden verschwunden, mit Haut und Haaren untergegangen. Das machte ihn wütend. Aufgebracht klimperte er auf den Tasten des Telefons rum, entschlossen, zuallererst die Information des Mädchens zu verifizieren.

Er atmete tief durch, um sich zu beruhigen. Das Klingeln am anderen Ende der Leitung ertönte.

Das Klingeln ließ Robert hochspringen.

»Nimm ab«, wies ihn Franco Calvi mittels einer kurzen Bewegung mit seiner Waffe an.

Robert ließ sich nicht zweimal bitten. So überstürzt, wie er danach griff, wäre ihm der Hörer fast aus der Hand gefallen. Er hatte schon alles vergessen: die Polizei, die Bomben, das Geld, die Bedrohung durch die auf ihn gerichtete Pistole, und die Handschellen, die sein Handgelenk an den Pfosten des Büfetts ketteten, ein Meisterwerk polnischer Drechslerkunst vom Anfang des Jahrhunderts. Sein Herz stand still. Lucie rief ihn an, um ja zu sagen, ja, ja, ja. Jesus ist das Brot des Lebens. Herr, gib, daß sie ja sagt.

»Ja!«

Er hatte es ins Telefon geschrien.

»Herr Robert Slowacki?« Die gequälte Stimme eines Mannes, eine Stimme von unerträglicher Heiserkeit. »Ich bin Lucies Vater.«

Ende der Pause. Das Herz sprang wieder an.

»Ja?«

Ganz ruhig legte Franco Calvi den zweiten Hörer, den dieser Apparat wie die meisten in Frankreich besaß, an sein Ohr. Sein breites Gesicht hellte sich auf.

»Ich würde Sie gern treffen«, sagte eine Stimme, die er sofort erkannt hatte. »Lucie hat mich um meinen väterlichen Rat zu ihren Heiratsabsichten gefragt, doch ich glaube, es ist unabdingbar, daß wir uns erst mal unterhalten, nur unter Männern, bevor ich ihr sagen kann, was ich davon halte.« Sépulchre hielt inne, um sich zu räuspern. »Wie wär's jetzt gleich, bei mir zu Hause?«

Mit stummer Geste befahl er Bench, beim Kaffeetrinken weniger laut zu schlürfen.

»Heißt das, daß...«, stammelte Robert und flehte Calvi mit Blicken an.

»Ich wünsche insbesondere, daß Sie mich über das Geschäft aufklären, das Sie anscheinend an der Côte eröffnen wollen.«

»Ja, genau das, Herr, äh...«, sagte Robert, »ein Geschäft an der Côte.«

»Ich hoffe, Sie haben das notwendige Kapital für ein derartiges Unternehmen?... Hallo?«

Am Rande des Abgrunds, gelang es Robert nicht mehr, auch nur ein Wort herauszubringen. Franco Calvi ließ den Mithörer los und riß dem jungen Mann den Hörer aus der Hand.

»Verausgabe dich nicht, Oberchef«, sagte er und brach dabei in ein homerisches Gelächter aus. Es gefiel ihm, sich Sépulchres Verblüffung am anderen Ende der Leitung vorzustellen. Der bloße Gedanke daran stimmte ihn fröhlich, sein Lachen wurde noch lauter.

»Ich hab einen Moslembruder bei mir, ich warte auf den anderen und ich übergebe dir das Pärchen höchstpersönlich.«

»Herrgott, wie hast du das geschafft?« begeisterte sich Sépulchre und erregte Benchs Aufmerksamkeit: »Dieser Pfundskerl hat einen von den beiden geschnappt.«

»Der Glückspilz«, brummte Bench mit einem bewundernden Pfeifen.

»Ich hab die beiden Schwulis singen lassen, um rauszukriegen, wo sie den Wagen geklaut hatten, der Rest war ein

Kinderspiel für einen erfahrenen Jäger.«

Mit einem Kopfnicken wandte sich Sépulchre sowohl an seinen Gesprächspartner als auch an Bench und lauschte weiter.

»Die zwei Homos werden bei der Polizei das Maul aufmachen müssen, notgedrungen... Zur Stunde ist dir der Koordinierungstrupp auf den Fersen, mit dem Richter an der Spitze.«

»Mach dir keine Sorgen wegen der zwei Schwulen, die sind zur Stunde noch nicht aus ihrem Tran erwacht. Hör zu, Oberchef, komm sofort hier raus und nimm die Ware in Empfang, bevor jeder diese verdammte Belohnung kassieren will und es Denunziationen zu regnen beginnt. Ich rühr mich nicht vom Fleck.«

»Dickerchen«, legte ihm Sépulchre in warnendem Tonfall nahe, »du übergibst sie mir, im Gegensatz zu dem, was ich dir erst sagte, heil und ganz...«

»Wenn's geht.«

»Es muß. Du bist erkannt worden in Auxerre...«

»Warum hätte ich mich verstecken sollen? Ich bin doch ordnungsgemäß... Gut, einverstanden, bist schließlich du, der die Fäden in der Hand hält.«

»Wir kommen«, sagte Sépulchre und legte auf.

Franco Calvi legte ebenfalls auf und stieß Robert so hart gegen das Büfett, daß er auf einem Stuhl zusammensank.

»Deine kleine Verlobte hat dich bei den Bullen verpfiffen. Schöne Mentalität... Und jetzt hör mir mal gut zu... Terroristen, der Libanon, der Islam, und eure dreckigen Lügenmärchen interessieren mich nicht im geringsten... Die Ideologie belastet mich kein bißchen... Also, hast du mir zugehört? In einer halben Stunde sind die Bullen hier, vierzig Minuten von Paris bis hierher... Du siehst nicht vollkommen dämlich aus...«

»Ich bin kein Araber, machen Sie mich jetzt los, oder was?« lehnte sich Robert mit gespielter Empörung auf. Tatsächlich war es ihm schnurzegal, für einen Terroristen gehalten zu werden. In kürzester Zeit würde die Wahrheit herauskommen. Im Moment zählte in seinen Augen nur eins: Lucie hatte ihn glatt verraten, und diese Enthüllung schmerzte ihn.

»Ich laß dir die Wahl«, fuhr der große Bärtige fort. »Entweder du gibst mir den Zaster und ich laß dich laufen... Dann liegts an dir, weitere Coups zu landen und dich neu zu stopfen. Oder, wenn dir das Loch lieber ist, ich überlaß dich den Bullen und streich die Belohnung ein. Ob bares Geld oder Geld bar auf die Hand, mir ist das egal. Du bist dran, in diesem Spiel, mein Lieber...«

"Sind doch alles Märchen, die mir da erzählt werden, Märchen. Herr, steh mir bei. In Wahrheit ist das nur ein Manöver der Polizei. Genau. Die Bullen hören Lucies Telefon ab und sie ahnt von nichts. Genau so hat es sich abgespielt. Also kommt es nicht in Frage, das Geld in den Wind zu schreiben, ganz davon abgesehen, daß William es versteckt hat; soll er doch sehen wo... Alles klar, wenn es sein muß, geh ich eben zwanzig Jahre in den Knast, aber wenn ich rauskomme, stoß ich wieder auf den in einem Macdonnie versteckten Schatz, mit Lucie hinter der Kasse. Jesus ist das Brot des Lebens, du hast recht, Mama."

»Ich weiß nicht, wovon Sie reden, das ist die Wahrheit«, sagte er so ungezwungen wie möglich. Er hatte den unangenehmen Eindruck, rot zu werden, seine Backen brannten. »Ich will dieses Mädchen, Lucie, also, das ist ganz klar, ich denk mir Geschichten für sie aus, damit sie sich für mich interessiert... Ist doch sehr menschlich.«

»Läuft also auf die Belohnung raus...«

»Welche Belohnung? Ich bin kein Araber, kein Verbrecher, nach dem gesucht wird, nur ein Arbeitsloser bei der ANPE*, aber ich bin mir nicht sicher, daß die soweit gehen werden, Ihnen Kies rüberzuschieben, um einen polnischen Arbeitslosen wiederzubekommen.«

Mit einstudierter Langsamkeit umrundete Calvi das Büfett und stellte sich vor der mit Glühbirnchen umrahmten Jungfrau auf. Er bekreuzigte sich.

»Du bist Christ, wie ich, mein Lieber?...«

»Spielen Sie nicht damit«, warnte Robert, »es wird explodieren...«

Der frühere Polizist mißverstand seine Worte und hörte sofort auf, am Schalter zu spielen. Die Jungfrau blieb erleuchtet. Einige Birnen blinkten, andere nicht. Calvi ließ seinen Blick auf dem jungen Mann lasten.

»Soso, in deinem Alter erfindet man also noch Geschichten, um bei einer Puppe Eindruck zu schinden?«

»Ist doch ganz menschlich«, wiederholte Robert.

Mit einem Brummen inspizierte Calvi das Zimmer, auf der

* Agence Nationale pour l'emploi, das französische Arbeitsamt.

Suche nach dem versteckten Geld.

»Menschlich... auch so ein Wort, das mich nervt... Ich kann nicht gut reden, aber ich will es mal versuchen... Es stimmt, ich drücke mich lieber mit ein paar in die Fresse aus, ich glaube nicht an den Dialog und diesen ganzen Blödsinn heutzutage... ich geb mehr auf Patriotismus, Ehre und Chauvinismus als auf irgendeinen abgewichsten Humanismus... Menschlich...«

Die Nase in der Anrichte, schnaufte er und machte eine Geste, als wollte er die Idee vor sich fangen wie ein Mücke...

»Und dennoch versichere ich dir, daß ich alle Jungs von deiner Sorte, die ich in den Knast gebracht hab, mochte... Manchmal hab ich sie mit nach Hause genommen, bevor ich sie in die Ewigkeit schickte, ein oder zwei Nächte, nur so, um sie kennenzulernen. Wir haben gebechert, geplaudert, unsere Späße getrieben... So bin ich eben, ich red wie so ein verdammter Bierausfahrer, und trotzdem mag ich die Oper, vor allem *Carmen...*«

Er unterbrach seine Suchaktion, baute sich im Flur auf, die Hände über den Kopf erhoben, ohne die Waffe loszulassen, und klopfte, eine Melodie von Bizet deklamierend, abwechselnd mit beiden Absätzen auf den Boden. Er stoppte brüsk, öffnete einen kleinen Verschlag und kroch hinein.

»Und weißt du warum?« schrie er auf. Er öffnete den Wandschrank und räumte die Fächer aus, wobei alle Gegenstände auf den Boden befördert wurden. »Weil selbst ein altes Ekel wie ich ein Liebesbedürfnis hat...« Er begann wieder zu lachen; er schien sich wirklich zu amüsieren. »Das nur, um dir klarzumachen, daß ich mich auskenn, in der Liebe..., und daß wir beide, wenn du es dir lieber nochmal überlegen willst, das mit deiner Tussi, ganz schnell verduften, einen trinken gehen und über dies und das quatschen können...«

Ein Auto fuhr auf der Straße vorbei, bremste und hielt an. Franco Calvi kehrte sogleich ins Zimmer zurück und hob den Vorhang am Fenster etwas an. Es war der Wagen eines Nachbarn.

»Wie heißt sie?« nahm er den Faden wieder auf, während er den Vorhang zurückfallen ließ.

»Lucie...«

»Ich kannte mal eine Lucie... Ein schickes Mädchen.«

Robert machte Anstalten, seine Stellung zu verändern. Der Pistolenlauf überzeugte ihn, auf seinem Platz zu bleiben.

»Komischer Bulle...«

»Ich bin keiner mehr, wenn dir das was hilft... Ich bin gewissermaßen nur noch ein Kopfgeldjäger... Aber verwechsel das bloß nicht mit einem Spitzel... Ich geb mich nicht damit zufrieden, Tips zu geben... ich steig auch selbst in den Ring; merkst du den Unterschied?«

»Bleibt ein Bullenjob, oder?«

Für einen kurzen Augenblick wechselte Calvi seinen Ausdruck. Er öffnete die Toilettentür und verschwand im Innern.

»Ich mag das! Zuerst muß ich dir mal sagen, wie ich auf den Geschmack gekommen bin. An diesem Beruf... Indem ich in die Scheiße tappte, im Eingang eines Bistros in einem Nest im Süden.« Seine Stimme hallte wie ein Echo wider, zweifellos durch die Enge des Ortes. »Ich setzte also den Fuß in diesen Scheißhaufen, den linken Fuß, du hast es erraten, und da ist so ein Typ, der sich darüber so köstlich amüsierte, daß er mir was zu trinken spendieren will. Ich nehm an, und wir plaudern, als wären wir zum Plaudern hergekommen. Er sagt mir, daß ihn seine Alte verlassen hat, und er vermutet, daß sie sich mit ihrem neuen Liebhaber in einem Winkel verkrochen hat... Am Ende hat er mir Geld angeboten, um sie ihm zurück in seine Falle zu holen...«

Er tauchte wieder auf, den Blick in die Flucht des Gangs verloren. Er zögerte, in den ersten Stock zu klettern, schätzte das Risiko ab, Robert allein zu lassen, selbst wenn er an Handschellen gefesselt war.

»Es war meine Schulterbreite und nichts anderes, die ihn dazu bewogen hat, mir dieses krumme Ding vorzuschlagen«, erzählte er weiter, während er die Vorsicht wählte. »Ich sagte mir, daß es nicht idiotischer ist, für Geld hinter Flittchen und Verbrechern herzulaufen, als ein Pläuschchen mit ihnen zu halten, ohne einen Pfennig dafür zu kriegen... Geschichten wie die kann ich dir den ganzen Tag lang erzählen, soviel wie ich herumgekommen bin...«

Ein Geräusch ließ ihn derart plötzlich auf dem Absatz kehrt machen, daß Robert einen Schrei ausstieß, weil er glaubte, William wäre gekommen. Es war Play-Boy. Er kläffte in den Flossen des Riesen, schien aber nicht nachtragend zu sein.

»Wenn du den Dicken brauchst: Ein guter Rat, der nichts kostet, ist immer drin«, sagte er. »Und wenn's um Weiber geht, ich weiß Bescheid...«

Ohne boshaft zu sein, jagte er den Hund mit der Fußspitze fort, um nicht über ihn zu stolpern.

»Ich hab bei der Kripo als Untersuchungsbeamter angefangen. Am Anfang war's prima, man hob ein Versteck aus, man verprügelte einen Mann, und ab in die Wanne, hinter Gitter. Doch die Zeiten sind vorbei. Mit ihren ganzen Dreck-Gesetzen weiß ein Bulle doch nicht mehr, wo ihm der Kopf steht...«

Er begab sich auf den Gang hinaus, während er laut und deutlich redete, öffnete den Kabuff unter der Treppe, warf einen kurzen Blick hinein und schloß die Tür wieder.

»Und, was ist passiert? Eine unsaubere Sache, ist es das?« fragte Robert.

Es galt, ihn zum Sprechen zu ermutigen, ihn in Rufweite zu halten, zu verhindern, daß er das ganze Haus durchkämmte.

»Eines Tages, es war am Montmarte, tauchte dieser Typ in einer Nuttenbar auf«, erzählte Calvi, während er zu ihm zurückkehrte. »Er hielt sich abseits, setzte sich an den Tresen, aber ich wußte genug über ihn, um zu wissen, daß er Schwule nicht ausstehen konnte. Die warmen Brüder machten ihn ganz heiß. Du entschuldigst das Wortspiel. Ich rück ihm auf die Pelle, winde mich mit meinem Arsch hin und her, man spürt förmlich die Luftverschiebung...«

Mit absichtlich gespreiztem Ton wiegte er sich vor dem sprachlosen Robert auf groteske Weise in den Hüften, klimperte mit den Wimpern, strich seine Brauen mit dem Lauf der Pistole glatt, warf seine Haare nach hinten zurück und nahm schlaffe Posen ein.

»Ich bestell einen Drink, streiche ihm in aller Unschuld über die Hand und nenne ihn vor allen Zeugen "mein Schätzchen"... Er holt ein Messer raus, droht, mich abzustechen, aber ebenso unvermittelt schicke ich ihm einen gezielten Karateschlag auf den Adamsapfel... und,... quing... ist er tot, in seiner eigenen Kotze erstickt... Ich kann dir den Schlag beibringen, wenn du willst...«

»Notwehr, was?«

Der Riese zuckte mit den Schultern, als würde er die Frage deplaziert finden.

»Der Typ hat meiner damaligen Puppe Koks verdealt, und weil das bekannt war, meinte man, es ginge darum, eine Rechnung zu begleichen; ein Verbrechen aus Leidenschaft, stell dir das mal vor!... Ich hab's dir ja gesagt. Es ist das Gesetz, das diesen Job so schwierig macht... Aber ich rede und rede, und du sagst dazu kein... Erzähl mir ein bißchen von diesem Hühnchen, Lucie...«

## 18

»Unglaublich, wie schön er ist, mein Sohn, unglaublich schön!« geriet William hinter der Scheibe, die ihn von dem Neugeborenen trennte, in Verzückung.

»Du bist ein allerliebstes Baby und schon richtig groß und stark«, gab Madame Slowacki etwas geziert zum besten, »ein großes Baby mit viel schwarzen Haaren.« Und über ihre Schultern warf sie ein verächtliches: »Alle Männer aus meiner Familie sind mit schwarzen Haaren zur Welt gekommen.«

Seine kleine Wiege stieß gegen die Scheibe. Jean-David schlief, unberührt von den Schreien seines Nachbarn, eines kleinen Asiaten, der in derselben Minute wie er geboren worden war und nicht weniger als sechs Kilo wog. Halbnackt auf seiner Unterlage, schrie und strampelte er mit all seinen neuen Kräften wie ein auf den Rücken gelegter Sumo-Ringer.

Madame Slowacki schlug die Augen zu ihm nieder: ein Blick der Verdammung. Sie war wirklich außer sich; sie konnte es nicht dulden, daß man ihrem Enkel eine solch enge Nachbarschaft zumutete. Sie dachte an all diese tropischen Krankheiten, zwar gefahrlos für die Wilden, aber um wieviel gefährlicher für einen kleinen Csarwitcz von drei Kilo dreihundertdreißig Gramm. »Hier, er weint nicht«, protestierte sie mit schriller Stimme, teils, weil das ihr natürliches Timbre war, und teils, weil sie die Aufmerksamkeit des Pflegepersonals auf sich ziehen wollte. »Dieses Baby ist sehr vernünftig... Deshalb müssen sie es allein legen!«

»Sie werden es aufwecken«, sagte William.

Sie drehte sich um in der Absicht, ihn auf seinen Platz zurückzulegen; da klärte sich ihre strenge Miene durch ein Lächeln auf. Doktor Tagvourian kam zu ihnen, mit diesem geplagten Gesichtsausdruck, den er zu jeder Gelegenheit zeigte. Auf dem Weg entledigte er sich seines Kittels und warf ihn einer Schwester zu.

»Meinen Glückwunsch«, sagte er an William gerichtet, »ein prächtiger Junge.«

»Finden Sie?« fragte der Vater mehr als scheinheilig.

»Wohlproportioniert, kräftig gebaut, gut gerüstet...«

Sonjas Mutter bestätigte das letztere Detail und ließ durchblicken, daß das ein Charakteristikum aller Männer in ihrer Familie war.

»Würden Sie mich bitte begleiten«, forderte der Arzt ihn auf, während er ihn auf unerwartete Weise am Arm griff.

"Ist was mit Sonnie", dachte William. "Sie wird sterben. Sie ist vielleicht schon gestorben."

»Stimmt irgendwas nicht?«

»Aber nein... Es gibt Formulare auszufüllen, wie gewöhnlich...«

»Ach...«

Es war ein "Ach" der Erleichterung, in dem aber noch eine schwere Beunruhigung mitschwang. Nichtsdestotrotz folgte er ihm auf dem Fuß und beherrschte sich soweit, daß er die Zigarette nicht anzündete, die zwischen seinen Lippen hing. Aus den Türöffnungen schlugen ihm Schwaden von Äther und Phenol entgegen.

Madame Slowacki hielt nur mühsam Schritt mit ihnen und atmete kurz.

»Sie werden nicht gebraucht, Madame«, sagte ihr der Arzt über seine Schulter hinweg.

»Ich bin die Großmutter.«

»Wir brauchen nur die Angaben des Herrn Vater.«

Er antwortete dem Gruß eines Kollegen, der von zwei Krankenschwestern flankiert wurde.

»Er ist noch nicht mal der Ehemann meiner Tochter.«

»Aber der Vater, nur das zählt.« Er neigte sich zu ihr und forderte sie mit einer Handbewegung auf, kehrtzumachen. »Habe die Ehre, Madame...«

Sie strich die Segel und grummelte eine Flut grollender Wörter in ihrer Muttersprache.

Am Ende eines langen Gangs stieß Doktor Tagvourian eine mit dem Schild "Praxis" vernagelte Tür auf. Er trat zur Seite, um William passieren zu lassen, doch der erstarrte auf der Schwelle. Eine von Kopf bis Fuß in Schwarz gekleidete Frau stach von der gefliesten Wand ab. Sie saß auf dem äußersten Rand eines verchromten Stuhls. Hinter ihr stand, seine Hand auf ihre Rückenlehne gelegt, ein Priester in ebenfalls schwarzer Kleidung und fixierte ihn eingehend.

Kein Zweifel, ein Unglück war geschehen. Eine Verformung des Schädels würde Baby über kurz oder lang mißbilden. All diese schwarzen Haare, das ist ja nicht normal, gesunde Babys kommen kahl auf die Welt, das weiß doch jeder. Oder ist es etwa das Herz, das...

»Wir haben Ihnen eine sehr ernste Mitteilung zu machen. Sie betrifft aber nicht das glückliche Ereignis, das Sie hierhergeführt hat«, sagte Doktor Tagvourian.

Stutzig geworden, zögerte William erneut. Zwei Männer, die bisher hinter der Tür standen, traten aus ihrer Deckung heraus. Dabei führten sie ihre Hüte vors Herz als würde gerade ein Trauerzug vorüberziehen.

Er rückte den Stuhl zurecht und ließ sich mit umsichtiger Langsamkeit auf ihm nieder, wobei er sich fragte, was das Ganze bedeuten sollte.

»Madame Zofia Bérabérian«, sagte der Doktor, als er die Frau in Trauerkleidung vorstellte. Sie rührte sich nicht, sah ihn auch nicht an, als er sie grüßte. »Pater Azroumian, vom Orden Gregors des Erleuchters.« Der Pater verbeugte sich. »Die Herren Mikael Vartan und Simon Papazian, unsere Freunde.«

Der Doktor legte ein kurzes Schweigen ein, bevor er ihn vorstellte.

»Herr Maurice Abdessalam.«

William schreckte hoch.

»Entschuldigung, Sie irren sich, ich bin nicht, aber auch nicht im geringsten...«

Vor den verschlossenen Gesichtern brach er den Satz plötzlich ab, als ihm die Gefahr bewußt wurde.

Doktor Tagvourian begann auf eine Weise, wie sie bizarrer nicht sein konnte, seine Schuhe zu säubern. Mit einer blitzschnellen Bewegung zog er einen Lappen aus der Schublade und stellte den Fuß auf seinen Stuhl.

»Heute früh habe ich Ihren Bruder bei Ihnen erkannt«, sagte er schließlich. »Ihren Bruder Robert.«

Wie um jeden Protest von vornherein abzuschneiden, lief der Priester um die Patientenliege und grub aus seiner Soutane eine Morgenzeitung aus. Er entfaltete sie und befestigte sie mit nur einem Reißnagel unter einem Plakat gegen Krebs an der Wandtafel.

Robert hatte die Ehre, auf der ersten Seite abgebildet zu sein, erstklassig wiederzuerkennen in seiner weißen Jacke. Er warf einer alten Dame, die mit ihrer Stricknadel in der Luft herumfuchtelte, einen erstaunten Blick zu. Aufgescheucht flatterten die Tauben mit ihren lahmen Flügeln in der Luft herum, wobei ihre Bewegungen durch die geringe Tiefenschärfe des Objektivs viel schöner als in Wirklichkeit aussahen. Der Fotograf, ein gewisser Pierre-André Coulot von AFP, hatte dem Gesichtsausdruck des jungen Mannes den Vorzug gegeben, so daß man die Caféteria im Hintergrund kaum erkennen konnte. Dieselbe, die Robert in die Luft gehen ließ, wie die Bildlegende angab. Das Dokument wurde als ein Hauptbeweismittel präsentiert, das im Fall Abdessalam zu den Akten genommen worden war. Der Artikel erwähnte weiter, daß auf seine Festnahme, der man eine unbedingte Notwendigkeit zusprach, eine außergewöhnlich hohe Belohnung ausgesetzt war.

In Form eines Medaillons abgebildet, lieferte ein junges Mädchen, deren Frisur einer Dattelpalme nachempfunden war, eine Zeugenaussage in schonungsloser Offenheit: »Ich war die kleine Freundin des Bombenlegers«, titelte das Journal.

Während er die Artikel überflog, mußte William mehrere Male tief Luft holen, als ob auf einmal der Sauerstoff knapp geworden wäre. Was wollten diese Leute letzten Endes von ihm? Die Kohle?

»Was wollen Sie von mir?«

Der Doktor betrachtete seine glänzenden Schuhe und legte den Wildlederlappen in die Schublade zurück.

»Der Ehemann dieser jungen Frau befindet sich in einem französischen Gefängnis«, sagte er, während er sich hinter die Frau in Schwarz stellte. Sie rührte sich noch immer nicht, starr wie vom Blitz getroffen, und ihre Trauerkleidung spiegelte sich im unerträglichen Glanz der Kacheln, die an Boden, Wänden und selbst an der Decke klebten, was dem Zimmer die Atmosphäre einer U-Bahn-Station gab. »Und wissen sie, was sein Verbrechen ist?« William zeigte seine Unwissenheit, indem er seine Augen weit aufsperrte. »Der Kampf um die Anerkennung des Genozids an unserem Volk durch den türkischen Staat.«

»Wir sind Armenier«, hielt es Pater Azroumian der Erleuchtete für angebracht zu präzisieren.

»Von der Daschnak-Partei«, fügte der Mann hinzu, den man ihm unter dem Namen Simon Papazian vorgestellt hatte.

»Ihr Kampf trifft sich mit unserem Kampf«, fuhr der Doktor fort. »Sie kämpfen für die Freilassung Ihres Bruders Georges Abdessalam... während wir die des unseren, Markus Bérabérian, fordern.«

Er ließ ein kurzes Schweigen eintreten, suchte in Williams Gesicht nach einem Zeichen der Ermutigung, doch der hielt seinen Kopf weiter gesenkt, die Arme auf die Knie gestützt.

»Wir haben beschlossen, unsere Forderungen gemeinsam zu stellen«, sagte schließlich der Priester.

Zustimmendes Gemurmel.

»Um mit den Anschlägen aufzuhören«, sagte der Doktor mit energischer Stimme, »fordern wir von der französischen Regierung die Freilassung von Bérabérian, natürlich auch die von Abdessalam und Vergeltungsmaßnahmen gegen den türkischen Staat und gegen den Iran...«

Der Priester beugte sich vor, neigte sein Gesicht ganz dem von William zu, und der Geruch alten Weihrauchs mischte sich mit dem der Klinik.

»Vergessen Sie nicht, daß die Daschnaks schon immer die Verbündeten der maronitischen Falangisten und der paramilitärischen Gruppen Pierre Gemayels waren.«

»Ich weiß, ich weiß«, fühlte sich William verpflichtet zu sagen.

Überzeugt davon, daß er nichts riskierte, solange das Mißverständnis fortdauerte, gewann er sein Selbstvertrauen zurück. Daher war es notwendig, weiter zu lügen.

Dem stummen Befehl des Doktors gehorchend, bemächtigte sich Mikael Vartan eines Aktenkoffers aus schwarzem Leder, der gegen die Wand gelehnt war, und legte ihn mit ungeheurer Vorsicht auf die Liege.

Er löste die beiden Schnappschlösser und öffnete ihn. Der Koffer war voll mit Banknoten, fein säuberlich zu Bündeln gepackt.

Williams Blick wanderte von einem Gesicht zum anderen und blieb an dem des Priesters hängen, der schließlich den Mund aufmachte.

»Die Beteiligung unserer Bewegung an der Finanzierung Ihrer gerechten Sache«, sagte er, während er mit dem Kruzifix leicht auf das Geld klopfte.

»Hundert Millionen Centimes«, warf Simon Papazian ein.

»Worauf wollen Sie hinaus?« fragte William.

»Der doppelte Boden versteckt ein kleines Wunder der Technik«, eröffnete der Doktor. »Braucht kaum mehr Platz als ein Kilo Zucker. Fernauslösung im Umkreis von dreihundert Metern durch einen in diesem kleinen Taschenrechner integrierten Zündmechanismus.«

Er zog den Taschenrechner einer japanischen Marke heraus, der jenen glich, die man überall kaufen konnte, und reichte ihn William.

»Sie stellen den Koffer an einem Ort Ihrer Wahl ab, Sie tippen 2.4.4.1.9.1.5... den Jahrestag des Völkermords an den Armeniern am 24. April 1915... Die Ladung entspricht einer Plastikbombe von drei Kilo.«

William erhob sich, um nicht länger zuzuhören, durchquerte das Zimmer und begann sich in die Betrachtung einer Reihe von Reagenzgläsern zu vertiefen. Sie waren an einer Art langem Parallelipipedon aus Holz befestigt und nach abnehmender Größe geordnet, das größte in der Mitte, die kleinsten an den Enden. Sie waren mehr oder weniger vollständig mit Flüssigkeiten in unterschiedlichen Farben gefüllt, und es ging ihm durch den Kopf, daß dies eine Orgie des Todes war, mit einem Gift in jedem Röhrchen. Gelbes Arsen, rotes Realgar, blaues Sulfid... Erst als er sich eine Zigarette anzündete, fand er wieder Worte.

»Unsere Sache ist nicht zu vergleichen«, meinte er. Seine Stimme hatte, wie ihm schien, wieder zu ihrem natürlichen Timbre zurückgefunden. »Bei uns ist das eine reine Familienangelegenheit, und wenn man meinen Bruder freigibt, hört alles sofort auf... Es ist nicht wie bei Ihnen...«

»Jeder Mensch zeigt sich vor Gott mit seinen Narben«, sagte der heilige Gregor, »aber die Wunden der Menschen meiner Rasse vernarben nicht, sie bleiben offen...«

Die trauernde Ehefrau wurde unruhig auf ihrem Stuhl, ihre Hände wühlten auf ihren Schenkeln rum, das Satin ihres Kleides raschelte. Jetzt schien sie die Anwesenheit Williams endlich wahrzunehmen.

»Sie werden meinem Mann helfen.«

Die Stimme klang eintönig, verbraucht, aber autoritär.

»Ich bedaure... Zudem haben wir alles Geld, was wir brauchen, und unsere eigenen Bomben...«

Er fand, daß ihm die Lügen leicht über die Lippen gingen. Er wartete ab, maß das Schweigen. Alle Blicke konzentrierten sich auf ihn.

»Und dann, legen Sie sie doch selbst«, sagte er mit gespielter Gleichgültigkeit zu ihnen.

»Wir hassen die Türken«, sagte Pater Azroumian vom heiligen Gregor, »und dennoch haben wir nicht das Recht dazu. Gott hat uns diese Prüfung auferlegt...«

»Wie praktisch.«

»Sehen Sie darin bloß keine Feigheit«, bemerkte der Doktor. »Es ist nur die Bestürzung des Christen über das Gefühl der Rache...«

»Rächen Sie sich, und machen Sie sich wegen Ihm keine Sorgen«, sagte William und zeigte mit dem Finger zur Decke. »Er hat sicher anderes zu tun, als sich um das Wohlergehen der Türken zu kümmern...«

Er machte Anstalten zu gehen. Doch das ganze Ensemble der Armenier versperrte ihm den Weg.

»Ich werde meine Meinung nicht ändern«, gab William ihnen zu verstehen.

Sichtlich verärgert schlich Doktor Tagvourian um ihn herum, bevor er zu sprechen anhob.

»Wir halten eine Geisel in unserer Händen. Eine Geisel, die, glaube ich, einen großen Einfluß auf Ihre Entscheidung haben wird...«

»Wir haben Ihre... Zurückhaltung bereits in Betracht gezogen«, sagte der Priester.

»Eine Geisel? Welche Geisel?«

Plötzlich überkam ihn Angst.

»Ihr Kind«, sagte die Ehefrau und erhob sich.

»Sie bringen uns in eine mißliche Lage«, sagte der Doktor, »doch was zählt unter diesen ernsthaften Umständen ein Leben, und sei es das eines Kindes, wirft man es in die Waagschale gegen ein Volk, das nach Gerechtigkeit schreit?«

»Es wird Ihnen wieder zurückgegeben«, versicherte der Priester, während er den Aktenkoffer wieder schloß. »Machen Sie einfach, was man Ihnen sagt.«

Er gab den Griff des Koffers in die Hände Williams, der sich nicht mehr weigerte.

Pater Azroumian vom heiligen Gregor gab ihm seinen Segen, doch William war das völlig egal. Er verließ den Praxisraum, ohne den Aktenkoffer aus den Augen zu lassen. Er sagte sich, daß es wirklich eine Bombe war, die aus dem nichtigsten Anlaß hochgehen könnte, aufgrund eines Berechnungsfehlers, eines Materialfehlers. Die Bilder eines Films kamen ihm grausam in Erinnerung, Lohn der Angst, und plötzlich wurde ihm klar, daß er sterben würde.

Er ging noch einmal an dem Säuglingszimmer vorbei und hielt einen Moment neben Madame Slowacki an. Sein Sohn schlief noch immer, die beiden Fäustchen wie zwei Walnüsse unter dem Kinn zusammengeballt.

Die Armenier traten hinzu.

»Das wird aber mal ein schöner, junger Mann werden«, sagte der Priester, während er sich bekreuzigte.

Beim Anblick des Priesters wurde Madame Slowacki ganz unruhig.

»Bitte, Pater«, bat sie ihn mit kurzem Atem.

»Mein Kind?«

»Das hier ist mein Enkel.«

Sie zeigte auf Jean-David.

»Möge Gott ihn segnen und behüten.«

Sie atmete noch schneller, wie unter einer jähen Gefühlswallung oder wie von plötzlichem Glück überwältigt.

»Ich möchte, daß das Kind getauft wird... Und zwar sofort.«

»Sofort?« wunderte sich Pater Azroumian. »Nach unserem Ritus?«

»Ja, bitte«, beharrte sie.

»Welcher Religion gehören Sie an, Madame?«

»Päpstlich apostolische Katholikin.«

»Ich unterstehe dem Katholikos von Etschmiadzin«, sagte er.

Doch nachdem er ihr versichert hatte, daß er weder Rabbi noch Ayatollah, noch Bonze war, sondern ein armenischer Priester, schien ihr das ganz und gar in Ordnung zu sein.

Der Priester tauschte einen Blick mit William aus. Wenn das Kind geopfert werden muß, wäre es, sagten seine Augen, durchaus angebracht, es so früh wie möglich zu taufen.

»Ich werde ihn nicht nach maronitischem Ritus taufen«, sagte er zu ihm mit einem Ausdruck der Entschuldigung, »doch Gott steht über den kleinen Streitigkeiten unserer Gemeinden.«

William zuckte mit den Schultern. Um ihn herum begann alles zu verschwimmen. Er hörte noch, wie gesprochen wurde, war aber nicht mehr in der Lage, auch nur einem Wort Sinn beizumessen. Er verstand nichts mehr.

»Sind sie einverstanden, wie ich es Ihrer Schwiegermutter vorgeschlagen habe, Herrn Vartan als Paten und Madame Bérabérian als Patin zu nehmen?« fragte ihn der Priester zum wiederholten Male.

Anstelle einer Antwort brummte er irgendetwas Unverständliches, das als Einwilligung verstanden wurde. Eine noch größere Überraschung folgte: Madame Slowacki küßte ihn auf die Wangen.

»So ein schönes Zipfelchen«, flüsterte sie in sein Ohr. »Es wäre eine Sünde gewesen, es zu beschneiden...« Jetzt bemerkte sie den Aktenkoffer. »Das alles, Papiere zum Ausfüllen?«

Er zögerte, dann gab er ein Ja zu verstehen.

»Dieser ganze elende Papierkram«, schimpfte sie und bedauerte ihn von ganzem Herzen.

## 19

Fünf Männer kullerten wie Pakete aus dem Aufzug, in brandneue Uniformen eingewickelt. Sie schienen geteilter Meinung über die Chancen der französischen Mannschaft zu sein, die All Black Stars auf ihrer Europa-Tournee zu schlagen. Lautstark wurden Wetten abgeschlossen.

Da sich kein Mensch auf dem Stockwerk befand, der ihr eine Auskunft hätte geben können, pfiff Lucie Dumaine die Männer mit lauter, ihr Getümmel übertönender Stimme an:

»Hee, Sie! Ich such Sépulchre... Mit einem H.«

Ein junger Wachtmeister löste sich von der Gruppe, die Wangen von der Luft draußen gerötet, und blieb stehen. Vor dem selbstsicheren Auftreten des jungen Mädchens schmolz seine ganze Kühnheit dahin.

»Kommissar Sépulchre?« glaubte er wiederholen zu müssen.

»Na, wen sonst, bestimmt nicht Saint-Sépulcre, das Grabmal... Ham wohl Polio im Kopf, oder was! Das Grabmal Christi schreibt sich ohne H, schaun Sie mal im Lexikon nach...«

Er räusperte sich und streckte seinen Daumen in Richtung einer Tür raus.

»Gehen sie zu Inspektor Benchichian«, stammelte er, »das ist da, sein...«

Sie ging in die angegebene Richtung. Er blieb wie angewurzelt stehen und schaute zu, wie sie an die Tür klopfte und im selben Moment eintrat, ohne die Aufforderung abzuwarten.

Zwei Köpfe drehten sich nach dem Eindringling um. In einem von beiden erkannte sie den Inspektor wieder, der ihren armen Jacques niedergeboxt hatte, noch bevor sie hätten miteinander schlafen können.

»Ist der Kommissar nicht da?« fragte sie, »der, der sich mit H schreibt... Er hat mir gesagt, ich soll herkommen.«

Bench schüttelte den Kopf und erhob sich mit der Absicht, sie wieder hinauszuführen.

»Sépulchre?« intervenierte der zweite Anwesende im Büro, der Untersuchungsrichter Boniface. »In welcher Angelegenheit wollen Sie ihn sprechen?« Er musterte sie auf eine unverschämte Weise, wobei er sich auf seinen Plateausohlen hoch emporreckte.

Sie trug, wie gewöhnlich, Söckchen, einen marineblauen Plisséerock, der bis zu den Knien ging, und eine weitgeöffnete Bluse über kleinen, hochsitzenden Brüsten, die allein von ihrer Muskulatur gehalten wurden. Sie hatte einen großen Mund, einen schamlos offenen Blick und eine überraschende Frisur.

»Es ist wegen der Belohnung«, sagte sie.

Bench wollte einschreiten, doch der Richter schickte ihn mit einer Kinnbewegung auf seinen Platz zurück. Seinen eigenen Stuhl bot er dem Mädchen an. »Welche Belohnung?«

»Die, die mir der Kommissar versprochen hat.«

»Wieviel?«

Langsam wurde es ihr zu bunt.

»Soll ich Ihnen auch noch die Texterklärungen unter die Bilder schreiben? Sie wollen mich wohl auf den Arm nehmen? Wann erwacht er denn wieder zum Leben, Ihr Chef?«

Ohne unhöflich zu werden, hievte der Richter seinen Hintern auf den Schreibtisch und schaute ihr direkt ins Gesicht:

»Wären sie so nett und würden mir ein wenig Aufmerksamkeit schenken, mein kleines Fräulein... Der Chef hier bin nämlich ich.« Er salutierte andeutungsweise. »Julien Boniface, leitender Untersuchungsrichter bei der Antiterror-Koordination.«

Sie schwenkte zu Bench um.

»Stimmt das, was er sagt?«

Der Inspektor bestätigte es mit einem Kopfnicken.

»Hätten Sie auch gleich sagen können«, sagte sie und beschleunigte ihr Redetempo, als ob sie die verlorene Zeit wieder aufholen wollte. »Robert Abdessalam hat mich heute früh angerufen. Wissen Sie, wer das ist?«

Sie hatte eine Zeitung aus ihrem Rucksack geholt und zeigte mit dem Finger auf das Foto von Robert und von sich.

»Ich bin sein kleines Verhältnis gewesen, wie da steht.«

»Herzlichen Glückwunsch, mein Fräulein«, ironisierte der Richter. »Sie pflegen den besten Umgang...«

»Oh, ich, wissen Sie... Ich geil mich nicht auf vor lauter Rassismus.«

Bench schob sich einen Kaugummi in den Mund und widmete sich voll und ganz dem Kauen.

»Das ist nicht das Problem!« stimmte der Richter zu. »Sie sagten, daß er heute morgen angerufen hat?« Er wandte sich dem Inspektor zu. »Wußten Sie das?«

»Nein«, log Bench.

»Er hat mir die Ringe und das Bukett versprochen, deshalb hat er angerufen...«

»Wollen Sie mir weismachen, daß ein von allen Polizisten in ganz Europa gesuchter Terrorist sie heiraten will? Meinen Sie das mit den Ringen und dem Bukett?«

»Oh, reden Sie nicht in diesem Ton mit mir!« erhob Lucie ihre Stimme. »Gehört zur Sorte der Fatalen, dieser Macker, deshalb wundert mich das nicht im geringsten.«

»Zu den Fatalen?« fragte der Richter nach.

»Typen, die ihre Zeit damit verbringen, von ihrem Balkon aus zu beobachten, wie das Wasser der Seine vorbeifließt«, erklärte Bench, der seine Lektion gut gelernt hatte.

Der Richter warf ihm einen finsteren Blick zu.

»Also die Heirat, und was sonst noch?«

»Na, ist doch schon mal nicht schlecht... Außerdem wollte er mir 'n Burger-Restaurant kaufen, für mich allein. Aber, was das betrifft, hab ich ihm klar und deutlich meine Meinung gegeigt. Wenn du an eine dieser Bretterbuden denkst, die nach Pflanzenöl stinken, dann gute Nacht, hab ich ihm gesagt; ich will ein echtes, mit dem Franchise-Brief von Macdonnie und allem Pipapo. Einverstanden, hat er gemeint...«

»Ist nicht möglich...«, brummte der Richter.

»Warum sollte ich Sie verarschen? Was wäre wohl so witzig an Ihnen, daß mich dazu bringen könnte, mich über Sie lustig zu machen?...« Sie schwieg einen Moment, und nahm dann, mit leicht abwesendem Gesichtsausdruck, ihre Rede wieder auf: »Ein Macdonnie, das ist ein Traum, glauben Sie mir, ich würde nie zu einem Typen nein sagen, der mir soviel bietet, daß ich's mir in einem Burger bequem machen kann... Doch dann bekam ich plötzlich Schiß...«

»Warum?«

»Ich sagte mir: meine liebe Lucie, wär doch zu schön, dieser fatale Macdonnie-Typ ruft dich gerade aus einer Zelle irgendwo in der Stadt an, nur um sicher zu gehen, daß du zuhause bist, und sobald er auflegt, macht er sich auf den Weg und kommt dich erwürgen!...« Sie deutete mit einer vagen Geste auf Bench. »Da mir dieser Schwachkopf auch noch mein Schloß aufgesprengt hat, konnte ich mich nicht mal verbarrikadieren... Also hab ich schleunigst zum Telefon gegriffen und Roberts Adresse an den Kommissar durchgegeben. Und mich gleich als Kandidat für die Belohnung angemeldet... Anschließend kam ich hierher, um Schutz zu suchen...«

»Die Adresse? Los, ich höre.«

Lucie schaute ihn mißtrauisch schräg von der Seite an.

»Nun, ich hab sie dem Kommissar gegeben... Außerdem, es gibt keinen Grund, mich zu erinnern. Alles was ich weiß, ist, daß es teuflisch weit weg war, irgendwo am äußersten Stadtrand, wenn nicht noch weiter.«

Der Richter ließ seinen Hintern vom Tisch gleiten und neigte sich zu ihr.

»Wie wollen Sie denn die Belohnung einstreichen, wenn Sie nicht mal in der Lage sind, sich an die Adresse der Bombenleger zu erinnern?«

Wie durch ein Wunder fand Lucie ihr Gedächtnis wieder.

# 20

Gedankenverloren, beglich William die Taxi-Rechnung und verzichtete sogar aufs Wechselgeld, was er sonst nie tat, weil er alle Taxifahrer für Polizeispitzel hielt. Seit er die Entbindungsstation verlassen hatte, drehte und wendete er eine Frage in alle Richtungen: *Wie konnte ich es nur soweit kommen lassen?*

Seine Gedanken brachten ihn zur Verzweiflung. Ja, er wollte reich werden. Aber in Maßen, gerade soviel, um von Zeit zu Zeit eine Partie Karten spielen zu können, ohne mogeln zu müssen, gerade soviel, um ein eigenes Scheckheft zu haben, mit seinem wirklichen Namen darauf, in Computerschrift geschrieben, gerade soviel, um ein prächtiges Baby von drei Kilo nochwas aufzuziehen und es ins siebzigste oder achtzigste Lebensjahr zu bringen, mit Abi und, wer weiß, mit einem Doktorhut als Pharmazeut. Statt dessen spazierte er mit einer Bombe durch die Gegend, die ihn von einer Sekunde auf die andere in die Luft jagen konnte. Und wenn er davon, durch welches Wunder auch immer, verschont bliebe, würde er verhaftet und zu lebenslänglich verknackt werden. Von welcher Seite auch immer er die Sachlage betrachtete, sie war hoffnungslos. Er würde von seinem Vermögen nichts haben, und sein Sohn würde ohne ihn aufwachsen. "Ein polnischer Bortsch-Fresser, das ist die Zukunft meines Sohns!"

Erst einmal im Gefängnis, würde man ihn schnell vergessen. Wer würde schon für ihn auf die Straße gehen und mit löchrigen Spruchbändern seine Freilassung fordern? Die Verteidiger der Menschenrechte? Wo wären die Bombenleger, die die französische Justiz für ihn in die Knie zwingen würden? Die Libanesen? Die Armenier? Die Polen?

Er stieß die Eingangstür zum Häuschen der Slowackis auf und bewegte sich wie ein Blinder vorwärts, mit der Hand voraus. Der Flur lag im Dunkeln. Kein Fenster ließ Licht herein, und man mußte Tag und Nacht die Deckenlampe anmachen. Der gräßliche Welpe schnappte nach seinem Aktenkoffer und hielt William davon ab, den Lichtschalter zu finden.

»Keine Bewegung!« bellte eine unbekannte Stimme.

Ein Schlag zwischen die Schulterblätter. Der gewaltige Hieb eines metallischen Gegenstands auf einen rausstehenden Wirbel warf ihn nach vorn. Ein Möbelstück schlug ihm voll in die Fresse. Er brach zusammen, das Gesicht am Boden. Eine Hand tastete ihn mit professioneller Technik ab und entledigte ihn des Aktenkoffers.

Er öffnete den Mund, um wegen der Bombe loszuschreien, doch eine kräftige, unwiderstehliche Faust packte ihn am Kragen, hob ihn hoch und schleifte ihn, wie man einen Leichnam schleppt, in die Mitte des Zimmers.

Er stieß gegen ein Stuhlbein und klammerte sich daran fest. In diesem Moment entdeckte er Robert. Ein Paar Handschellen fesselten ihn an den Pilaster des Büfetts.

»Und?« fragte Robert.

»Ist geschafft. Drei Kilo dreihundertfünfzig Gramm gewogen und abgeliefert...«

»Ein Junge?«

»Die Haare schwarz, und ein Paar Eier hat er, das mußt du gesehen haben, um es zu glauben.«

Eine Klaue aus Stahl schnitt in sein Handgelenk ein, ein Handschlag brachte ihn aufs Brutalste wieder hoch und band ihn an den zweiten Pilaster fest.

Der Schmerz raste durch Unterarm, Oberarm und Schulter, doch er schrie vor allem aus Wut und Enttäuschung. Der Mann drehte sich um und schlug ihn zweimal hintereinander. William sackte in sich zusammen, ein Arm hing in den Handschellen wie der eines angeschlagenen Boxers, den der Ringrichter in die Luft hält.

»Na, Rattengesicht, du bist also der andere Abdessalam-Bruder?« lachte Franco Calvi höhnisch auf.

Er beugte sich zu William hinunter, ergriff dessen Kiefer und wischte ihm mit dem Handrücken wie mit einer Peitsche übers Gesicht.

»Das reicht«, schrie Robert auf.

Mit seiner freien Hand hatte er den erhobenen Arm gestoppt.

»Brüderliche Gefühle sind doch einfach was Schönes«, kommentierte Franco Calvi ironisch.

»Ich heiß Benaroch, nicht Abdessalam«, stammelte William.

»Bellaroche«, verbesserte Robert.

Das Zimmer drehte sich langsam, wie die Gedanken Williams, und rief einen Brechreiz in ihm hervor. Er sah, wie sein Mißhandler den Lederkoffer auf dem Tisch abstellte. Er schloß die Augen. Ein dumpfer Ton. Und dann, nichts. Er öffnete wieder die Augen. Der Mann ließ die Schlösser aufschnappen und sperrte den Koffer weit auf.

Das Gesicht des Gorillas hellte sich auf, ein breites Lächeln klaffte wie ein Schlitz in seinem Gesicht auf. Seine Hand tauchte in den Koffer ein und kam mit einem Geldbündel wieder heraus, mit dem er vor Roberts Gesicht rumwedelte.

»Kein Wunder, daß ich den Zaster nicht gefunden hab... Dein Bruder hatte ihn bei sich.«

Robert neigte sich so weit zu William wie es ihm seine Fesselung erlaubte. Es gelang ihm, ihn mit seiner freien Hand zu berühren.

William konnte sich zwar bewegen, sprechen, hören, aber die verschiedenen Funktionen nicht miteinander verbinden. Trotzdem stellten sich genau in dem Moment, als die Hand Roberts seinen Arm drückte, alle Verbindungen wieder her, und der Kontakt zur Außenwelt kehrte zurück.

»Ist nicht dasselbe«, flüsterte er.

Ein Finger auf seinem Mund hielt Robert dazu an, keine Fragen zu stellen.

Franco Calvi nahm ein weiteres Bündel, ließ mit seinem Daumen die Scheine an seinem Ohr rascheln, zweifellos um sich ihrer Echtheit zu versichern.

»Geld stinkt nicht; stinken tut nur das Geschwätz der Reichen, um es den Armen zu verleiden«, meinte er, zog einen Geldschein aus dem Bündel und inhalierte seinen Geruch von beiden Seiten. »Nur Hurensöhne wie du stinken.«

Er faltete den Geldschein zusammen und steckte ihn William brutal ins Hemd.

»Ich bin nicht Abdessalam.«

»Sei nicht so starrköpfig«, wurde Calvi ungeduldig, und seine Stimme lud sich erneut bedrohlich auf.

»Da dich mein Hundeleben begeistert, Kleiner, werde ich dir noch ein Stück daraus erzählen. Meine Mutter hieß Maria, wie alle Mütter, die was auf sich halten.« Plötzlich drehte er sich zu William um. »Sie hat uns im Stich gelassen, meinen Vater und mich, wegen einem Araber, der dieselbe Fresse hatte wie du.« Er packte William wieder am Kinn und ohrfeigte ihn, aber diesmal kraftlos und ohne Bösartigkeit, nur eine Geste der Resignation. »Derselbe Typ, vom gleichen Schlag, dieselben harmlosen Augen... Ham sich beide nach Algerien verdrückt, mit der ganzen Kohle von meinem Alten.« Ohne daß er ausatmete, quoll Zigarettenrauch aus seinem Mund und blieb einen Moment in seinem Bart hängen. Er verscheuchte den Qualm und lachte laut auf. »Seitdem hasse ich Araber, liebe aber den Kies trotzdem. Wie erklärst du dir das, wo du doch so schlau bist?«

Er packte William am Hemdkragen und schüttelte ihn.

»Bin nicht schlau«, grummelte William.

Calvi nickte wie nach einem gelungenen Scherz unter Freunden, ließ ihn los und holte weit aus, um ihm volles Rohr eine neue Ohrfeige zu verpassen, die ihn wieder zu Boden warf. Mit schmerzender Dickköpfigkeit versuchte William, sich wieder aufzurichten. Calvi legte seine ganze Kraft in seine Hand und schickte ihn erneut zu Boden.

»Und die Kohle? Ist wohl vom Himmel gefallen, was? Woher stammt das Geld, wenn nicht aus dem Überfall auf die Crédit Lyonnais?...«

»Übergeben Sie mich den Bullen!«

Seine Stirn ruhte auf seinen angewinkelten Knien, um sich zu schützen.

»Nicht, bevor ich weiß, wer du bist«, sagte Calvi. »Ich muß nämlich den halben Job für sie erledigen, verstehst du?«

Fast eine Minute verbrachten sie regungslos, William auf dem Boden zusammengekauert, schon auf den nächsten Schlag wartend, der andere mit erhobener Hand.

»Hören Sie auf«, sagte Robert.

William hob den Kopf.

»Ich bin Maurice Abdessalam«, sagte er. »Wenn Sie wollen gebe ich Ihnen das schriftlich und wiederhole es vor den Bullen...«

»Sieh an, jetzt wirst du ja vernünftig.« Er kehrte ihm den Rücken zu, entfernte sich in Richtung Aktenkoffer und redete immer weiter. »Schau, ich mach mir keine Sorgen um dich, weißt du... Eines Tages wird man dich gegen eine der Geiseln von uns austauschen, und jeder wird dabei auf seine Kosten kommen, also spiel nicht das Unschuldslamm. Ich kenn die

Musik, auch wenn ich selbst nur ein Instrument bin...«

Der Aktenkoffer gab ein lautes Klicken von sich, als er die Schlösser zuschnappen ließ.

»Jetzt sind wir doch richtige Kumpels, eine Dreierbande«, sagte er, während er sich Robert näherte, »und du bist Robert, stimmt's?«

»Stimmt, aber abgesehen von Robert, gibt's tausend Beweise, daß ich polnisch bin. Sie brauchen sich bloß umschauen, ist alles polnisch hier.«

»Euch Araberpack geht wirklich nicht so leicht die Puste aus«, meinte Calvi mit amüsierter Nachsichtigkeit.

Ein Polizeiauto kam die Straße entlanggefahren.

Calvi drückte sich flach an die Wand und legte den Verschluß seiner Waffe um. Das Auge klebte am Fenster.

Das Auto fuhr an Madame Slowackis Haus vorbei, wurde langsamer und hielt gut fünfzig Meter weiter an. Sépulchre hörte einen Hund bellen, ein trauriges Belfern. Vor ihm erhob sich das Haus, häßlich, in Massivbauweise, ein graues Dreieck auf einen grauen Steinkubus gesetzt.

»Warten Sie hier auf mich«, sagte er zu den drei Männern, die ihn begleiteten. Er sah auf seine Uhr, dann auf die des Armaturenbretts und ärgerte sich über die Differenz von fast einer Minute. Er stellte seine nach. »Greifen Sie nur ein, wenn Sie Schüsse hören oder wenn ich in zwanzig Minuten noch kein Lebenszeichen von mir gegeben hab.«

Er lief offen auf das Haus zu, ohne jede Vorsicht walten zu lassen. Der Dicke wäre schon ein toter Mann, wenn ihn die Brüder Abdessalam geschnappt hätten. Trotzdem ging er ruhigen Schrittes weiter, kürzte den Weg ab über die Rasenfläche und stieg auf die Außentreppe.

Die Tür war nicht geschlossen, er ließ sie weit offen, um den Gang zu erhellen. Am Ende konnte er ein Wohnzimmer erkennen. Er ging ohne Eile darauf zu, als würde er aus Gewohnheit langsam gehen, und holte seine Waffe mit einer ebenso langsamen Bewegung heraus.

Ein Bellen ließ ihn einen Satz machen. Gleich darauf mußte er über sich lachen. Ein junger Hund vor ihm erstickte fast an seinem angsterfüllten Gezeter.

»Dicker!« rief er.

Ein mächtiger Schatten tauchte im Gegenlicht auf.

»Komm rein. Wir haben nur auf dich gewartet.«

Sépulchre steckte seine Waffe in das Schulterhalfter zurück und legte die paar Meter, die ihn vom Wohnzimmer trennten, zurück. Das Tageslicht zwang ihn, mit den Augen zu blinzeln.

»Ich hatte schon Angst, du wärst abgehauen.«

»Du hast recht«, bemerkte Calvi ironisch, »ich hätte für vierzehn Tage auf die Seychellen verduften oder ein Spritztour nach Kalifornien machen sollen, oder meinetwegen auch ein langes Wochenende in Venedig mit einem leichten Mädchen, doch, statt dessen hab ich mir hier den Arsch aufgerissen, und das war Arbeit genug, um hier zu bleiben und auf dich zu warten.«

Sépulchre konnte einen kräftigen, für seinen Geschmack zu herzlichen Händedruck nicht vermeiden. Danach sah er sich die beiden jungen Männer an, die an ein scheußliches Büfett gekettet waren. Trotz des abrasierten Schnurrbarts, war der ältere derjenige, den die Graphikerin während des Banküberfalls skizziert hatte. Für den zweiten brauchte er nur die Zeitung rausholen, die in seiner Jackentasche steckte, und ihn mit dem Bild auf der ersten Seite vergleichen. Kein Zweifel möglich, das war der Dreckskerl mit der Mähne von mindestens zehn Zentimetern Länge.

»Saubere Arbeit, Dicker«, gab er zu. Seine Augen suchten das Zimmer nach einem Telefon ab.

»Sind Sie von der Polizei?«

William hatte es geschrien, doch sein Blick war leer, indifferent und widersprach der Heftigkeit, mit der er diese Worte ausgespuckt hatte.

»Kommissar Sépulchre, mit H«, lachte Calvi auf.

»Kriminalpolizei«, bestätigte der Kommissar.

Mit Hilfe seiner Schenkel stemmte sich William hoch.

»Ich will, daß Sie mich verhaften«, sagte er, während er mit zwei Fingern seine Lippen befühlte.

Robert packte ihn an der Schulter und schaute ihn bestürzt an.

William konnte nur lächeln. Seine Zunge nahm den Geschmack des Bluts zwischen seinen Zähnen auf.

»Ich bin Maurice Abdessalam«, sagte er und bot den Blicken des massigen Typs die Stirn, den der andere Dicker nannte.

Jetzt, wo die Bombe nicht mehr in seiner Hand war, glaubte William sich Vorteile verschaffen zu können, indem er falsche Geständnisse machte. Die Medien würden schon bald seine

Verhaftung in die Welt hinausschreien, und Doktor Tagvourian und seine Bande wären zur Ohnmacht verdammt. William könnte sie jederzeit verraten, wenn sie Jean-David auch nur ein Haar krümmten. Nach einigen Tagen würde die Justiz ihren Fehlgriff bemerken und denken, daß sie es mit einem Verrückten zu tun hat.

»Bist du verrückt geworden?« beunruhigte sich Robert.

William wischte sich mit dem Revers seines Ärmels den Mund ab.

»Ich will, daß man mich verhaftet«, wiederholte er. Man würde ihn in eine psychiatrische Klinik einliefern, und nachdem ihm eine Expertenkommission Verfolgungswahn attestiert hätte, würde er auf freien Fuß gesetzt werden. Er würde sich das Geld wieder aus der alten Waschmaschine von Madame Slowacki holen und mit Jean-David und Sonja ans andere Ende der Welt fahren.

»Du bist *bereits* verhaftet«, sagte Sépulchre. Er wählte die Nummer von Bench und hielt den Apparat, ohne das Klingeln abzuwarten, Calvi hin.

Das Telefon ertönte im Innern des Ford. Bench dachte: "Das ist er!", und neigte sich zum Apparat vor.

Richter Boniface stoppte seine Bewegung und nahm den Hörer selbst ab.

»Inspektor Benchichian?«

Die Stimme klang seltsam nahe.

Die Gesprächspartner waren keine fünfzig Meter auseinander, aber der Ford war vom Haus aus gesehen durch eine Mauerecke verdeckt, und ebenso die zwei Mannschaftswagen, die ihn begleiteten. Sichtbar war nur der Wagen, mit dem Sépulchre eingetroffen war, doch seine Insassen hatten ihn verlassen, um die Reihen einer Gruppe uniformierter Männer zu schließen, gut zwanzig insgesamt, die sich an das Haus heranrobbten und es einkreisten.

»Am Apparat«, antwortete der Richter mit einem Augenzwinkern zu Bench.

Er drehte die Funksprechanlage lauter. Die Stimme von Franco Calvi hallte im Wageninnern wider.

»Nehmen Sie das auf, was ich sage?«

»Das wollen Sie doch, oder?«

»Hören sie, Benchichian, ich will, daß alles klar ist zwischen uns... Sie packen hundert Riesen zu einem Bündel zusammen und ich tausche es gegen die beiden Beduinen ein, die Sie interessieren.«

»Fangen Sie sie erstmal, danach kann man sich einigen.«

»Hey, hältst du mich für einen Anfänger?«

Das Duzen hatte gar nichts Freundliches.

»Ihr Name?«

»Als ob du mich nicht kennen würdest!« Ein Lachanfall, fast ein Brüllen. »Franco Calvi.«

»Wer sind die Beduinen, um die es geht?«

»Hör auf mit dem Quatsch, einverstanden?«

»Ist nur für die Aufnahme. Ich muß leider darauf bestehen.«

»Die Abdessalam-Brüder... Aufgepaßt, ich bestehe meinerseits darauf... Das sind keine Informationen, die ich Ihnen zuspitzel. Der Dicke macht nicht in Denunziation, er steht in vorderster Front, dort wo die Gefahr am größten ist... Meine Beduinen gibts wie zwei Kamele zusammengebunden, geschnürt und verpackt.«

Bench kreuzte den Blick des Richters, wich ihm aber gleich wieder aus und versenkte ihn in eine Zigarette, an der ihm die Lust vergangen war.

»Die Adresse?« fragte der Richter.

Mit einem Blick durch die Windschutzscheibe, konnte er feststellen, daß die Männer mit der Umzingelung des Hauses fertig waren.

Franco Calvi buchstabierte die Adresse und ließ den Hörer mit zufriedener Miene auf die Gabel fallen.

Sépulchre hob den Kopf und warf ein Streichholz weg, sein Gesicht von Rauch umhüllt.

»Du warst perfekt«, sagte er

»Ich hab schon immer davon geträumt, Schauspieler zu sein. Sag mir, was hat Depardieu, was ich nicht hab?...«

»Eine andere Art von Schönheit, rein formal betrachtet, drei bis vierhundert Tausender pro Auftritt und die schönsten Frauen statt der Mülltonnen, mit denen du ins Bett steigst...«

»Ich meinte an Begabung, du Arsch!«

Sépulchre schob seinen Ärmel über das Handgelenk und nahm die Uhrzeit zur Kenntnis. Er mußte wieder zu seinen Männern zurück und die Gegend vor Benchs Ankunft verlassen.

»Hast eine hübsche Uhr«, ließ der Dicke sich vernehmen, »neu?«

Sépulchre zuckte mit den Schultern, wie um eine unpassende Frage abzuschütteln. Er streckte den Arm aus, mit geballter Faust, den Blick auf das Ziffernblatt gerichtet.

»Kannst dich nicht mehr erinnern? Ich hatte sie schon zu der Zeit, als...«

Ein metallisches Armband klickte an seinem Handgelenk. Er hatte noch nicht die Zeit, sich wieder zu fassen, als Calvi ihn mit einem Stoß umdrehte und auch seinen anderen Arm einschloß.

»Was ist denn in dich gefahren, in Gottes Namen?«

Sein ehemaliger Stellvertreter tastete ihn ab, nahm ihm seine Pistole ab, wischte sie am Vorhang ab und warf sie durchs Fenster in den Garten. Der Hund, der an ein Spiel glaubte, jagte ihr hinterher, kam mit ihr zurück und rutschte dabei übers Parkett.

»Und jetzt«, sagte Franco Calvi, während er sich mit dem Vorhang den Hals abtrocknete, »würde ich gern deine Version über den Hinterhalt in Auxerre hören...«

Innerhalb kürzester Zeit war es um etliche Grade wärmer geworden. Der Dicke saß mit aufgekrempelten Ärmeln da, mit dem Hemd der vergangenen Nacht, und der Kragen unter dem acht Tage alten Bart starrte vor Schmutz. Die Beine erschienen ganz dürr in einer Hose, die ihre Form verloren hatte und über der eine enorme und provozierende Wampe hin- und her wakkelte.

»Setz mir meine Brille wieder richtig auf«, sagte Sépulchre nur und streckte die Nase vor. Ein Flügel war übers Ohr gerutscht und hing auf jämmerliche Weise die Wange herunter.

Der Dicke plazierte eine Hinternhälfte auf die Sessellehne, nahm ihm vorsichtig die Brille ab, hauchte die Gläser an, wischte den Beschlag mit seinem Hemdzipfel ab und setzte sie dem Kommissar mit seinen dicken Fingern wieder auf die Nase.

»Zufrieden?« fragte er und lehnte sich zurück, um zu sehen, ob die Brille richtig saß.

»Wenn du nicht da wärst, du würdest mir glatt fehlen...«

»Zurück zu Auxerre...«

»Es war ein Irrtum... Was soll es sonst gewesen sein?«

»Nichts stimmt mich trauriger, als ein Freund, der mich enttäuscht...«

Er ließ einen kalten und grausamen Schimmer in seinen

Augen aufblitzen, der etwas Verrücktes an sich hatte und eine Antwort verlangte.

»Die Gendarmerie hatte den schwarzen BMW ausfindig gemacht«, sagte Sépulchre hustend. »Ganz nach Vorschrift, wie du sie kennst, haben sie der Koordinierungs-Gruppe Bericht erstattet. Daraufhin ließ ich dir den Tip zukommen und genügend Vorsprung, so daß du Zeit hattest, den Schweinekram zu erledigen und die Belohnung einzustreichen. Das ist alles... Ich konnte nicht wissen, daß es nicht die richtigen Typen waren.«

»Und wenn du es nicht weißt, dann erfindest du...«

»Du hast schon immer gern gequatscht, Dicker«, meinte Sépulchre, »und ich könnte dir stundenlang zuhören, du faszinierst mich... Aber in wenigen Sekunden kommen meine Jungs angetanzt. Und dann, Adieu, Kühe, Kälber und Hafer, wenn du weißt, von welchem Getreide die Rede ist... Also hör auf zu quatschen und nimm mir die Dinger wieder ab.«

Er drehte sich um und bot seine Handgelenke an.

Franco Calvi ignorierte ihn und schnappte sich den schwarzen Aktenkoffer. Er schwang ihn vor sich her, klopfte mit der flachen Hand auf ihn.

William schloß die Augen und schrie:

»Hören sie auf!«

Die drei Männer drehten sich zu ihm um, erstaunt über die Heftigkeit seiner Intervention.

»Das Geld, es fordert Respekt«, stammelte William.

Der Schweiß stand ihm auf der Stirn, und er wischte ihn sich mit den Ärmelaufschlägen ab. Seine Hände zitterten. Franco Calvi gab einen Pfeifton der Bewunderung von sich.

»Selbst Dreckskerle haben Prinzipien. Man lernt nie aus!« sagte er in bester Laune.

»Du schaffst keine zehn Meter«, warnte ihn Sépulchre.

»Sag deinem neuen Mann, Inspektor Ben-chi-chi-an (er dehnte jede Silbe voller Verachtung), daß ich in den nächsten Tagen vorbeikommen werde, um mir die Belohnung abzuholen... Im Moment hab ich alles, was ich brauche.«

Mit einer bei einem Mann seiner Korpulenz nur schwer vorstellbaren Geschmeidigkeit sprang er durch das Fenster und fand sich auf dem Hof wieder. Er blickte sich um. Niemand, außer diesem Scheiß-Köter, der mit der Pistole von Sépulchre, die er wie einen Knochen quer im Maul hielt, angelaufen kam. Schwanzwedelnd legte er sie vor seine Füße und bellte kräftig, um die Wiederholung des Spiels bettelnd. Calvi kickte die Waffe weg, und Play-Boy schoß wie ein Pfeil hinterher.

In diesem Moment sah er die Maschinenpistolen, die auf ihn gerichtet waren.

# 21

»Mein Gott, Sépulchre, das soll ich Ihnen abnehmen?«

Ohne die Fassung zu verlieren, bekräftigte Sépulchre mit einer Kopfbewegung seine Aussage. Er sei gleich, nachdem er von ihrem Versteck erfahren hätte, hierher gekommen, um sie zu überzeugen, das Land zu verlassen. Franco Calvi habe sie dann plötzlich überrumpelt. Von dieser Version wich er keinen Deut ab.

»Das werden wir später noch regeln«, räumte der Untersuchungsrichter ein, während er sich den vier Männern zuwandte, die William und Robert mit nervösen Maschinenpistolen ins Freie stießen.

Sépulchre rollte seine Kippe von einem Mundwinkel in den anderen. Die Strapazen standen ihm ins Gesicht geschrieben und hatten zwei runde Klammern um seinen Mund gezogen. Unter dem Schildpattrahmen seiner Brille hatten sie sich von den Nasenflügeln bis zum Kinn hinunter gegraben.

Der Richter fixierte ihn mit einem leeren Blick.

»Ich werde Ihnen sagen, wie sich die Dinge abgespielt haben«, sagte er. »Dieses junge Mädchen ruft sie also an, um die Belohnung zu kassieren. Sie beeilen sich, ihren Ex-Assistenten zu verständigen, wie Sie es auch bei Auxerre gemacht haben, und er nimmt dann die Verhaftung vor, um die Belohnung einzustreichen... eine Prämie, die Sie sich offenbar zu teilen gedachten...«

Sépulchre musterte ihn, ohne jedes Lächeln. Eine Rauchschwade schlängelte sich vor seinem Gesicht. Er konnte sich nur zu gut das Milieu vorstellen, in dem der Richter groß geworden war – oder zumindest versucht hatte, groß zu werden –, ein Milieu, das ihn von Geburt an ohne Einschränkungen mit allem versorgt hatte, Bildung, Geld, neue Autos, teure Privatschulen; daher diese überlegene Miene, dieser Dünkel seines fortwährend geschwollenen Kamms auf seinen ein Meter und sechzig.

»Warum hätte er mir unter diesen Umständen meine Waffe abnehmen und Handschellen anlegen sollen?«

Er steckte die Waffe wieder unter seine Weste, die ihm ein Inspektor gebracht hatte, und jagte den jungen Hund, der an eine Fortsetzung des Spiels glaubte, mit einem Fußtritt weg.

»Sie können sich darauf verlassen, daß ich ihn das fragen werde«, sagte der Richter. »Einstweilen habe ich meine Anordnungen abgeändert. Sie werden sie zum Landeplatz bei Villacoublay fahren. Dort wartet ein Militärflugzeug auf sie. Nehmen sie einen Mann Ihres Vertrauens mit.«

Die Straße wimmelte vor Neugierigen, die von bewaffneten Polizisten auf Distanz gehalten wurden. Die übrigen versammelten sich bereits wieder um ihre Einsatzleiter.

Sépulchre tat so, als sähe er den Dicken nicht, der ganz brav in einem blauen Mannschaftswagen saß. Er schien sich aufgrund der Straßenkrümmung leicht zur Seite zu neigen, doch ihm gefiel die Vorstellung, daß das Gewicht des Dicken daran nicht ganz unschuldig war.

Robert und William saßen in Benchs Volvo und schwiegen. Sie vermieden es, sich anzusehen und schienen sich nicht zu kennen. Ihre Arme lagen übereinander, weil die Handschellen sie über Kreuz fesselten.

Boniface trug einen alten Arztkoffer, wie man sie noch bei bestimmten Antiquitätenhändlern finden kann. Sépulchre erkannte ihn sofort wieder, es war jener, der die Wegzehrung enthielt.

»Den haben Sie in Ihrem Büro vergessen«, bemerkte der Richter hinterhältig und gab ihm den Arztkoffer in die Hand.

Als Bench Gas gab, kurbelte Sépulchre das Fenster runter und drückte auf den Zigarettenanzünder. Er bot den beiden Männer eine brennende Zigarette an.

Ein Luftzug aus dem nicht ganz geschlossenen Fenster streichelte Williams Gesicht. Zehn Minuten lang blieb er schweigsam, nur darauf bedacht, die Zigarette gleichzeitig mit Robert an die Lippen zu führen. Jedesmal näherten sich dabei ihre Münder den aneinandergeketteten Händen, und ihre Blicke trafen sich durch den Rauch hindurch, ohne daß ein Wort gewechselt wurde.

Als der Wagen die Autobahn, die nach Paris führte, verließ, überkamen William langsam Zweifel über ihren Bestimmungsort.

»Wo geht's denn hin?«

»Heimwärts geht's«, brummte Sépulchre.

»Was hat er gesagt?« fragte Robert.

»Er sagte, daß wir zu uns heimfahren.«

»Wo ist das, bei uns, wenn's schon zu uns heimgeht?«

»Heiliger Strohsack«, sagte der Kommissar, »ab nach Beirut geht's.«

Innerhalb von zwei Sekunden perlte William der Schweiß zwischen den Schulterblättern den Rücken hinunter. Er wischte sich die Stirn mit dem Handrücken ab.

»Aber ich habe eine Aussage bei der Polizei zu machen!« sagte er.

Bench tauschte einen raschen Blick mit seinem Chef aus, der besagte: Bestehen sie nicht darauf, Chef, es gibt keine größeren Idioten als diese beiden Typen, verschwenden Sie keine Spucke, um es ihnen zu erklären.

»Sind alle Libanesen so nervig?«

»Ich kenn sie nicht alle«, erwiderte Sépulchre.

Um der Diskussion ein Ende zu machen, stellte Bench das Radio lauter.

Die Kurznachrichten, unterbrochen von Trommelwirbeln, waren ganz einer Pressekonferenz gewidmet, die in diesem Moment die Abdessalam-Brüder im hintersten Winkel ihres libanesischen Dorfs gaben. In erster Linie beteuerten sie, nicht das geringste mit den Anschlägen in Paris zu tun zu haben, und drohten mit Verleumdungsklagen. Der ältere, Maurice Abdessalam, bezeugte, sein Dorf seit mehr als einem Jahr nicht mehr verlassen und sich nur seinen Geschäften gewidmet zu haben. Ebenso seine Brüder Joseph und Robert, beide ebenfalls anwesend. Der Priester ihres Dorfs, ein maronitischer Libanese, konnte ihre Aussagen in gebrochenem Französisch vor den Mikros und Kameras bestätigen.

»Heiliger Strohsack!« entfuhr es Bench.

»Halt auf der Stelle an«, befahl Sépulchre.

Die Straße bot an dieser Stelle nicht die geringste Möglichkeit anzuhalten. Mangels einer besseren Gelegenheit bog der Wagen schließlich in eine auf Selbstbedienung umgestellte Tankstelle ein, mit einer Reparaturwerkstatt daneben.

Sépulchre sprang mit einem Satz aus dem Volvo, riß seine beiden Gefangenen heraus und stieß sie hart vor sich her, weit weg vom Wagen.

»Wer, verdammt nochmal, seid ihr?« explodierte er.

»Wir haben es Ihnen immer wieder zu sagen versucht!« protestierte William. »Ich heiße Benaroch und...«

»Aber was macht ihr denn hier, Himmel Arsch und Zwirn?«

Sépulchre nahm den Zapfhahn von der Dieselsäule und richtete ihn auf die beiden Männer.

William streckte seine beiden an Robert gefesselten Hände vor.

»Ich habe nichts weiter verlangt als zu sprechen, Sie hätten mir bloß zuhören brauchen!«

»Besser, ich erzähl's Ihnen«, fiel Robert ihm ins Wort, während er sich dem Kommissar näherte. Die Handschellen klakkerten. »Angefangen hat das alles mit dem Barmann. Er erzählte Horrorgeschichten über Lucie, sie hat nämlich die Burger in seinem Laden gemacht, und er war eifersüchtig, anders ist das nicht zu erklären. Deshalb betete ich zu Gott, ihn krepieren zu lassen, aber das war nicht ernst gemeint, nur so, um was zu sagen und nicht auf der Stelle zu platzen. Und was hat Er, der Herrgott gemacht? Er hat mich erhört und hat die ganze Spelunke in die Luft fliegen lassen. Herr, das ist zuviel der Güte, hab ich ihm gesagt.«

Sépulchre stürzte sich auf Robert. Er drückte ihn gegen eine Benzinsäule und stieß ihm den Zapfhahn in den Mund.

»Erzähl noch mal so einen Blödsinn und ich stell auf voll.«

In seinem Wutausbruch ballte sich seine Hand zur Faust, und die Flüssigkeit spritzte heraus.

Der Tankwart im Kassenhäuschen erhob sich völlig entgeistert in seinem Glaskasten. Bench zog seine Waffe und richtete sie mit beiden Händen auf ihn, um ihn vom Eingreifen abzuhalten.

William senkte den Kopf und schnellte vor. Er stieß dem Kommissar voll gegen die Brust und zwang ihn, zurückzutreten. Hinter ihm wurde Robert, mit verschmiertem Hals, Schaum am Kinn und vor lauter Ekel kotzend, an seinen Handschellen mitgezogen.

Erschöpft ließ sich William gegen Sépulchre fallen. Während der über den Asphalt tanzende Benzinhahn eine schwarze Flüssigkeit ausspie, sprach er über die Explosion auf den

Champs-Elysées, ohne soweit zu gehen, zu gestehen, daß sie Passanten ausgeraubt hatten; aber er erzählte, wie ihm in der allgemeinen Panik die Idee gekommen war, die benachbarte Bank zu plündern, mit nichts außer einer Sporttasche als Waffe, die nur einen Jogging-Anzug, ein Paar gebrauchte Tennis-Schuhe und einen unvollständigen Vergaser, der Größe nach für ein Mofa, enthielt.

An seiner Seite versuchte Robert, zusammengerollt wie eine Schnecke, zu kotzen, mit weit aufgerissenem Mund, als wollte er sich selbst verschlingen.

William erzählte von der Geburt seines Sohns, einem schönen Baby von drei Kilo und ein paar Zerquetschten, das mit vollem Haar von unglaublicher Schwärze und einem prächtigen Paar Eier für jede Titelseite gut wäre. Er sprach auch vom seltsamen Handel mit den Armeniern, und zum Beweis für das, was er vorbrachte, kramte er einen Taschenrechner hervor und legte ihn in die Hände von Sépulchre.

»Geben Sie das Datum des Genozids an den Armeniern in Ziffern ein, und in einem Umkreis von dreihundert Metern geht die Bombe hoch.«

»Was ist das für ein Datum?«

William zuckte mit den Schultern. Er konnte sich nicht mehr daran erinnern, zu sehr verwirrt von all den Ereignissen.

»Und die Bombe?« fragte Sépulchre und schaute ganz beunruhigt um sich. Die Beine gespreizt, spülte er seine Hände unter dem starken Schwall eines Wasserhahns.

»Die hat ihr Kumpel«, gab William an. »Der schwarze Lederkoffer... Nur, er weiß nicht, daß sie da drin ist. Sagen Sie, werden Sie meinen Jungen retten?«

Ohne zu antworten, ging Sépulchre auf den Volvo zu.

»Fahren wir aufs Kommissariat«, sagte er zu Bench.

## 22

Die vier Männer überquerten den Innenhof der Polizeipräfektur, Sépulchre an der Spitze.

Er beachtete den Aufzug nicht weiter und nahm in alter Gewohnheit und trotz der drei Stockwerke und der steilen Stufen die Treppe. William mit seiner aufgeplatzten Lippe und seiner dick angeschwollenen Backe bewegte sich wie ein Besoffener nach einer Schlägerei in der Kneipe. Was den trockenen Hals und die Katerstimmung betraf, stand ihm Robert in nichts nach.

Sépulchre vertraute die beiden dem wachhabenden Polizisten aus dem Büro von Bench an. Dann betrat er sein Büro, das zu dieser Morgenstunde ganz in Sonne getaucht war. Das Öffnen der Tür löste eine Sarabande aus Licht aus, als hätte sich eine Mücke auf die Lichtquelle gesetzt. Er stellte das Arztköfferchen in den Aktenschrank und tippte zwei Zahlen auf der Tastatur des Telefons.

»Richter Boniface hier«, gab die Stimme im Hörer von sich.

»Ich möchte Sie sprechen.«

Er machte sich nicht die Mühe zu sagen, wer er war. Man konnte ihn an seiner Stimme erkennen. Eine alte Nadel auf 78 Umdrehungen pro Minute.

»Haben Sie sie an Bord gebracht?«

»Ist gemacht«, log Sépulchre.

»Kommen sie rauf. Ich erwarte Sie.«

Er legte auf und verharrte einige Momente regungslos, dann zündete er sich eine Zigarette an und fuhr sich mit der Hand übers Gesicht. Seine Finger befühlten die Müdigkeit, das Ausgepumptsein.

Das Schwitzen seiner Hände färbte das Zigarettenpapier braun. Er drückte sie aus und nahm wieder den Weg über die Treppe. Zwei Stockwerke höher. Er lief sie hoch wie ein alter Mann, der Herz und Kreislauf schonen muß. Die Tür des

Richters war, wie alle auf diesem Stock, gepolstert. Er klopfte nur leicht und ging sofort hinein, da er sich erwartet wußte. Lässig auf einem Stuhl hockend, drehte sich der Dicke zu ihm um, seine Wampe quoll aus der offenen Jacke hervor.

»Wie man sich so wiedertrifft«, sagte er.

Unter der jovialen Maske bemerkte Sépulchre einen Schatten jener Grausamkeit, die er nur zu gut kannte.

»So haben Sie also alles eingefädelt«, griff der Richter an und setzte sich in Bewegung, die Hände hinter dem Rücken verschränkt. »Streiten Sie es bloß nicht ab, vor allem« – und dabei zeigte er auf den Dicken, der voll und ganz damit beschäftigt war, einen Hemdzipfel in seine Hose zu stecken –, »weil er mir alles gesagt hat, alles!«

Mit regem aber finsterem Blick betrachtete Sépulchre sie abwechselnd, den einen, der von der Wand zum Schreibtisch, vom Schreibtisch zum Fenster, vom Fenster zur Wand ging, den anderen, riesig und schmutzstarrend, der sich mit Unschuldsmiene und trügerischer Friedfertigkeit mit einem Papierblock kühle Luft zufächelte. Unter seinem Stuhl entdeckte er, kaum erkennbar zwischen den breiten Schenkeln, den schwarzen Lederkoffer.

»Sie waren im Begriff, die Nation in ein Blutbad zu tauchen!« Er sah Boniface gar nicht, ließ nur den Dicken nicht mehr aus den Augen. Am Wechsel des Tonfalls erriet er die Bewegungen des Richters hinter seinem Rücken. »Sie dachten wohl, Sie könnten sich das Geld des Steuerzahlers aneignen?« Plötzlich sah er ihn unter sich, das Kinn hochgestreckt, der Finger zeigte auf seine Brille. »Ich werde einen herrlichen Bericht über Sie anfertigen, Herr Kommissar, glauben Sie mir... Betrachten Sie sich von nun an aller Aufgaben enthoben, und warten Sie aufs Schlimmste.«

Sépulchre hustete in seine geschlossene Faust und näherte sich dem Dicken. Er war ganz ruhig.

»Du hast dich geirrt.«

Der Dicke betrachtete ihn mit ausdrucksloser Miene, als ginge ihn die Unterhaltung nichts an.

»Gehen Sie raus!« sagte der Richter.

Als hätte er es nicht gehört, beugte er sich zu Franco Calvi hinunter.

»Wenn du wissen willst, wieviel Haare dir am Arsch wachsen, bevor dir eine Kleinigkeit zustößt, dann fang schon mal an zu zählen.«

»Hast du nicht gehört? Du sollst verschwinden!« war alles, was der Dicke dazu bemerkte. »Mach es, bevor ich dich auch darum bitte...«

Sépulchre machte auf dem Absatz kehrt und nahm die Tür. Die Auseinandersetzung hatte ihn auf eigenartige Weise erleichtert, von seinen Ängsten befreit. Jetzt hatte er keine Angst mehr, seinen Job zu verlieren, er hatte ihn verloren. Ebenso schlagartig hatte er seine Ausgeglichenheit wiedergefunden, sein Gesicht entspannte sich und nahm einen Ausdruck vollkommener Gelassenheit an. Und dabei hatte er zum ersten Mal seit Monaten seinen Hals vergessen.

Als er noch in diesem Stockwerk am Zimmer des Amtsdieners vorbeikam, wurde er plötzlich langsamer und hielt schließlich mit einem Ausdruck der Überraschung an. Auf einer Bank las Lucie Dumaine ein Heft zur Anwerbung weiblicher Hilfskräfte für die Polizei. Er betrachtete ihre Schultern, ihre kleinen Brüste, ihr kluges Köpfchen, zu klug für ihn, den über ihre Schenkel weit nach oben gerutschten Rock, und er stellte sie sich im Bett vor.

Da sie sich beobachtet fühlte, hob sie den Kopf.

»Guten Tag.«

»Folgen Sie mir«, sagte er, »Sie können hier nicht bleiben.«

»Warum? Der Richter hat mir gesagt, ich soll hier auf ihn warten.«

»Ich komm gerade von ihm... Ich habe den Vorgang wieder übernommen.«

Sie schwang das Heft durch die Luft, brach ihre Kippe ab, ohne sie auszudrücken, stand einfach auf und schaute ihm in die Augen.

»Sagen Sie? Hab ich Aussicht auf Erfolg? Ich mach keine Witze, ich bin jung und stark.«

Er verlangsamte seinen Schritt mit dem Gedanken, sie vorangehen zu lassen, um ihre Beine von hinten bewundern zu können.

»Ich denke ja«, sagte er.

Sie schien zu verstehen, überholte ihn und gab eine kleine Vorstellung, wie man die Falten eines Rocks sanft hin- und herschwingen läßt.

»Hier entlang«, sagte er und lud sie mit dem Arm ein, den Aufzug zu nehmen.

Er wünschte, er wäre voll, damit sie gezwungen wären, sich aneinander zu drücken.

Er war leer, und sie drückte sich an ihn.

»Ich hab Sie angerufen, gleich nachdem ich es erfahren hab.«

»Ich weiß.«

Beim Verlassen des Fahrstuhls schubsten sie sich gegenseitig, obwohl es Platz für eine ganze Kompanie gab. Sie lief erneut vor ihm her und lachte ihn aus den Augenwinkeln heraus kokett an.

»Ich würde nur gern wissen, ob ich sie ganz kassieren werde, oder ob ich nur einen Teil davon bekomm, zum Beispiel unter dem Vorwand, daß ich nur den Hinweis auf Robert gab, nicht aber auf den andern Schwachkopf. Was ist Ihre Meinung?«

Er hielt an, sie hielt ihrerseits an, er machte die drei Schritte, die sie voneinander trennten.

»Pascal hat etwas sehr Hübsches zu diesem Thema gesagt«, erwiderte er, während er seine Hand unter ihre Schulter und weiter bis zum Brustansatz gleiten ließ. »Er hat gesagt: l'homme – oder la femme, natürlich... Indem er den Menschen so bezeichnete, reduzierte Pascal ihn nicht nur auf das männliche Geschlecht, sondern sprach auch das Ihrige an, verstehen Sie?«

»Nicht so ganz«, gestand sie.

»Kurz, er schrieb, es ist gut dreihundert Jahre her, daß der Mensch, der auf einem galoppierenden Pferd sitzt, nicht absteigen würde, um ihm die Haare am Hintern zu zählen.«

Sie sperrte ihre großen runden Augen weit auf; ihr Blick wurde argwöhnisch.

»Also Ihr Ding, das ist echt oberfatal, ich warne Sie, das müssen Sie mir nochmal erklären.«

»Das ist eine gute Idee«, räumte er ein und zeigte ihr eine Tür.

»Ihr Zimmer?« fragte sie.

Er öffnete die Tür, stieß sie hinein, schloß die Tür hinter sich und zwinkerte Bench mit einem Auge zu.

Nach einem ersten Moment der Verblüffung, blieb Lucie regungslos in der Mitte des Raums stehen und lächelte.

»Genau das ist er«, sagte sie.

Diesmal war kein Zweifel möglich, sie hatte ein Anrecht auf die Belohnung.

»Das wollte ich nur bestätigt haben«, sagte Sépulchre. Er nahm sie bei den Schultern und ließ sie vor den Augen der beiden Jungen, deren Handgelenke noch immer aneinandergekettet waren, um sich drehen. »Das ist er also, der Sie heiraten und sich mit Ihnen irgendwo am Mittelmeer niederlassen will, mit einem Cheeseburger in der einen Hand und einem Grapefruitsaft in der anderen.«

Sie lachte mit aufrichtiger Heiterkeit. Robert ebenfalls.

»Tut mir leid für Sie, mein Fräulein«, sagte Sépulchre, während er sich in den Adamsapfel kniff. »Sie haben gerade Robert Slowacki wiedererkannt.«

»Wer? Das!« entfuhr es ihr mit einer Grimasse, »das ist Robert Abdessalam!«

Robert protestierte mit beiden Händen, begleitet von einem metallischen Klicken. Sie fragte Bench mit einem Blick. Er wackelte mit dem Kopf von einem Ohr zum anderen.

Mit einer verblüffenden Frechheit stürzte sie sich vor Glück lachend auf Robert.

»Ich war so besorgt, du kannst es dir gar nicht vorstellen... Mit deinem Anruf heute Morgen hast du mein Herz in Aufruhr versetzt... Ich wollte dich zurückrufen, um dir ja zu sagen, ja, ja, aber niemand hat mehr geantwortet... Ich hab den ganzen Vormittag versucht, dich anzurufen, ich bin dahin gegangen, wo du mir gesagt hast, dann sagte man mir, daß du hier wärst, ich bin hergekommen... Du kannst es dir nicht vorstellen, ich war total polio im Kopf.«

Mit trauriger Miene zeigte er ihr seine Handgelenke.

Sie bückte sich schnell, erhob sich wieder im aufgespannten Rund seiner Arme und küßte ihn voll auf den Mund. Die Hände von Robert umschlossen sie. Williams Hände mußten ihnen zwangsläufig folgen, nicht ohne Gefallen daran zu finden.

Sépulchre zog Bench in den Flur.

»Benchichian, welcher Herkunft ist das?«

»Armenisch! Als ob du das nicht wüßtest...«

»Hast du da noch Verbindungen aufrechterhalten?...«

»Verbindungen? Na und ob!... Mein Vater wurde dort noch geboren, in Bitlis, zwei Jahre vor dem Genozid. Seine Eltern sind nach Frankreich geflohen... Er hat eine schöne Armenierin aus Valence geheiratet – meine Mutter – und dort steht auch unser Haus, in der Rue d'Arménie, zwei Schritte vom Manouchian Platz ent...«

»Wann war das, der Genozid?«

»1915... Warum?«

»Das genaue Datum? Ist für mein Lotto.«

»24. April 1915, das wissen alle Armenier...« Er unterbrach sich, zeigte ein entsetztes Gesicht. »He, das soll wohl ein Witz sein, du wirst doch mit diesen Ziffern nicht Lotto spielen?«

»War nur ein Witz«, gab Sépulchre zu. (Auf das Büro zeigend:) »Überwach sie noch einen Moment, ich komm gleich zurück.«

Der Kommissar entfernte sich mit eiligen Schritten. Hinter der Biegung des Flurs bemerkte er eine Bank, auf der eine junge Prostituierte saß.

»Wie läuft das Geschäft, Christelle?«

»Wie gewöhnlich, mal kommt's gut und mal geht's schlecht.«

Er holte den Taschenrechner aus seiner Tasche raus und fragte sich dabei: 24.4.1915 oder 24.4.15?

»Ja, geht wohl am besten, wenn's gut kommt und schnell wieder geht«, meinte er und verzog verdrießlich den Mund.

»Das heißt, man weiß immer, wohin es geht, aber man weiß nicht, woher es kommt«, sagte sie, sich mit leidenschaftlicher Lust in ihr kleines Spiel vertiefend.

»Und warum bist du gekommen?«

»Wenn's kommt, dann geht's gut, aber wenn es nicht kommt, also hab ich zu meinem Kunden gemeint: es geht nicht, oder? Dann mußt du dich ein wenig stärken, bevor du kommst... Er ging die Bullen holen, ich sag's Ihnen. Beschuldigt mich rassistischer Äußerungen, dabei hatte ich noch nicht einmal gesehen, daß er schwarz war, manchmal hat man eben keine Zeit, sowas festzustellen...«

24.4... Und wenn es 04 ist? 24.04.1915... Er machte weiter, tippte schneller diesmal, 24.4.191. Er hielt einen Augenblick inne.

»Was ist das für ein Ding?«

»Ich suche nach einer Methode fürs Lotto.«

»Ah...«

*Fünf*. Der Kitt verließ die Fensterrahmen zuerst, dann brachen die Scheiben in langen Säbeln auseinander, die in der Sonne herumwirbelten; die Trommelfelle rissen, ein blutiger Konfettiregen, dann rissen sich die Rahmen aus den Mauern, teilten sich in Spieße und Lanzen aus Holz und schlugen kunstvolle Wirbel in der Luft; dann wichen die Mauern zurück; dann verschwand alles, Geräusche, Schreie, Lichter, Facetten, Blitze, Holzsplitter, in einer Wolke aus Gips und Bauschutt, die von der Decke runterkam.

Hustend und spuckend stürmte Sépulchre in ein Büro. Die Tür hatte keine Glasscheibe mehr, ließ sich von seinem Drükken leicht biegen, widerstand ihm aber. Er schritt vorsichtig hindurch, ohne sie zu öffnen, und legte das Telefon vom größten Bauschutt frei. Er blätterte sein Adressbuch durch, fand die Nummer von Pierre-André Coulot und holte das Papier hervor, das William ihm gegeben hatte.

»Wir übernehmen die Verantwortung für das Attentat auf das Gebäude der Kripo im Namen des aufrechten armenischen Volks«, las er ab, als der Journalist den Hörer abgenommen hatte. »Sein Name wird mit Würde geschrieben! Sein Genozid hat den Humus ergeben, auf dem man das Gedächtnis anbaut...«

Als er mit der Botschaft fertig war, ließ er den Apparat wieder herunterfallen und begann zu laufen. Auch andere Männer liefen, in alle Richtungen. Er lief ganz ohne Mühe, als ob er nie geraucht hätte. Er nahm das Knirschen der zerstoßenen Glasscheiben unter seinen Absätzen wahr, die Wolken, die er hinter sich aufwirbelte.

Er fing Bench ab, der mit den beiden staubbedeckten jungen Männern ankam.

»Mir hinterher!« brüllte er über das Getümmel hinweg. Er stieß sie vor sich her und sammelte unterwegs Quéfélec und Lenfant auf. Lenfant blutete am Halsansatz. »Gehen Sie und lassen Sie sich versorgen!«

»Ist nichts weiter«, erwiderte der Inspektor, »ich hab mich nur zu glatt rasiert.«

Sie eilten die Treppe hinunter, gegen den Strom der Hilfstruppen, und fanden sich auf dem großen Hof wieder, der mit allerlei Trümmern übersät war. Ein Betonpfeiler hatte einen parkenden Wagen zertrümmert. Sie stiegen in zwei Kisten mit heulenden Sirenen. Sépulchre wartete darauf, daß der unerträgliche Krach des Helikopters aufhörte, der sein Landemanöver auf einem benachbarten Dach einleitete.

»Wohin geht's?« fragte Bench, als sie mit quietschenden Reifen durchs Tor fuhren.

»Einen kleinen Jungen retten«, antwortete Sépulchre in aller Ruhe, sein Blick traf sich mit dem Williams. »Welche Adresse hat das Krankenhaus?«

## 23

»Jean-David, *abrenuntias Satanae?*« psalmodierte Pater Azroumian vom Orden des heiligen Gregors.

»*Abre... abrenuntio*«, antwortete ihm Simon Papazian, offensichtlich gestört vom unerwarteten Auftauchen Doktor Tagvourians im Krankenzimmer, dem bald Mikael Vartan folgte, der sich aus Höflichkeit vor dem Bett verbeugte, in dem Sonja lag.

»Sie haben es gemacht«, teilte der Doktor mit leiser Stimme mit.

Noch leiser fügte er hinzu, was allein für Zofia Bérabérian bestimmt war: »Das Kommuniqué wurde vollständig im Radio wiedergegeben. Danach haben sie über Markus gesprochen.«

»*Et omnibus operibus ejus*«, fuhr der Priester fort. Er konnte sein Frohlocken kaum verbergen.

»*Abrenuntio!*« rief Simon Papazian aus.

»*Et omnibus pompis ejus?*«

»Muß ich wieder das gleiche sagen?«

Der vom heiligen Gregor Erleuchtete stimmte freudestrahlend durch ein Kopfnicken zu.

»*Please,* Monsieur Papazian...«

»*Abrenuntio, of course...*«

Der Priester schlug das Zeichen des Kreuzes über dem Neugeborenen und drehte es wie eine Stoffpuppe um – »Oh!« protestierte die Mutter – und schlug ein weiteres Kreuzzeichen tief in seinen Nacken.

»Hat es Opfer gegeben?«

»Zwei Tote.«

»Friede sei mit ihnen... Jean-David, im Namen unseres Herrn Jesu Christ salbe ich dich mit dem geweihten Öl. Mögest du das ewige Leben erlangen.«

»Aaamen«, gaben die Teilnehmenden im Chor zurück.

»Beträchtliche Schäden.«

»Viel Publizität.«

Beim Ablegen des malvenfarbenen Schals, den er sich bei einer Krankenschwester von den Antillen geliehen hatte und der ihm als Stola diente, wischte sich der erleuchtete Pater den Finger beharrlich an einer Ecke des Stoffs ab. Madame Slowakki hatte es geschafft, daß die Küche ihr für die Salbung ein halbes Glas Erdnußöl überließ, das weitaus fetthaltiger war, als es die Liturgie für das Öl des Katechumenen empfahl. Er rieb sich immer noch die Finger, ganz besorgt darum, das klebrige Öl nicht mehr abzukriegen. Anschließend ersetzte er den Schal durch ein einfaches Frotteetuch von weißer Farbe, wie es das Ritual der Besprengung erforderte.

Plötzlich flog mit einem Krachen die Tür auf und schlug gegen die Wand.

Die Inspektoren Bench und Lenfant stürmten mit der Waffe in der Faust in den Saal. Das Geplärre des Neugeborenen verunsicherte sie.

»Polizei«, verkündete Lenfant recht matt.

Er blutete immer noch.

»Jean-David«, fuhr der Priester fort, ohne sich aus dem Konzept bringen zu lassen, *»patrem omnipotentem Creatorem caeli et terrae?«*

Bench legte seine Dienstwaffe rasch in die linke Hand und schlug mit der rechten das Kreuz.

*»Credo«*, sagte Simon Papazian.

Er wiegte das Kind in seinen Armen, beruhigte es, *stay cool, boy,* aber unter dem Kind hatte er seinen Revolver hervorgezogen und so ausgerichtet, daß der Lauf von der kleinen Baumwolldecke verhüllt wurde, in die das Baby eingewickelt war.

Der Priester setzte die Zeremonie im selben rezitativen Tonfall fort, diesmal aber in seiner eigenen Sprache:

»Jean David, glaubst du, daß wir mit Hilfe von Christus, unseres Herren, mit diesen Männern fertig werden und durch die Fenster fliehen könnten?«

Simon Papazian wog die Chancen ab. Er bemerkte den Lärm einer ganzen Schar Männer von der anderen Seite der offenen Tür. Schatten glitten die Trennwände entlang und brachten sich in den verborgenen Winkeln in Sicherheit. Er konnte sie ein- und ausatmen hören, im Rhythmus ihrer Angst. »Glaubst du?« wiederholte der Priester.

»Machen Sie keinen Blödsinn«, schrie ihnen Benchichian

auf armenisch zu.

Alle Köpfe drehten sich in schönem Einklang zu ihm um.

Er fiel auf die Knie, ohne seine Waffe herunterzunehmen.

»Verzeihen Sie mir, Pater«, sagte er vor Scham errötend, »ich gehöre zu Ihrer Familie.«

»Was hätte ich einem Sohn schon zu verzeihen?« sagte der Priester, während er den Faden des Sakraments wieder aufnahm. »Jean-David, glaubst du an den Heiligen Geist, an die Heilige Katholische Kirche, an die Kommunion der Heiligen, an die Vergebung der Sünden, an die Wiederauferstehung des Fleisches, an das ewige Leben?«

»*Yeah, I do*«, bestätigte Simon Papazian und schielte dabei auf die Waffe von Bench.

»Jean-David, *vis baptizari?*«

»*Oh, yeah, sure, sure...*«

Gemäß dem Brauch näherte sich Zofia Bérabérian Simon Papazian und nahm das Kind mit ihm zusammen in die Arme. Ihre Hände trafen auf das kühle Metall des Revolvers. Eine verrückte Hoffnung überschwemmte sie und ließen ihre Augen zu ihm aufblicken. Er deutete ein Nein mit dem Kopf an, es war unmöglich. Sie fing an zu weinen, ohne jede Anspannung, ohne einen Laut von sich zu geben, ohne daß ihr Gesichtsausdruck eine Veränderung zeigte.

Eine Träne rollte ihre Wange hinunter, *Jean David, ego te baptizo*, zerplatzte wie ein Stern auf seiner Stirn, *in nomine Patris*, gerade kurz bevor ihn der Priester dreimal mit dem Purifikationswasser, in diesem Fall Mineralwasser, besprengte, *et Filii...* Das benäßte Kind brach in ein Schluchzen aus, *et Spiritus Sanctii*, und schrie, daß es in den Mutterbauch zurückwollte, es schrie seine Verzweiflung hinaus, die eines durch die doppelte Taufe zerrissenen Menschen, eine Taufe durch das salzige Wasser, das vom Gesicht der Frau in Schwarz tropfte, verschmutzt durch ihre irdische Unreinheit, und die andere, die erlösende Taufe, ohne Schlange, ohne Apfel und ohne Nacktheit, dank der lateinischen Formeln, die des mehrere Male auf engstem Raum geschlagenen Kreuzes und des von der Ursünde durch den fetten Extrakt der Erdnuß gereinigten Wassers. *Aaamen-aaamen*. Es heulte, von der Träne einer Frau und ein paar Tropfen Evian benetzt.

»Amen«, erwiderten die Teilnehmer der Taufe schmerzlich getroffen, mit gesenkten Köpfen.

»Amen«, sagte auch Bench und bekreuzigte sich mit seiner Waffe.

Vorsichtig legte der große Simon Papazian das Kind in die Arme seiner Mutter und nutzte dies aus, um seine Waffe unter die Bettwäsche gleiten zu lassen.

»Mein erstes Geschenk als Patenonkel«, flüsterte er Sonja ins Ohr. »Geben Sie es ihm am Tag seiner Kommunion.«

»Arme hoch!« befahl Lenfant.

Pater Azroumian vom Orden des heiligen Gregors folgte dem Befehl und ermahnte damit die anderen, dasselbe zu tun. Er stellte sich mit erhobenen Händen mit dem Gesicht zur Wand. Nachdem er sorgfältig abgetastet worden war, erbte er die Handschellen, von denen Sépulchre William gerade befreit hatte.

Der stürzte an die Brust Sonjas.

»Mein Sohn«, sagte er und hob Jean-David hoch, »das ist mein Sohn!«

Doktor Tagvourian richtete im Vorbeigehen ein Zeichen an ihn.

»Wir sind Ihnen sehr dankbar«, murmelten seine Lippen.

William verstand nicht, aber es war ihm auch egal, er schwelgte ganz in dem Glück, seinen Sohn unversehrt wiederbekommen zu haben.

»Robert, komm, sieh dir mal seine Eier an.«

Madame Slowacki warf ihm einen tödlichen Blick zu und ging auf die Polizeibeamten los.

»Hören sie mich an!« schrie sie. »Dieser heilige Mann wurde mir von Gott dem Allmächtigen geschickt, um meinen Enkelsohn von der Erbsünde zu befreien.«

Sie küßte die Hand des Priesters, ohne sich um die Handschellen zu kümmern.

»Lassen Sie mich meine Arbeit machen«, sagte Inspektor Lenfant.

Eine Krankenschwester legte ihm eine Kompresse auf den Schnitt am Halsansatz. Sein Hemdkragen war rot vom Quecksilber-Präparat. »Das geht beim Waschen wieder weg«, sagte sie zu ihm.

»Meine Herren, das ist doch nicht möglich! Das ist der Doktor, der meine Tochter entbunden hat. Ein Mann der Vorsehung!«

Zwischen zwei Polizisten, die ihn fortbrachten, grüßte Doktor

Tagvourian sie zerstreut, als ob er ihr für ihre Intervention danken wollte, sie aber doch etwas deplaziert fand.

»Das ist die Patentante meines Jean-David!«

Sie schob sie auseinander, schubste sie rüde zur Seite, empört darüber, daß man einer Frau in Trauer Handschellen anlegte.

»Der Patenonkel meines Jean-David!« piepste sie. »Sein geistlicher Vater!«

»*Yeah, godfather!*« stimmte Simon Papazian zu und drehte sich dann zu Sépulchre um: »*She's a pissing nuisance, really!*«

Sépulchre griff mit all seiner Autorität ein.

»Wenn Sie nicht aufhören, mir mit Ihrem Jean-David auf den Wecker zu fallen, werf ich ihn ebenfalls ins Loch!« sagte er.

Sie hörte sofort auf, am Rand eines schwarzen Abgrunds.

»Mama«, sagte Robert und riß sie aus ihrer tiefen Verzweiflung.

»Ach, mein Sohn!« warf sie sich auf ihn und drückte ihn in ihre Arme.

»Mama«, sagte er, sobald er wieder atmen konnte, »darf ich dir Lucie vorstellen. Wir werden heiraten undsoweiter...«

## 24

Sépulchre schloß den elektrischen Wasserkessel blindlings an, indem er mit dem Stecker die Gegend um die Steckdose abtastete. Seine Brille lag auf dem aufgeschlagenen Buch, das er am Vorabend, als er auf dem Sofa des Salons eingeschlafen war, zwischen einer Pillenschachtel und einem entzündungshemmendem Mittel für den Hals zurückgelassen hatte.

Dabei dachte er sich: "Seit Jahren bin ich nicht mehr so spät aufgestanden."

Er hatte schlecht geschlafen, weil er sich Gedanken über das viele Geld machte. Zweihundert Bündel mit je tausend Dollar aus der schwarzen Kasse des Staats. Aus Spieltrieb hatte er sie eins aufs andere gelegt, mit peinlicher Sorgfalt zu einer Pyramide aufgestapelt. "Ich werde in die Schweiz gehen", dachte er.

Der Löffel tauchte zum vierten Mal in das Kaffeepulver, er ließ einen Augenblick des Zögerns verstreichen, während der Löffel zitterte. Reichte der Kaffee aus oder sollte er etwas hinzutun? Durch die offene Tür hörte er seinen alten Vater nach seinem Saft rufen.

Er suchte die Streichhölzer und fand sie nicht. Der Küchenherd war mit einer Zündautomatik ausgestattet, er zündete das Gas an und beugte sich mit der Zigarette im Mund über die Aureole der Flammen. Er spürte die Hitze an einem Auge und schloß es.

Der Wasserkessel pfiff. Er hustete und beeilte sich, einen zweiten Zug zu nehmen, der die Reizung durch den ersten beruhigte. Das Wasser sprudelte braun, als er es über den Kaffee schüttete, das eine Auge immer noch wegen des Dampfs und des Zigarettenrauchs geschlossen.

Er stellte die Kaffeekanne und zwei Tassen auf ein Tablett mit einem Paket Vollkorn-Zwieback, der Margarine in der Butterschale und der abführenden Konfitüre. Das übliche Frühstück seines Vaters.

Er durchquerte das Chaos des Salons, stellte das Tablett vorsichtig auf die Ecke eines niedrigen Tischs und kippte sich ein paar Spritzer Antibiotika hinters Zäpfchen.

»Wann läßt du an dir herumschnippeln?« schrie ihm sein Vater durch die Tür zu.

»Nächsten Dienstag...« Er beeilte sich, die Gelegenheit, die ihm gegeben wurde, auszunützen, und fügte hinzu. »Daniel, ich werde dich wohl ins Hospital bringen müssen, für einige Tage...«

Er trat in das Zimmer ein und stellte das Tablett auf dem zerwühlten Bett ab.

»Was für ein Sohn bist du nur für mich geworden?«

»Der, den du siehst.«

»Ich verlaß mich nicht auf das, was ich sehe.«

»Es hat dich gut vierzig Jahre gekostet, aber ich bin genau so geworden, wie du mich haben wolltest. Junggeselle, Egoist und Misanthrop. Da mußt du dich an deine eigene Nase fassen, wenn dir der Sohn hier nicht paßt.«

Er öffnete das Fenster. Die Sonne stand zu hoch, um ins Zimmer eindringen zu können.

»Warum läßt du mich nicht mit diesem Knochengestell hier, anstatt mich ins Hospiz zu bringen?«

»Sie kann nicht, Daniel. Sie hat noch andere Patienten, die sie nicht von einem Tag auf den anderen fallen lassen kann... Und dann, wenn du nicht ins Hospiz...«

»Such mir eine andere dafür, eine dickere, wennschon... Eine gute, dicke Arbeitslose...«

»Nein, kommt nicht in Frage, die Wohnung einer Fremden zu überlassen.«

»Ich werde nicht ins Hospiz gehen.«

Sépulchre mußte gewaltig drücken, um die Läden vor den Fensterflügeln zu öffnen. Die Jahreszeit wechselte schon.

»Warum wirfst du dich nicht vom Balkon, wie dein Kumpel Cantelli?«

»Kanntest du ihn gut?« lachte der alte Mann höhnisch, während er sich auf das Kopfkissen hochzog.

»Ich bin ihm von Zeit zu Zeit über den Weg gelaufen, wenn er dich besuchen kam.«

»Cantelli, dem hab ich schwer zu schaffen gemacht, in jeder Beziehung«, sagte der Alte, während er sich den Rücken seiner noch gesunden Hand kratzte. »Ich hab seine Frauen gebumst, seine Moneten ausgegeben, seinen Alkohol bis zum letzten

Tropfen weggetrunken... Und selbst ihn, ich hab nie aufgehört, ihn zu ficken, außer natürlich durch sein Arschloch... Weil er mich bewunderte... Vollkommen, Louis, er bewunderte mich vollkommen! Er schätzte mich mehr als alles auf der Welt... Deshalb kann ich mich nicht vom Balkon werfen. Weil er es vor mir gemacht hat, und es hieße, ihn furchtbar enttäuschen, wenn ich ihn nachahmen würde, und sei es nur einmal...«

Sépulchre richtete die Antenne des Transistorradios aus. Ein pomadiger Stimmungsmacher gab Banalitäten von sich.

Im Salon klingelte das Telefon.

»Wenn er es vom achten gemacht hat, könnte ich mich ja vom sechsten stürzen? Ich habe nämlich Respekt vor seinem Kadaver!«

Sépulchre drückte die Zigarette auf dem Boden seiner Tasse aus und klemmte den Hörer an seine Schulter.

»Hier ist das Kabinett des Innenministeriums«, sagte eine weibliche Stimme, »bitte bleiben Sie am Apparat.«

»Such eine Dicke für mich«, brüllte der Vater.

»Kommissar Louis Sépulchre?« erkundigte sich eine andere Stimme, eine männliche diesmal.

Er schüttelte die Tasse, die Glut hörte auf zu knistern.

»Am Apparat...«

»Der Herr Minister hat mich beauftragt, Ihnen seine Glückwünsche für die schnelle Ergreifung der Täter des grauenhaften Anschlags zu übermitteln, der Richter Boniface das Leben gekostet hat... Ebenso für die Diskretion, mit der sie die heikle Aufgabe erfüllt haben, die Brüder Abdessalam zur Grenze zu begleiten...«

Der Kabinettschef schrieb das Husten Sépulchres seiner Bescheidenheit zu. Er bestand nachdrücklich darauf.

»Ja, ja, Kommissar, wir wußten, daß der arme Boniface sie darum gebeten hatte... Sie hatten sein vollstes Vertrauen, wie Sie heute das des Ministers haben...«

Als er auflegte, erinnerte das Radio an die Zeitumstellung in der Nacht von Samstag auf Sonntag. Der Winter kündigte sich milde an.

## ROMAN NOIR TIAMAT

Edgar Box

*Tod in der fünften Position*

Peter Sargeant, Journalist und Presse-Agent, wird mit der Publicity für das »Grand Saint Petersburg Ballet« beauftragt. Eine Kriegsveteranenorganisation will die Aufführung verhindern, weil der Regisseur Jed Wilbur in ihren Augen kein hundertprozentiger Patriot ist. Bevor sich Sargeant jedoch mit seinem Job richtig befassen kann, stürzt die Prima Ballerina Ella Sutton während der Uraufführung aus fünfzehn Meter Höhe in der fünften Position auf die Bühne. Die Polizei ermittelt in Sachen Mord: das Kabel, mit dem die Tänzerin in den Lüften schwebte, war angesägt. 18,-DM

Joseph Bialot

*Eine mörderische Drahtseiloper*

Didier Valois ist Schauspieler, arbeitslos und lebt im 16. Arrondissement von Paris. Als Juliette, Didier Valois' Geliebte, die leider nicht mit ihm sondern ihrem Mann zusammenlebt, bei einem Autounfall fast ums Leben kommt und Valois bemerkt, daß mehr als nur ein dummer Zufall seine Hände im Spiel hatte, beginnt er zusammen mit seinem Freund und Wohnungsnachbarn Neuron Nachforschungen anzustellen. 18,-DM

Tito Topin

*Im letzten Akt fließt immer Blut*

Robert Slowacki, ein junger Pole, ist ganz verrückt vor Liebe zu Lucie, die in einem Café jobbt. Als er sie abholen will und ihm nicht sehr freundlich mitgeteilt wird, daß sie rausgeworfen wurde, wünscht er sich wütend, daß das Café in die Luft fliegt. Sein Wunsch geht prompt in Erfüllung. Paris: Die Brüder Abdessalam, libanesische Terroristen, versuchen ihren inhaftierten Bruder freizubomben. Kommissar Sépulchre, ein Kettenraucher und gealteter Zyniker, übernimmt den Fall der bombenlegenden Terroristen. Obwohl er auch vor illegalen Ermittlungsmethoden nicht zurückschreckt, tappt Sépulchre lange im Dunkeln. 18,-DM

In Vorbereitung:

José Giovanni
*Der zweite Atem*
Ein klassischer Gangsterroman über einen entflohenen Gefangenen, der einen letzten großen Coup an der Küste von Marseille organisiert. Mit Lino Ventura von Melville unter gleichnamigen Titel verfilmt.

Michel Quint
*Billard im ersten Stock*
Ein mysteriöser Fremder betritt die ausgestorbene Bar eines Küstendorfes und begibt sich in den Billardraum im ersten Stock. Alte Verbrechen und Leidenschaften werden wieder lebendig. Der Roman wurde 1989 mit dem Grand Prix de Littérature Policière ausgezeichnet.

Edgar Box
*Tod vorm Schlafengehen*
Peter Sargeant soll den Werbefeldzug des Präsidentschaftskandidaten Senator Rhodes leiten, da fliegt sein Arbeitgeber durch eine im Kamin deponierte Bombe in die Luft. Einer der illustren Partygäste hatte offensichtlich eine alte Rechnung zu begleichen.

Edition Tiamat
Verlag Klaus Bittermann – Grimmstr. 26 – 1000 Berlin 61